HARK BOHM
& PHILIPP WINKLER
AMRUM

HARK BOHM
& PHILIPP WINKLER

AMRUM

Roman

Ullstein

Wir verpflichten uns zu Nachhaltigkeit

- Papiere aus nachhaltiger Waldwirtschaft und anderen kontrollierten Quellen
- Druckfarben auf pflanzlicher Basis
- ullstein.de/nachhaltigkeit

MIX
Papier
FSC FSC® C014496

www.ullstein.de

Autorenfoto: © Uwe Aufderheide (Hark Bohm)
Umschlaggestaltung: Büro Jorge Schmidt, München
Umschlagmotiv: © Dirk Wustenhagen / Arcangel
Gesetzt aus der Adobe Garamond Pro
bei Pinkuin Satz und Datentechnik, Berlin
Druck und Bindearbeiten: GGP Media GmbH, Pößneck
Printed in Germany

Für Natalia

»Am Strande weht das Gras.«

Theodor Storm

1

Bald würde sich die Nacht in die Schatten zurückziehen, die die Dünen in ihre Täler warfen. Das erste Licht des Tages würde zunächst kaum wahrnehmbar und blass wie eine Vorahnung am östlichen Horizont erscheinen. Aber noch lagen die Dünentäler ausgekühlt und dunkel da, unberührt vom neuen Tag.

Die Silbermöwe glitt mühelos, ohne Flügelschlag, über die mit Flechten, Moosen und Heidekraut bewachsene hügelige Landschaft, die den Dünen vorgelagert war. Von irgendwoher erklang das ansteigende, plötzlich die Stille zerreißende Trillern von Austernfischern, die sich in die Luft erhoben hatten. Dazwischen die klagende Altstimme eines Brachvogels, vom Wind aus den Salzwiesen herbeigeweht. Die Möwe ließ sich den Hang einer Düne hinauftragen. Den Schnabel weit aufgerissen, stimmte sie mit mehrmals aufeinanderfolgenden heiseren Rufen in den Chor der anderen, ständig wechselnden Vogelstimmen ein. Sie hob sich leicht über den Strandhafer hinweg, der oben auf dem Kamm der Düne im Westwind wogte. Zusammen mit der Brandung des Meeres gab der Wind Rhythmus und Akkord vor, allgegenwärtig und unablässig – das Grundrauschen der Insel, unabhängig vom Kentern der Tiden, vom Wechsel von Tag und Nacht.

Hinter dem Dünengras, das sich immer wieder dem auflandigen Wind beugte, um sich dann wie aufatmend kurz wieder aufzurichten, öffnete sich der Blick auf eine Kolonie brütender Möwen, die Nester mit den Vögeln weit in die Landschaft gestreute weiße Punkte. Die Silbermöwe strich darüber hinweg, während einzelne Vögel aus der Kolonie aufstiegen. Am Himmel war die Silhouette einer Rohrweihe erschienen, und die brütenden Möwen zögerten keinen Augenblick, sie anzugreifen und zu vertreiben. Die Rohrweihe drehte angesichts der auf sie zufliegenden schreienden Möwengruppe ab und strich nach Osten davon. Die Möwen beruhigten sich, ihre kraftvollen Flügelschläge ließen nach, und sie glitten dahin, getragen vom Westwind, kreisten und ließen sich in die Höhe tragen.

Die Dünenlandschaft aus Licht und Schatten, die schier endlos erschienen war, wurde unter ihnen immer kleiner. An ihrem Rand war der von Heidekraut bewachsene Geestrücken zu sehen, der schon bald, wenn die Heide blühte, in einer Mischung aus Rot-, Blau- und Violett-Tönen erstrahlen würde. Noch höher stiegen die schwebenden Möwen, und nun lag die Inselwelt zur Gänze unter ihnen: Wittdün und die lange Landungsbrücke, der Pier von Steenodde, der Leuchtturm bei Süddorf, Nebel mit seinen Reetdächern, die Kirche, Norddorf, und noch nördlicher der Zipfel der Insel, die Odde, das Quermarkenfeuer im Westen, die Vogelkoje, der Friedhof der Namenlosen. Sandige Weiden, wenig fruchtbares Land, die Marschen und die Salzwiesen – genau wie die Dünen voller Vogelleben.

Unter alldem: der jahrtausendealte Geestkern aus skandinavischem Gestein, Geschiebelehm, Schmelzwasser- und Decksanden. Die Insel Amrum spannte sich, einem Bogen gleich, weit draußen gegen die offene Nordsee. Auf der Brandungsseite legte sich das lange, breite, helle Band des Kniepsandes an die Dünenlandschaft der Westküste, und auf der anderen, dem Festland zugewandten Seite, hinter Deich und Salzwiesen, breitete sich das Wattenmeer aus.

Die Möwenschar ließ sich auf dem ungewöhnlich sanften Westwind dieses Morgens über der Norddorfer Marsch sinken. Was sich zuvor in der Dämmerung nicht abgehoben hatte, nahm nun langsam Gestalt an: eine Gruppe weidender Rinder, ein Pferdewagen an einem Feldweg, ein von zwei Pferden gezogener Pflug auf einem Acker, geführt von einer Frau. Und ein Stück dahinter zwei blonde Kinder, die sich langsam eine Furche entlangarbeiteten. Die beiden Jungen, vertieft in das, was sie taten, sahen nicht auf, als die Möwen über sie hinwegzogen, in Richtung der aufgehenden Sonne und des Watts, das im Licht der ersten Sonnenstrahlen feucht schimmerte.

Nanning stand breitbeinig über einer der zahlreichen Furchen auf dem Acker. Er ließ eine Kartoffel hineinfallen. Dann stakste er voran, die Knie durchgedrückt. Derweil langte er in das Tuch, dessen Knoten ihm das Gewicht der Kartoffeln in den Nacken presste, und ließ eine weitere in die Furche plumpsen. Ein paar Schritt hinter ihm häufelte Hermann mit einer Hacke den aufgelockerten grauen Geestboden über die vorgekeimten Kartoffeln.

Als die beiden Freunde angefangen hatten, den Bendixens bei der Feldarbeit zu helfen, zwei Jahre zuvor war das gewesen, da hatten sowohl Hermann als auch Tessa Nanning gesagt, er denke zu viel. Unabhängig voneinander. Das sei sein Problem. Wenn er, wie an diesem Tag, dran war, die Kartoffeln zu legen, ging es der Bäuerin bisweilen nicht schnell genug. Aber Hermann und er wussten, dass Tessas Rumgebölke oft gar nicht mal so ernst gemeint war. Sie sich manchmal einfach Luft machen musste. Wahr blieb es dennoch. Nanning dachte zu viel darüber nach, ob die Kartoffeln nun denselben Abstand zueinander hatten oder er noch eine Fußlänge weitergehen sollte. Oder eher zurück? Und dann fing sein Kopf an zu rasen. Er, Nanning, wäre dafür verantwortlich, wenn die Kartoffelernte in die Binsen ginge und die Norddorfer in Kriegszeiten verhungern würden. Seiner Mutter würden sie eine Mitschuld geben, hatte sie ihn doch in diese Welt gesetzt. Noch dazu würde seine Mutter ja ebenfalls verhungern. Und das alles nur, weil er die Kartoffeln zu eng oder zu weit auseinander gelegt hatte. Natürlich gab er das Tessa gegenüber nicht zu. Selbst Hermann sagte er davon nichts. Aber als bester Freund, dachte Nanning später, da hat man Ahnungen, auch wenn man nichts Genaues weiß. Dafür ist man das ja schließlich – ein bester Freund.

»Kommt mit der Übung. Einfach machen, denn kommst erst gar nich' groß ins Denken«, hatte ihm Hermann damals gesagt.

Es stimmte. Die Übung machte es. Je weniger Nanning an mögliche Folgen dachte, desto schneller wurde das Kartoffelnlegen zu bloßer Routine. Je mehr er den Kopf ausschaltete und darauf achtete, wie sich die krümelige Geesterde zwischen seinen Zehen anfühlte. Wie das stete Pusten und Luftholen des Windes klang. Das Rauschen des Meeres und das vielstimmige Durcheinander der Vogelrufe.

Was Nanning nur eine Sekunde zuvor noch für einen Teil der Brandung gehalten hatte, wurde jetzt lauter und bohrte sich durch das singende und pfeifende Geflecht. Er hob den Kopf, kniff die Augen zusammen und riss sie sogleich wieder auf. Aus dem Gleißen der Morgensonne dröhnte ein Geschwader Bombenflugzeuge heran. Mit einem einzigen Satz war Nanning bei Hermann, der seine Augen mit der Hand beschirmte. Nanning grapschte nach der Hacke und stemmte sie sich in die Schulter. Am anderen Ende, das er nun gen Himmel richtete, stellte er sich das Korn vor und nahm, am Stiel entlangblickend, einen der sich nähernden Bomber ins Visier. Flach wie eine Scholle schaute seine Zungenspitze zwischen den Lippen hervor. Er wartete auf den richtigen Moment. Dann drückte er ab. Dreimal. *Tack, tack, tack* machte es in seinem Kopf. Bei jedem Schuss ahmte er einen Rückstoß nach. Dazwischen lud er die Hacke nach. *Tschack, tschack* in seinem Kopf. In dem Augenblick, in dem er erneut ansetzte, nachzuladen, warf das von ihm anvisierte Flugzeug eine Bombe ab. Die Hacke fiel Nanning aus der Hand. Mit einem winselnden Kreischen, das ihm in den Ohren stach, fiel die Bombe herab. Er hörte Tessas Pferde wiehern und wandte sich um.

»Hohoho!«, machte Tessa.

Die Pferde bäumten sich auf und traten aus. Geschirr und Deichsel hielten sie davon ab, zu steigen. Tessa hatte die Zügel straff gepackt und wurde hin- und hergerissen. Dabei löste sich ihr Haarknoten, sodass es aussah, als wäre sie mit einem Armvoll Stroh beworfen worden.

Das dumpfe Geräusch von Aufschlag und Detonation der Fliegerbombe ließ Nanning unwillkürlich den Kopf einziehen und zurück nach Osten blicken. Er sah, wie aus dem Watt eine spritzende dunkle Wucht von Schlamm gegen den Morgenhimmel aufstieg. Auf ihrem Höhepunkt schien sie für einen Moment zu verharren, erstarrt zu einem gigantischen grauen Baum. Dann regneten Schlick und Matsch herab. Das Bombergeschwader zog mit knurrenden Motoren über die Insel. Nannings Blick folgte ihnen über die Dünen hinweg, auf die offene See raus und zum Horizont, der für ihn verdeckt war und irgendwo weit, weit hinter der Jungnamensandbank lag. Nanning stand der Mund offen. Er hörte Hermann schwer atmen. Die Nordsee brandete an die Insel. In einem lang gezogenen Muhen rief von irgendwo in der Marsch ein Rind über den Geestrücken. Und die Vögel nahmen ihre nicht enden wollende Unterhaltung wieder auf, klagten und schrien ringsumher. Das Geträller einer Feldlerche zog Nannings Aufmerksamkeit auf sich. Er suchte den Himmel nach ihr ab.

Drüben half Tessa dem rechten ihrer beiden fuchsfarbenen Schleswiger dabei, sein ins Geschirr getretenes Hinterbein frei zu bekommen. Während sie beruhigend auf die beiden Pferde einredete, legte sie sich die Zügel über die Schulter und knotete rasch ihr Haar wieder zusammen. Dann griff sie nach der Gabel des Pflugs, und mit einem Zungenschnalzen trieb sie die Pferde erneut an. Mit nickenden Köpfen zogen sie an. Nanning war einmal mehr beeindruckt, mit welch festem Griff Tessa den in der steinigen Erde holpernden Pflug in der Spur zu halten vermochte. Auch Hermann und er hatten sich einmal daran versucht, waren beide aber nicht in der Lage gewesen, die Pfluggabel unter Kontrolle zu bekommen. Bei seinem Versuch war Hermann von den Griffen des wild umherspringenden Pflugs um ein Haar niedergestreckt worden.

Über dem sich Stück für Stück vorarbeitenden Pflug erspähte Nanning jetzt die Lerche. Sie war nicht mehr als ein kleiner flatternder Punkt am farblosen Morgenhimmel. Ihr endlos kreisendes Tirilieren aber klang für Nanning so nah, als säße sie auf seiner Schulter und zwitscherte ihm ins Ohr.

»Eh!«

Hermann stieß ihn von hinten mit dem Ende des Hackenstiels an. Nanning hatte nicht einmal mitbekommen, dass Hermann die Hacke aufgehoben hatte. Geschweige denn, dass er inzwischen alle gelegten Kartoffeln mit Erde bedeckt hatte. Nanning machte einen eiligen Ausfallschritt, griff ins Tuch vor seinem Bauch und ließ die nächste Kartoffel in die Furche fallen. Aus den Augenwinkeln versuchte er, die Lerche wiederzufinden.

2

Am Nachmittag kehrten Tessa und die Jungs auf den Bendixenhof zurück, der am Rande Norddorfs lag. Hermann saß zur Linken der jungen Bäuerin auf dem Kutschbrett, Nanning zu ihrer Rechten.

Auf dem Hof flitzten Schwalben über den Boden und ließen sich auch von dem heranrumpelnden Gespann nicht stören. Zwischen Scheune und Haus gorkelten Hühner umher, scharrten mal hier, mal dort im staubigen Untergrund. Tschilpende Spatzen hatten sich unter sie gemischt, gingen dem größeren Federvieh aus dem Weg und pickten dort, wo die Hühner etwas übersehen hatten.

Tessas Mutter Inge kam aus dem Bauernhaus und stellte zwei Milchkannen vor die Tür. Sie trug eine dunkelblaue gemusterte Kittelschürze und hatte ihr Haar wie immer unter einem Tuch verborgen. Wortlos hob sie die Hand zum Gruß. Bevor sie wieder im Haus verschwunden war, schoss Tessas älterer Sohn Erk an seiner Oma vorbei.

»Mutti, Mutti!«

Dann kam der dreijährige Georg hinterdreingetapst.

»Mutti, Mutti!«

Sie folgten dem Wagen vor die weit geöffnete Scheune und standen auf Höhe des Kutschbretts parat, als Tessa die Zügel straff zog und die Pferde stampfend und nickend stehen blieben. Sie waren unruhig, wollten in den Stall zu ihrem Futter. Die Brüder wichen um keinen Zentimeter, als Nanning vom Kutschbrett herabstieg. Die beiden kleinen Jungen klebten an ihrer Mutter, sobald diese auf den heimischen Hof zurückkehrte. Wie Hermanns und Nannings Vater war auch der von Erk und Georg im Krieg. Im Gegensatz zu Nannings Vater aber war ihrer ein einfacher Soldat und kein Obersturmführer.

Manchmal war es ganz schlimm mit den beiden, und Tessa konnte kaum einen Handgriff tun, ein Kind auf dem Arm und das andere an der Hand. Dann blieb umso mehr Arbeit an Nanning und Hermann hängen, die jetzt die Pferde abspannten, die Schlingen von der Wagendeichsel zogen und die beiden Schleswiger an ihren Halftern zu Heuraufe und Tränke hinüberführten. Anschließend ließen sie sich in der Kornkammer von Tessa Hühnerfutter in ihre mitgebrachten Eimer schütten. In der Scheune holten sie ihre Säcke vom Karren. Nach getaner Arbeit hatte ihnen Tessa wie üblich noch erlaubt, von ihren Feldern Gras und Kraut für die Kaninchen daheim zu rupfen.

Als sie hinter Tessa nach draußen kamen, melkte Tessas Mutter eine Kuh, die sie mit einem Strick an der Stallwand festgemacht hatte. In einigem Abstand standen zwei weitere Kühe. Die Milch spritzte in kurzen Strahlstößen gegen die Innenwand des Eimers.

Ohne das Melken zu unterbrechen, wandte Inge den Kopf gerade so weit, um erkennen zu können, dass da jemand stand.

»Fertig geworden?«

»Nee, zwei Stunden noch.«

Inge erhob sich ächzend vom Melkschemel und stellte ihn und den Milcheimer beiseite. Sie löste die Schnur, die den Kuhschwanz am Hinterbein des Tieres hielt. Augenblicklich schlug der Schwanz in Bogenbewegungen aus. Inge trug Eimer und Schemel zur nächsten Kuh.

»Dat hätt'st auch noch mitnehmen können.«

Mit Bestimmtheit schnappte sie sich den herumwedelnden dreckigen Kuhschwanz und band ihn fest.

»Mann, hast vergessen. Die Jungs, dat sind Kinder.«

»Wir sind all' lang keine Kinder mehr«, sagte Nanning und trat neben Tessa, um seinen Worten Nachdruck zu verleihen. Aus dem Augenwinkel sah er, dass Hermann nickte.

Tessa gluckste amüsiert, und Georg auf ihrem Arm versuchte, das Geräusch nachzuahmen.

»Denn holt mal eure Kannen, Männers.«

Inge kippte frische Milch aus dem Eimer in Hermanns und Nannings Kannen. Wie es schäumte! Sah wunderbar aus, fand Nanning, es machte ihm den Mund wässrig.

»Morgen sollt ihr denn jeder wieder 'n Stück Butter haben, meine Großen.«

Die Freunde nickten und tauschten einen Blick. Nannings Vorfreude spiegelte sich auf Hermanns Gesicht wider. Dann ließ ein Rasseln sie zugleich die Köpfe drehen.

»Eh, Boy!«, rief Tessa und ging zum offenen Hoftor. Nanning und Hermann reckten die Hälse.

Boy Kröger, bei Wind und Wetter die Pfeife im Mundwinkel, parierte die Pferde vor seinem großen Fuhrwerk durch. Es hielt quer vor dem Hofeingang, so als habe er vor, den Bendixenhof damit abzusperren. Abgesehen von einigen gestapelten Koffern war die Ladefläche seines Wagens mit fremden Menschen überfüllt, die regungslos aneinandergedrängt dastanden. Kleine Kinder, Mädchen und Jungen im

Schulalter sowie einige ältere Männer, doch hauptsächlich Frauen jeden Alters.

»*Gud Dai!* «, rief Boy Kröger vom Wagen herunter. Als er sprach, kam Rauch aus seinem Mund und wurde sofort vom Wind fortgeblasen.

»*Gud dai!* Sind die das?«

»Nur 'n paar von den ersten achthundert.«

»Sprechen die Deutsch?«

Inge war aufgestanden und ging zu ihrer Tochter ans Tor. Nanning und Hermann folgten ihr, ohne die Säcke, Eimer und Milchkannen abzusetzen. Die Fremden wirkten wie auf den Wagen verladene Statuen. Nanning ließ sie nicht aus den Augen.

»Mensch, Tessa«, Boy Krögers Augenrollen übertrug sich auf seinen ganzen Kopf, »das sind Deutsche!«

»Guten Abend«, sagte Tessa und bemühte sich um Hochdeutsch.

Jemand von der Ladefläche erwiderte ihren Gruß.

Boy Kröger, der sich umgeschaut und die Pfeife dafür aus dem Mund genommen hatte, steckte sie sich zurück zwischen die Zähne und sah Tessa an.

»Kommen noch mal tausend.«

»Mann, denn sind das zweimal, was wir hier sind«, rief Inge.

»Ja, aber da sind 15 Millionen. Musst dir mal vorstellen, 15 Millionen aus Ostpreußen, Schlesien, Pommern. 15 Millionen sind vorm Russen weg, alles Deutsche. Und was der Russe noch zu fassen kriegt, haut er mit'm Gewehrkolben tot. Und die Frauen auch. Wenner sie«, Boy Kröger sprach etwas leiser, »gehabt hat.«

Nannings Blick wanderte über die Fremden, die allesamt wirkten, als hingen sie ihren Gedanken oder dem Ort, von dem sie kamen, nach. Ihre Jackenkragen hatten sie aufgestellt und die Köpfe zwischen die Schultern gezogen. Diejenigen, die keine Kinder an sich drückten, rieben sich die vor der Brust gekreuzten Oberarme. Auf Nanning machten sie den Eindruck, als stünden sie mitten in einem Schneesturm. Dabei war der Wind an diesem Tag überaus milde gestimmt und flaute immer wieder ab. Nanning konnte sich beim Anblick dieser bibbernden Festlandbewohner, die bei richtigem Schietwetter vor Angst vermutlich unter den Küchentisch krochen, ein kleines schadenfrohes Grinsen nicht verkneifen. Plötzlich traf sein Blick den eines Jungen, vielleicht zwei oder drei Jahre älter als er selbst. Seine Arme lagen auf dem bebenden Rücken eines kleineren Jungen, der ihm das Gesicht gegen die Brust drückte und es daran rieb, als versuche er, etwas loszuwerden. Nanning zuckte zusammen, mehr innerlich denn körperlich. Sein Grinsen war auf der Stelle verweht. Der Junge sah ihn vom Wagen herab mit blanker Feindseligkeit an, Nanning fühlte sich ertappt. Verlegen wich er dem Blick des anderen aus und heftete die Augen stattdessen auf Tessa, die den kleinen Georg auf ihrer Hüfte zurechtrückte.

»Und grade nach Amrum?«

»Weil hier die Hotels leer stehen.«

»Aber nich' meine Gästezimmer«, sagte Inge.

»Musst auch ma an die hier denken.« Boy Krögers Kopf ruckte zur Seite, sodass seine Pfeife kurz auf die Fremden hinter ihm zeigte. »Die haben nix, gar nix mehr. Du stehst immer noch auf dei'm eigenen Acker.«

Inge schnalzte laut mit der Zunge. »Denn wohl nich' mehr lange.«

»Viel mehr werden das nicht. Der Russe steht schon fuffzig Kilometer vor Berlin.«

»Na, denn is' wenigstens Hitler sein Scheißkrieg zu Ende.«

War Nanning gerade noch dabei gewesen, abzuschätzen, was fünfzig Kilometer vor Berlin für Amrum oder für Hamburg bedeuteten, starrte er jetzt Tessa an. Ihm stand der Mund offen, und er fragte sich, ob er sich verhört hatte.

»Let's hope for the best.«

Boy Kröger nahm kurz die Zügel an und gab zweimal einen klackenden Ton von sich. Sein Gespann zog an. Sobald eine ausreichende Lücke zwischen Fuhrwerksende und Hofzaun entstanden war, preschte Nanning vollbepackt, wie er war, los.

Die Ungeduld, schnell nach Hause zu kommen, kämpfte mit seinem Verantwortungsbewusstsein. Schon auf den ersten Metern war er kurz davor, zumindest den Eimer oder die Milchkanne irgendwo am Wegesrand abzustellen, um schneller laufen zu können. Wenn er allerdings später wiederkäme und Futtereimer oder Kanne nicht mehr da waren, es keine Milch für seine hochschwangere Mutter gäbe, kein Futter für die Hühner – gar nicht auszudenken! Also biss Nanning die Zähne zusammen und kämpfte sich Meter für Meter näher an zu Hause. Bei jedem allzu hastig gesetzten Laufschritt schwappte die Milch gefährlich, oder es flogen Körner im Eimer auf. Der auffrischende Wind hatte sich hinter die Dünen geschlichen, die sich zu seiner Linken auftürmten, und versuchte, Nanning in Schlagseite zu bringen. Schließlich erreichte er den Ortskern Norddorfs und querte, ohne sich umzusehen, die Hauptstraße, von der kaum Gefahr ausging. Die wenigen, die überhaupt Autos besaßen, ließen sie stehen. Aller Treibstoff wurde schließlich an der Front benötigt. Seit kurz nach Kriegsbeginn war auch kein Omnibus mehr über die Insel gefahren. Und das, obwohl die erst wenige Monate zuvor als Ersatz für die Inselbahn von Wittdün nach Norddorf eingeführt worden waren.

Nanning lief mit schwerer werdenden Beinen geradewegs über das Schulgelände in der Dorfmitte. Dass Herr Simonischek ihn zufällig durch die Fenster des Klassenraums erspähen könnte, war ihm egal. Seine Finger fühlten sich an, als platzten sie jeden Moment, und drohten unter dem Gewicht von Eimer und Kanne nachzugeben. Ihn trieb der Wunsch an, von seiner Mutter zu erfahren, was das baldige Kriegsende für die Familie bedeuten würde.

Der Wind setzte für einen Moment aus.

»He!«

Auf der Höhe des Hotels und Tewe Bäcker, von wo aus der Weg nach Hause abschüssiger wurde und man auf die Marsch, den Deich und das dahinterliegende Wattenmeer blicken konnte, drehte Nanning sich keuchend um. Hermann kam, ebenfalls merklich unter seiner Last leidend, hinter ihm her über den Schulhof. Doch anstatt auf seinen Freund zu warten, stolperte Nanning voran. Es war nun nicht mehr weit.

»Eh, wart' mal!«

Die Straße, an der Hermanns und Nannings Elternhäuser lagen, gabelte sich hier. Es ging entweder weiter hinab zu den Salzwiesen oder den Geestrücken hinauf. Unbewusst rollte Nanning die Lippen in den Mund und presste sie aufeinander. Jeder Schritt riss nun wie ein bockiger Ochse an seinen Schultern. Da war sein Elternhaus, direkt neben dem von Hermann.

»Wart' ma, du Idiot!«

Hermanns Stimme klang näher als zuvor. Er hatte beinah zu Nanning aufgeschlossen, und Nanning entschied sich, nun da er praktisch da war, die letzten Schritte zu gehen. Als Hermann auf gleicher Höhe war, schnappte er ein paarmal mit weit geöffnetem Mund nach Luft und wischte sich anschließend mit dem Oberarm den Schweiß von der Stirn.

»Was rennst du so?«

»Krieg zu Ende, denn kommt mein Vater nach Haus.«

Nebeneinander gingen sie zu den Häusern hinauf, der Grundstückszaun nun zwischen ihnen.

»Oder ist tot.«

»Tot?«

Nanning stoppte abrupt, noch während er dieses Wort wiederholte, das Hermann ihm so achtlos über den Zaun zugeworfen hatte. Er sah ihn an, als läge hinter der Stirn des Freundes etwas, das ihm dabei helfen konnte, dieses Wort auseinanderzufalten und schneller zu seiner Bedeutung vorzudringen. Doch auch ohne eine weitere Erklärung von Hermann begann sich eine Vorstellung darüber auszuformen, was das Kriegsende, noch dazu das eines verlorenen Kriegs, auch bedeuten konnte.

Nannings Augen weiteten sich. Er vergaß zu blinzeln, und seine Sicht verschwamm. Dann fuhr er herum und lief auf die Haustür zu. Milch platschte ihm aus der Kanne gegen die Finger. Um keine Zeit zu verlieren, presste er mit dem Ellbogen die Klinke herunter und stieß die Haustür auf.

Ohne den Widerstand der Tür fiel er durch das Gewicht der Milchkanne auf der einen, Futtersack und Eimer auf der anderen Seite geradezu in den kurzen Hausflur. Nanning bekam den Türgriff nicht mehr zu fassen, und dieser knallte schwungvoll gegen die Wand. Etwas Putz bröckelte zu Boden. Weil er fürchtete, einer der heiß geliebten Noldes seiner Mutter würde durch die Erschütterung von der Wand fallen, fror Nanning eine Schrecksekunde lang ein. Aber die Gemälde blieben an ihren Nägeln hängen.

»Mutter!«

Die Küchentür war angelehnt. Nanning prokelte die Fußspitze zwischen Zarge und Tür, schob sie auf und wankte in die lang gezogene Küche. Der Rübengeruch nach frisch umgegrabener Erde lag in der Luft.

»Mutter!«

Im selben Atemzug spürte er eine gewisse Erleichterung, als er sie zur Linken quer zum Tischende sitzen sah. Ihr weizenblondes Haar war wie ein Kranz um den Kopf gelegt. Sie musste es gestern Abend, nachdem Nanning ins Bett gegangen war, noch neu geflochten haben. Sie sah müde aus.

Nanning ging gerade um den Tisch herum, als Tante Ena mit einem der großen Töpfe, gefüllt mit Wasser, einen Schritt vom Handstein der Pumpe auf ihn zumachte und ihm den Weg versperrte.

»Was ist das für'n Gebrüll? Willst du uns zu Tode erschrecken?«

Ihr Blick war auf den Herd gerichtet. Nanning machte ihr Platz. Bevor er sich in Bewegung setzen konnte, hatte Tante Ena den Topf abgestellt und griff bereits nach der Milchkanne in seiner Hand. Sie stellte die Kanne, die nun Nannings Sicht auf die Mutter blockierte, mit einem Scheppern auf den Küchentisch. Nannings jüngerer Bruder Macker saß an der Wandseite des Tisches. Er hatte die Arme auf der Tischplatte verschränkt und lag so mit der Wange darauf, dass er zusehen konnte, wie ihre Mutter Rüben klein schnitt.

»Und nu erst mal die Tiere füttern.«

Nanning rührte sich nicht, auch wenn seine Gedanken durcheinanderpolterten.

»Nun lass ihn mal durch, Ena.«

Vom weichen Ton seiner Mutter ermutigt, machte Nanning Anstalten, sich in Bewegung zu setzen. Doch anstatt beiseitezutreten, stemmte Ena die Fäuste in die Hüfte, brachte ihr Gesicht auf seine Höhe und fixierte ihn. Ihre Augen hatten die Farbe von jungem Gras.

»Aber nur, wenn er dich nicht weiter aufregt.«

Sie würde nicht weichen, ehe er nicht klein beigäbe. In diesem Haus voller Dickschädel war seine Tante wahrscheinlich der größte von allen, vielleicht sogar noch sturer als Macker.

Nannings Nicken glich einer Ausweichbewegung.

»Versprochen?«

Er sah wieder zu ihr auf, hielt ihrem Blick aber nicht länger als einen flüchtigen Moment stand.

»Ja, Tante Ena.«

Sie trat ein wenig beiseite, sodass Nanning gerade so an ihr vorbeischlüpfen konnte. Seine Mutter legte die halb geschnittene Rübe aufs Schneidebrett und das Messer beiseite. Mackers Augen verfolgten den Weg des Messers aufmerksam. Sie breitete die Arme aus.

»Komm mal her, mein Großer.«

Nanning stellte den Eimer ab und ließ den Sack von der Schulter rutschen. Seine Mutter zog ihn an sich und legte die Arme um ihn. Selbst durch ihr Schürzenkleid hindurch spürte Nanning die Wärme, die der pralle Bauch abgab und so anders war als jede Wärme, die er zuvor gespürt hatte.

»Wieder 'ne ganze Kanne Milch. Was wär ich ohne dich.«

Sie gab ihm einen Kuss auf die Stirn, und Nanning musste grinsen. Er drehte das Gesicht zur Fensterseite, weg von seinem kleinen Bruder, der in diesem Moment eh nur Augen für das vor Rübensaft glänzende Messer hatte. Die Mutter strich Nanning durchs Haar. Er schloss die Augen und hatte das Gefühl, er könne jeden ihrer Finger spüren.

Sie presste ihn noch einmal an sich, fester als zuvor und nur ganz kurz, und wiederholte: »Was wär ich ohne dich?«

»Und ohne mich.«

Macker hatte den Kopf gehoben, um das zu sagen. Ihre Mutter lachte.

»Und ohne dich, ja.«

Macker legte den Kopf wieder auf den Armen ab.

Nanning trat auf der Stelle. Er fingerte am Schürzenstoff über dem Bauch seiner Mutter herum. Irgendwo darunter schien das Baby gerade zu schlafen. Die Frage, die ihn so umtrieb, musste auf die richtige Weise gestellt werden. Wenn es einfach so aus ihm heraussprudelte, würde er womöglich die falschen Worte benutzen und seine Mutter wütend machen.

»Zum Geburtstag möcht' ich 'n Messer«, platzte Macker in Nannings Überlegungen hinein.

»Wozu das denn?«

»Dass ich 'n Messer hab.«

»Ach«, sagte Tante Ena und machte eine wegwischende Handbewegung in Mackers Richtung. Dann gab sie Nanning einen Klaps auf den Oberarm. »Und nu raus, die Tiere.«

Enttäuscht atmete Nanning aus. Er griff nach Eimer und Futtersack, doch dann zögerte er. Inges Versprechen von vorhin war ihm wieder eingefallen.

»Morgen soll ich 'n Stück Butter haben.«

»Was? Butter?«

Die Augen seiner Mutter strahlten in einem Glanz auf, der an Macker erinnerte, wann immer man ihm einen Teller mit dampfendem Essen vor die Nase stellte.

»Butterbrot mit Marmelade«, sagte sie in sehnsüchtigem Ton, schloss die Augen und begann, wie mit vollem Mund zu kauen. Dabei machte sie ein Geräusch, als schmeckte es ihr ganz hervorragend. Der Anblick, wie sie ihr ausgedachtes Marmeladenbutterbrot genoss, machte ihn überraschend wehmütig. Es war, als erinnerte es ihn an etwas von früher, ohne dass er hätte benennen können, an was genau. Sogar Macker löste den Blick vom Messer. Er sah so begierig hinüber, als könnte sie durch ihre Vorstellungskraft tatsächlich ein Marmeladenbrot entstehen lassen und er wollte nun fragen, ob sie ihm nicht auch einen Happen in den Mund zaubern könne.

»Aber jetzt.«

Tante Ena schob Nanning vor sich her und nach nebenan in die Waschküche. Dort stieß sie mit dem Fuß die Tür hinter sich zu, kniete sich vor ihn und umfasste seine Oberarme.

»Wir haben Mutter doch lieb?«

»Du auch?«

Sie stolperte über ein noch nicht begonnenes Wort, atmete es in einem leise geprusteten Lacher aus und setzte aufs Neue an. »Was soll das denn?«

»Weil ihr euch immer zankt.«

»Hille ist meine Schwester. Und ich sag noch mal, wir müssen sie vor jeder Aufregung schützen.«

»Ja.«

Mit sanftem Druck bedeutete sie Nanning, sich zu drehen. »Und nun fütter dein Vieh.«

»Es ist nur –«, Nanning hielt inne, »Vater kann tot sein.«

Ein Zucken durchfuhr seine Tante. Sie drückte kurz fest zu, sodass Nanning der Oberarm wehtat.

»Wer hat das gesagt?«

»Hermann.«

»Im Krieg kann man von jedem sagen, er könnte tot sein. Solange wir keinen Totenschein haben, ist dein Vater lebendig.«

»Aber ich muss trotzdem die ganze Zeit an Vater denken.«

Als sei sie erschöpft, blies Tante Ena Luft durch die Nase und senkte den Kopf. Zwei rostbraune Locken rutschten ihr in die Stirn. Sie sah Nanning wieder an, und er konnte eine Sanftheit in ihren Zügen ausmachen, die zuvor nicht da gewesen war. Als wollte sie ihre Grobheit ausgleichen.

»Das versteh ich doch, mein Nanning.« Sie strich ihm mit dem Daumen über die Wange. In ruhigeren Momenten wie diesen hätte Nanning schwören können, dass sich die Sommersprossen seiner Tante Ena mit der Zeit ebenso veränderten, wie es der Kniepsand tat. »Aber nu erst recht nichts zu Mutter, nicht?«

»Und wenn er doch tot ist?«

»Nu erst mal das Vieh!«

Sie hatte sich aufgerichtet und ihr übliches forsches Wesen wieder angenommen. Sie hielt ihm die Tür auf. Nanning zögerte kurz, aber er wusste, dass die Unterhaltung zu Ende war, und trottete an ihr vorüber auf den Hof.

Sofort wurde er von den Hühnern umringt. Aufgeregt drängten sie zum Futtereimer. Die gierigsten unter ihnen pickten zur Probe sogar an Nannings Füßen. Während er den Hof zu den Kaninchenställen überquerte, warf er ihnen

Hände voll Hafer und Roggen hin. Bei jedem weiteren Schwall an Körnern flitzten die Hühner aufs Neue los und hackten auf den Boden ein.

Vor den Kaninchenställen setzte Nanning den Sack ab und stopfte das Gras und Kraut durch die Gitter. Die Kaninchen nahmen es rupfend entgegen und mümmelten es klein. Abwesend bückte er sich, hob das herabgefallene zerpflückte Grünzeug auf und stopfte es nach. Er spürte das gierige Zupfen der Tiere, aber seine Gedanken waren weit entfernt. Wie eine Schar Silbermöwen über einem Kiebitznest, kreisten sie über diesem einen unscheinbaren Wort, das Hermann in den Mund genommen hatte, stürzten sich hinab und pickten und zerrten an diesen läppischen drei Buchstaben, an denen so viel hing.

Während des Abendessens war Nanning sehr still. Er nahm das Quengeln seiner kleinen Schwester, Mackers Rumgegemmel mit dem Messer und die Zurechtweisungen von Mutter und Tante so wahr, als befände er sich in einem anderen Teil des Hauses.

Erst als seine Mutter Mechthild zu Bett gebracht hatte und sich zum Stricken an die Stirnseite des Küchentisches setzte, kehrte Nanning ins Jetzt zurück. Die Ungewissheit, die Boy Krögers Neuigkeiten in ihm ausgelöst hatten, war kaum noch auszuhalten. Aber bis zu diesem Augenblick hatte es keine Situation gegeben, in der er mit seiner Mutter allein gewesen war. Noch immer suchte Nanning nach den richtigen Worten. Der allabendliche Lärm aus dem angrenzenden Kinderzimmer machte es ihm nicht leichter. Unter der Spüle stand der Eimer mit den Resten. Er war bereits halb voll mit Kartoffelschalen, Rübenrinden und Küchenabfällen.

Mit einem lauten Klackern des Schlosses flog die Kinderzimmertür wieder auf.

»Ich muss Nanning helfen!«

Macker kam in die Küche gestürzt und rannte Nanning, der gerade die Teller in den Handstein stellen wollte, beinahe um. Dann verschanzte er sich hinter dem großen Bauch ihrer Mutter. Seit Tante Ena das Ritual des Zubettbringens übernommen hatte, ertrug die Mutter das damit immer einhergehende Tohuwabohu leichter.

»Du musst ins Bett!«

Tante Ena war Macker dicht auf den Fersen. Im Vorbeihasten stieß sie gegen Nanning, woraufhin dieser die gestapelten Teller lieber wieder auf dem Küchentisch abstellte, bevor noch alles zu Bruch ging.

Als würde er aus einem Schützengraben heraus den Feind bespähen wollen, tauchte Mackers Kopf kurz hinter dem Bauch auf.

»Und Nanning?«

Tante Ena war blitzschnell zur Stelle. Sie bekam Macker zu packen, zog ihn am Nachthemdkragen aus seiner Deckung und führte ihn ab.

»Der ist älter.«

»Immer ist Nanning älter. Das ist ungerecht!«

»Ja, sehr ungerecht.«

Nachdem Ena die Tür zugezogen hatte, schüttelte Nannings Mutter schmunzelnd den Kopf. Sie hatte nicht aufgehört zu stricken.

Jetzt, wo es wieder sicher war, stellte Nanning die Teller in den Handstein herüber. Dann wischte er in Kreisbewegungen den Küchentisch ab, knüllte das Wischtuch zusammen und hielt es unter die Öffnung der Kolbenpumpe. Mit der anderen Hand pumpte er kaltes Wasser hervor – im Augenwinkel sah er nach seiner Mutter. Sie strickte und summte kaum hörbar eine Melodie von Schubert, die auch Nanning in- und auswendig kannte, weil sie sie so gerne auf dem Klavier spielte. Seine Mutter spielen zu sehen war wunderbar, vor allem vierhändig mit Tante Ena zusammen, stritten sie sich einmal nicht. Doch die Mutter so friedlich vor sich hin summen zu hören, fand Nanning fast noch schöner. Er bekam dann so ein angenehmes Kribbeln im Nacken, das ihm das Gefühl gab, alles sei gut, so wie es war. Sorgfältig wrang Nanning das Tuch aus und hängte es unter eines der Küchenfenster. Seine Mutter im Auge behaltend, ging er zur Tür. Er war sich bewusst, dass es Ärger geben würde, aber sein Bedürfnis, sich zu vergewissern, war größer als die Hemmung. Seine Mutter strickte und summte, blickte nicht auf, und er stahl sich leise in den Flur davon.

Vor der guten Stube, die, kam man ins Haus, links der Haustür lag, horchte er einen Augenblick lang, ob seine Mutter ihn zurückrufen würde. Behutsam öffnete er die Tür und schlüpfte hinein. Er nutzte jede Gelegenheit, sich dort aufzuhalten. Zu gerne streifte er mit den Fingern die vielen Buchrücken in dem Bücherregal entlang und las die Titel dabei halblaut vor. Einige der Bücher hatte sein Vater geschrieben, aber leider beschäftigte sich kein einziges davon mit Themen, die Nanning interessant fand. Auch sah er sich gerne die Gemälde der Segelschiffe aus der Nähe an. Sie gehörten zu den jeweils darüber hängenden Kapitänsbildern seiner Vorfahren.

Jetzt allerdings schenkte er Bücherregal und Gemälden keine große Beachtung. Stattdessen ging er schnurstracks auf die Anrichte neben der alten bemalten Truhe zu, griff nach dem gerahmten Foto in der Mitte, klemmte es sich unter den Arm und schlich davon, sich unter den strengen Blicken der Kapitäne wegduckend.

Seine Mutter schaute nicht auf, als er wieder in die Küche trat. Vielleicht hatte sie seine kurze Abwesenheit nicht einmal bemerkt. Das gerahmte Foto legte er auf den Küchentisch, drehte es so, dass es richtig herum zur Mutter lag, schob es noch ein wenig näher auf sie zu und wartete. Die Stricknadeln vollführten zwei, drei, vier weitere Umschlingungen, bevor Nannings Mutter die Hände sinken ließ.

»Warst du in der guten Stube?«, sagte sie, ohne den Kopf zu heben. Die Strenge in ihrer Stimme kam ungewohnt stumpf daher. Nanning zog einen Stuhl vor und setzte sich zu ihr. Er legte den Zeigefinger auf seinen Vater, der im Vordergrund des Fotos neben der Mutter stand. Beide in Uniform, beide mit ernsthafter Haltung und Ausdruck. Nanning stand in ihrer Mitte, direkt vor ihnen, und schaute der Kamera, an die er sich nicht erinnern konnte, aus leicht verkniffenen Augen entgegen. Hinter ihnen der türlose düstere Eingang eines langen Hauses, dessen Dach knapp über der Erde endete und die Hausmauer darunter in Schatten tauchte.

»Weil ich immer an Vater denken muss.«

Die Augen seiner Mutter waren auf den Vater gerichtet. Sie lächelte.

»Ja, ich auch.«

Nannings Finger wanderten das Foto entlang zum reetgedeckten Dach. Mehrmals klopfte er mit der Fingerspitze auf das Glas des Fotos.

»Als wir da gewohnt haben, war Vater immer da.«

»Da haben wir nie gewohnt. Das ist das Wikingerhaus, das ich rekonstruiert habe. Das weißt du doch.«

»Rekonstruiert«, wiederholte er das Wort, es sich selbst vorflüsternd, und fuhr dann in normaler Lautstärke fort: »Aber Vater war immer da.«

»Ja, ganz früher, als wir in Hamburg gewohnt haben, war Vater immer da.«

»Ich war aber schon immer auf Amrum, und Vater auch.«

»Nein. Du bist in Hamburg geboren.«

Nannings Augenbrauen zogen sich weiter und weiter zusammen, während seine Mutter sprach: »Und deine ersten drei Jahre war Vater immer da, weil wir zusammen in Hamburg gewohnt haben. Da verschiebt sich was in deinem Gedächtnis.«

»Und wo ist Vater jetzt?«

Seine Mutter legte Wolle und Nadeln auf den Tisch, atmete einmal kurz aus und schaute ihn an.

»Nanning, warum fragst du das jetzt? Ich bin nach Amrum, weil ich über Wikinger forsche, und Vater ist in Hamburg geblieben und besucht uns.«

»Schon lange nicht mehr.«

Nannings Blick wanderte zum uniformierten Vater. Er sah irgendwie anders aus als der Vater in seiner Erinnerung. Inwiefern, konnte er allerdings nicht sagen. Auf eine Erinnerung, selbst eine, die jünger war als die Fotografie vor ihm, ließ sich kein Finger legen, und das wiederum beunruhigte Nanning.

»Worum geht's hier, Nanning?«

»Ob du mich vielleicht schonen willst.«

»Dich – schonen? Wovor?«

»Ja.«

Da war es wieder, dieses winzige Wort, das so schnell dahingesagt sein konnte, und doch brachte Nanning es nicht über die Lippen. Aber raus musste es, er musste es jetzt ansprechen.

»Dass Vater gefallen ist.«

Seine Mutter griff nach Nannings Hand, die schützend über dem Foto und seinem Vater lag.

»Ach, mein Nanning. Nein.« Ihr Daumen strich über seinen Handrücken. »Vater ist nicht an der Front. Er ist in Hamburg, und er lebt.«

Den ganzen Nachmittag, bis in den Abend hinein, hatte Nanning das Gefühl gehabt, seine Schultern würden von Schnüren zur Körpermitte gezurrt. Dieses Gefühl war mit einem Mal wie weggeblasen, der Knoten gelöst.

»Dann kann er bald nach Amrum kommen, nich'?«

Die Kinderzimmertür knarzte. Als Nanning sich umsah, lehnte Tante Ena gegen den Türrahmen, die Arme verschränkt.

»So bald wohl nicht.«

Der Blick der Mutter wanderte von der Schwester zurück zu Nanning.

Vielleicht hatte sie die wichtige Neuigkeit noch nicht gehört. Seit sie hochschwanger war, verließ sie schließlich nur noch selten das Haus.

»Weil der Krieg bald zu Ende ist.«

Mit einem Ruck, als wäre er elektrisch aufgeladen und hätte ihr versehentlich einen Stromschlag verpasst, zog sie ihre Hand von seiner weg.

»Wer sagt das?«

Nanning schreckte vor der Wucht hinter dieser Frage zurück.

»Weil der Russe fünfzig Kilometer vor Berlin steht.«

»Wer sagt das?«

In ihrer Stimme wie auch in ihren Augen lag ein Anflug dieser fieberhaften Wut, die seine Mutter immer dann überkam, wenn auch die letzte Faser ihres Geduldsfadens gerissen war. Nanning fürchtete kaum etwas mehr.

Er hörte, wie Tante Ena sich hinter ihm im Türrahmen regte. Hilfesuchend drehte er sich zu ihr um. Unverändert stand sie da, die Arme verschränkt. Nur ihr Gesichtsausdruck war ein anderer. Nanning meinte, Besorgnis darin zu erkennen. Er hielt den Blick seiner Tante, als könne dieser die Wut seiner Mutter abwehren. Dann rutschte er vom Stuhl und ging auf den Eimer mit den Abfällen zu. Das Schwein musste schließlich gefüttert werden.

»Nanning, guck mich an! Wer sagt das?«

In den Augen der Mutter ein Donnerwetter. Kein sich zusammenbrauendes Donnerwetter – ein ausgewachsenes, das krachte und toste und von Blitzen durchzuckt war. Und dahinter, wie in der Ferne und durch die dunklen Wolken kaum zu erkennen, Tante Ena im Türrahmen.

Er schluckte trocken.

»Tessa sagt, wenn der Russe fünfzig Kilometer vor Berlin steht, ist Hitlers Scheißkrieg bald vorbei.«

Breitbeinig, um Platz für den Bauch zu lassen, schob seine Mutter sich auf ihrem Stuhl vor.

Ihre Stimme ein Zischen: »Nanning, das sagst du keinem! Das ist Wehrkraftzersetzung. Darauf steht die Todesstrafe.«

Nanning sah herab. Seine Zehen zogen sich an die Fußballen zurück.

»Schau mich an! Hast du das verstanden?!«

»Jawohl, Mutter.«

Ein militärisches Nicken. Dann stützte sie sich am Küchentisch ab und stand ächzend auf.

Ohne ihn eines weiteren Blickes zu würdigen, schob sie sich an ihm vorüber und ging zur Flurtür.

»Hille.«

Ena stieß sich vom Rahmen ab und baute sich in der Kinderzimmertür auf. Ihre Augen waren aufgerissen, und über den Küchentisch und über Nanning weg blitzte sie ihre Schwester an. Die erwiderte den Blick mit der gleichen Entschlossenheit. Nanning fürchtete, seine Mutter und Tante würden jede Sekunde anfangen, sich gegenseitig Vorwürfe an den Kopf zu werfen. Er hoffte unterdes nur, es würde ihm gelingen, sich unbemerkt in den Stall zu verziehen. Aber seine Mutter, die durchaus den Eindruck machte, als läge ihr etwas auf der Zunge, wandte sich ab und stürzte in den Flur hinaus.

Er sah ihr nach. Sie riss ihren Mantel von der Garderobe, warf ihn sich über und verließ, ohne sich nochmals umzublicken, das Haus. Für einen Moment hallte das Zuknallen der Haustür noch in Nannings Ohren nach. Dann blieb nur das Geräusch des Windes, der am Dach und an den Fensterläden rüttelte.

»Das hätt'st du besser nicht erzählt.«

Tante Ena wirkte besorgt, als sie das sagte. Auf Nannings Nachfrage hin, was nun passieren würde, wohin Mutter gehe, antwortete sie nur, dass alles schon in Ordnung käme. Dann gestattete sie ihm, sich um sein Bohnenbeet zu kümmern, ehe es dunkel würde. Die Sau verhungere nicht gleich und könne genauso gut im Dunkeln fressen.

Bevor Nanning die Setzlinge aussäen würde, wollte er die Erde noch einmal auflockern. Er war herzlich spät dran, aber zuletzt hatten Hermann und er so viel bei Tessa helfen müssen, dass er es noch nicht geschafft hatte, sich um sein eigenes Beet zu kümmern. Aber er sah es schon vor sich: die Familie am Tisch. Sie bedienten sich aus einer großen Schale Schnippelbohnen, die er, Nanning, angepflanzt und geerntet hatte. Er sah, wie seine Mutter glücklich und zufrieden die quietschenden Bohnenstücke kaute. Und er hörte Tante Ena, die ihn lobte und ihm versicherte, wie gut Bohnen besonders für Schwangere seien.

Die Stimme der echten Tante Ena drang von der Küche in den Stall und holte Nanning aus seiner Träumerei: »Irgendwo gibt es Grenzen.«

Die Schwestern stritten seit jenem Moment, in dem Nannings Mutter nach Hause zurückgekehrt war. Im Stall konnte er alles mit anhören, während das Schwein laut hinter der Kobenwand schmatzte. Es wütete mit der Schnauze im Trog, in den Nanning erst Gras, dann den Küchenabfall und schließlich unter dem Quieken und Grunzen des Schweins die Reste des Hühnerfutters kippte.

Angefangen hatte der Streit, wie es häufig der Fall war: mit einer Frage, so scharf wie ein Vorwurf. Nannings Mutter hatte sich erst gesperrt, nach mehrmaligem Nachbohren Enas dann aber zugegeben, vom Postamt aus Dr. Schneider angerufen zu haben. Tante Ena konnte den Arzt nicht leiden. Wegen dem, für was er stand, hatte sie einmal gesagt, und das war bei Nanning hängen geblieben. Dabei kam er regelmäßig aus Nebel zu ihnen gefahren, um extra nach Nannings Mutter und dem ungeborenen Kind zu sehen. Spätestens bei Dr. Schneiders üblicher Frage danach, wie es dem kleinen Germanen denn gehe, verließ Ena meist das Haus, machte einen kurzen Spaziergang oder ging raus auf den Hof, um den Rosenbusch zu beschneiden, bis Dr. Schneider wieder weg war. Mit Nannings Eltern war er als Parteigenosse und behandelnder Arzt der Kinder dagegen sehr gut befreundet.

Mutter und Tante warfen sich mittlerweile gegenseitig Dinge aus der Vergangenheit vor, wie weit diese auch zurückliegen mochte. Bis sie schließlich alle in ihren Zwist mithineinzogen – nicht nur Nanning und seine Geschwister, seinen Vater, Onkel Theo und den Rest der Familie, sondern im gleichen Atemzug auch noch die Alliierten, die Amerikaner und die Briten, genauso wie das Deutsche Reich, ja sogar den Führer. Nanning, der mit dem Halbdunkel des Stalls verschmelzen wollte, konnte sich genau vorstellen, wie die Mutter verteidigend auf das Porträt Adolf Hitlers an der Küchenwand wies. Der Ton wurde mit jedem Wort schärfer. Wie so häufig wandelten sich Enas Aufforderungen, Hille solle doch mal nachdenken, endlich zur Vernunft kommen, in eine Art zischendes Sprechen, worauf Nannings Mutter stets mit sich überschlagender Stimme reagierte.

»Der Krieg wird über Falschmeldungen geführt.«

Als Antwort darauf lachte Ena so laut auf, dass Nanning es sogar über das zufriedene Grunzen des Schweins hinweg ausmachen und als gespielt erkennen konnte.

Tante Ena hatte Macker und ihm ein ums andere Mal eingebläut, die Mutter ja nicht aufzuregen und keine Scherereien zu machen, wegen ihres geschwächten Zustands. Die fehlenden Lebensmittel und die schlechte Ernährung machten diesen noch besorgniserregender. Selbst aber gelang es Tante Ena nur selten, sich zurückzuhalten, wenn sie und die Mutter mal wieder aneinandergerieten. Nanning wünschte sich die Stärke, sich aus seiner Starre lösen zu können, in die Küche zu marschieren und seiner Tante zu sagen, sie dürfe die Mutter nicht weiter aufregen. Mehr noch: Mutter und Tante zu sagen, sie müssten sich jetzt vertragen, dürften nicht mehr streiten. Aber Nanning ließ sich an der Kobenwand in die Hocke sinken. Auf der anderen Seite drückte das Schwein seinen Rüssel dagegen und roch schnaufend durch die Lücken im Holz an Nanning. Wie hätte er diese Verantwortung übernehmen können, wenn er es doch selbst war, der an dem Streit schuld zu sein schien?

»Hille! Hille! Du drohst deinem Sohn mit der Todesstrafe!«

Die Worte ließen Nanning aufhorchen, nur um ihn anschließend noch tiefer in sich hineinsacken zu lassen. Er fragte sich, ob das hieße, dass er nun ein Verbrecher war. Denn dass er etwas ganz Schlimmes getan hatte, war sicher. Genauso sicher, wie dass es etwas mit Tessa zu tun hatte. Irgendwie verspürte er ihr gegenüber ein schlechtes Gewissen. Er legte das Kinn auf die Knie. Von draußen war das Fiepen vorbeiflatternder Fledermäuse zu hören. Wenn er doch nur wüsste, was es eigentlich war, das er verbrochen hatte.

3

Die Worte von Mutter und Tante und die Gedanken an Tessa hatten Nanning in der Nacht wach gehalten, während er Macker lauschte, der im Schlaf pfeifend durch die Nase atmete.

Am nächsten Morgen klopfte aus dem bläulichen Dunst Hermann an die Scheibe des Kinderzimmers. Nanning hatte verschlafen. Schnell zog er sich an, und die beiden legten ihren Weg zu Tessas Hof laufend zurück. Sie war gerade dabei, die Taue, mit denen der Pflug am Wagen gesichert war, noch einmal neu festzuzurren.

»Na, Männers, dachte schon, ihr taucht gar nich' mehr auf«, sagte sie, und so wie man kurz auf die Uhr schaute, sah sie zum Misthaufen hinüber, von dem der Hahn herunterkrähte.

Den ganzen Morgen über konnte Nanning nicht anders, als Tessa immer wieder aus den Augenwinkeln zu beobachten. Er erwartete irgendeine Art der Veränderung, wenn er sich auch unsicher war, welcher Art diese sein sollte. Aber noch schien alles wie immer: Irgendwo hoch über dem Kartoffelacker stand eine Lerche in der Luft und sang, in der Ferne rollten die Wellen der Nordsee in unendlicher Wiederholung an die Küste, und Tessa fluchte vor sich hin. Manchmal frage sie sich, warum sie nicht auf Föhr hätte geboren werden können, wo der Boden fruchtbarer war und nicht so steinig wie hier.

Die Schar des Pflugs war nach oben gehoben. Tessa hatte die Gabel fest gepackt. Und doch holperte der Pflug wie wild über den Geestboden, als sie die Pferde über den Acker zum Wagen lenkte. In der Zwischenzeit stellten Nanning und Hermann die Bretter wieder auf, die sie als Rampe für die Verladung des Pflugs benutzten. Sie waren wie üblich vom Wagen gerutscht, als die drei den Pflug früher am Morgen mit vereinten Kräften heruntergerollt hatten. Tessa ließ die Pferde anhalten, sodass der Pflug nun direkt vor den unteren Enden der Bretter stand. Während Nanning und Hermann die beiden Schleswiger losmachten, stieg Tessa hinten auf den Wagen. Nanning stellte sich zwischen die Pferde und nahm sie an den Halftern, um sie ein Stück weiter an den Ackerrand zu führen. Von beiden Seiten vor dem Wind abgeschirmt, stieg Nanning der erdig-süßliche Geruch ihres dicken Fells in die Nase. Wenn sein Vater auch nie auf einem Schleswiger geritten war, ihr Geruch ließ Nanning trotzdem an ihn denken. Im alten Sekretär und auf dem Klavier in der guten Stube standen mehr Fotos, auf denen Vater in Rittmeisteruniform zu Pferde zu sehen war, als mit Nanning und seinen Geschwistern. Er erinnerte sich nicht mehr an den Zusammenhang – nur noch daran, dass sein Vater einmal bedauernd gesagt hatte, es gäbe auf Amrum nun mal keine anständigen Gäule. Doch was beispielsweise mit den beiden Schleswigern von Tessa nicht stimmen sollte, Nanning hätte es nicht sagen können.

Das Brummen, das sich vorher noch am Rande seiner Wahrnehmung befunden hatte, trat nun deutlicher hervor. Es übertönte das Kreischen der Möwen, die irgendwo in der Umgebung auf der Suche nach Beute ihre Kreise zogen. Ein Geschwader Bomber. Nanning suchte den Himmel ab, konnte sie aber nicht finden. Dann ging ein heftiger Ruck durch die Führstricke, sodass er einen unfreiwilligen Sprung vorwärts vollführte. Die Pferde machten zwei Schritte auf das dichtere Gras zu und senkten zugleich die Köpfe, um es mit den Mäulern erreichen zu können.

»Nanning, fass an! Verdammt noch mal.«

Er ließ die Stricke los und beeilte sich, Hermann und Tessa zu helfen. Tessa hatte sich das Tau, dessen anderes Ende am Pflug befestigt war, über die Schulter gelegt, es mit beiden Händen gepackt und stemmte sich nach vorne, während Hermann auf der anderen Seite des Pflugs gegen das Eisengestänge drückte. Nanning sprang ihm zur Seite.

»Los, Männers! Nicht schlappmachen!«

Gemeinsam drückten die Jungs gegen den Pflug, der sich zentimeterweise die Bretterrampe hinaufarbeitete. In Nannings Ohren noch immer das Wummern der sich nähernden Bomber.

Hermann wechselte die Position und stemmte sich nun mit der Schulter gegen den Pflug, sodass sein Gesicht über die Eisenkonstruktion hinweg Nanning zugewandt war. Er war rot vor Anstrengung.

»Opa sagt, Erk hat gesagt –«

»Tessas Erk?«, presste Nanning zwischen den Zähnen hervor.

»Biste doof? Erk Peters, Mensch. Schieb.«

Hermann plusterte vor Anstrengung die Lippen. Nannings Fußballen pressten sich in den sandigen Erdboden. Sie hatten den Pflug jetzt auf halber Höhe der Bretter.

»Opa sagt, Erk sagt, die haben ’ne Bombe auf die *Villa Klara* geworfen. Alles kaputt.«

»Das kleine Hotel kurz vor Nebel?«

»Kennst noch'n anderes? Is' aber keiner totgegangen. War niemand zu Hause.«

Normalerweise ließen die Flieger der US Air Force oder der Royal Navy die Bomben, die sie bei der Bombardierung vom Marinehafen Kiel oder anderen Zielen nicht mehr loswurden, über dem Watt fallen. Um Treibstoff für den Heimflug zu sparen, hatte ihnen Hermanns Opa Arjan erklärt. Dass eine alliierte Bombe über der Insel abgeworfen wurde, davon hörte Nanning zum ersten Mal. Ein erneuter Blick gen Himmel. Seinem Körper fehlte sofort die nötige Spannung, sodass die Aufwärtsbewegung des Pfluges stoppte.

»Nanning! Zum Teufel!«

Von Neuem schmiss er sich gegen den Pflug. Selbstverständlich war ihm bewusst, dass in den Flugzeugen Menschen saßen. Doch auch wenn sie einen Heidenlärm veranstalteten, die Bomber sahen doch meist so klein aus, dort oben am Himmel. Dieser Anblick machte es ihm schwer, zu glauben, es befinde sich tatsächlich jemand darin.

In diesem Moment allerdings, da das Geschwader wie ein Schwarm riesiger Bienen über die Insel hinwegflog, formte sich das Bild plötzlich. Hermann und er konnten nicht länger an sich halten und legten beide den Kopf in den Nacken.

Wie das Geschwader vorüberbrüllte, sah Nanning es vor sich: in den Maschinen da oben echte Menschen. Menschen, die mit Absicht an Hebeln zogen. Knöpfe drückten, sodass sich eine Luke am Bauch des Flugzeugs öffnete. Eine Bombe, die herausfiel und diesen irren Pfeifton von sich gab, bevor sie irgendwo aufschlug. Beispielsweise in der Pension vor Nebel.

»He! Verrückt geworden?!«

Der Pflug kam ihnen langsam entgegengerollt. Oben auf der Ladefläche des Karrens wurde Tessa von seinem Gewicht zurückgezogen. Sie befand sich fast schon in der Waagerechten, so sehr wehrte sie sich. Die Jungs stemmten sich erneut mit aller Kraft gegen den Pflug und schafften es, seine Abwärtsbewegung zu stoppen, kehrten sie sogar wieder um.

Die beiden machten sich bereit, ihre Augen auf die metallenen Räder des Pflugs gerichtet. Als sie oben ankamen und den Punkt überschritten, an dem die Bretter auf der Kante des Wagens auflagen, machten sie beide einen Satz zurück. Keine Sekunde später schnellten die Bretter nicht weit vor ihren Gesichtern vorbei, vom Gewicht des Pflugs hochgeschleudert. Ihr Aufprall ließ kleine Sandwolken aufsteigen. Nanning und Hermann standen vorgebeugt da, Hände auf den Knien, und atmeten durch. Schweiß tropfte von Nannings Kinn. Ein dunkler Fleck im Sand. Tessa pfiff. Noch bevor Nanning aufsah, landete sein Sack vor ihm auf der Erde.

Während Hermann und er ihre Säcke mit Gräsern und Kraut füllten, sah Nanning zum Wagen auf. Tessa stand auf der Ladefläche, einen Fuß auf der Zwischenwand zum Kutschbrett. Sie kaute auf einem Grashalm. In wie absichtlich drapierten Kringeln klebten ihr Haarsträhnen auf der Stirn, dunkel wie nasses Heu. Sie sah sich um, ohne etwas Bestimmtes zu suchen. Dann schloss sie die Augen und atmete durch die Nase ein. Ihre Züge nahmen eine gewisse Leichtigkeit an. Ohne dass es eine bewusste Entscheidung war, tat Nanning es ihr nach und atmete mit geschlossenen Augen durch die Nase. Der Wind trug eine würzige Note von den Salzwiesen heran. Als Nanning die Augen wieder öffnete, sah Hermann ihn an, als frage er sich, ob man Nanning nach Leck in die Irrenanstalt schicken müsse. Schnell rupfte Nanning ein letztes Büschel Gras und stopfte es in seinen Sack, dann richtete er sich auf und ging zum Pferdewagen. Er warf den Sack aufs Kutschbrett und machte sich daran, die Pferde anzuspannen. Hermann tat es ihm gleich.

Als sie damit fertig waren, saß Tessa schon auf dem Kutschbrett zwischen den Säcken, die Zügel in Händen. Sie lenkte das Gespann zur Ackereinfahrt, wo die Pferde die Deichsel auf der Stelle drehen mussten, um auf den Feldweg Richtung Norddorf einzubiegen.

Tessa gluckste verächtlich. Nanning sah erst zu ihr und dann ihrem Blick folgend den Feldweg hinauf. Das schwarze Automobil von Dr. Schneider fuhr holpernd auf sie zu. Wie Nanning wusste, hieß der Wagen Opel Kapitän, doch ihn erinnerte er immer ein wenig an einen riesigen Mistkäfer mit glänzendem Panzer. Er fragte sich, warum Dr. Schneider in seinem Opel Kapitän nicht die normale Straße von Nebel nach Norddorf nahm; ob die Bomber sie vielleicht zerstört hatten? Der Wind blies wie immer aus Westen. Eine mögliche Detonation hatten die drei also wahrscheinlich nicht hören können.

»Wat dat wohl wird?«

Tessa schüttelte den Kopf und lenkte die Pferde auf den Weg. Die Zügel drückte sie Hermann in die Hände.

»Dat ist dein Weg, Jung.«

Nanning drehte sich um. Der schwarze Kapitän hatte beinah zu ihnen aufgeschlossen. Hinter dem Steuer sah Nanning Dr. Schneider und dessen finstere Miene. Tessa neben ihm war das genaue Gegenteil: Einen Fuß auf die Kante des Fußbretts gestellt, die Hände über dem Knie verschränkt, ließ sie den Grashalm im Mund hin und her wandern und machte ganz allgemein den Eindruck, als hätte sie in ihrem gesamten Leben noch nie auch nur die leiseste Ahnung einer Sorge verspürt.

Das einsetzende Hupen ließ Hermanns Hände an den Zügeln zucken. Auch Nanning war zusammengeschreckt, und beide sahen sie sich um. Vorne warfen die Pferde die Köpfe auf. Tessa beugte sich vor und sprach ihnen gut zu.

In der gleichen Stimmlage sagte sie, zu Hermann gewandt: »Dat ist dein Weg, Jung.«

Die Abstände zwischen dem Hupen verkürzten sich immer mehr, je näher sie dem Dorf kamen. Bald waren der Wind, das Rauschen des Meeres, waren die Rufe der Vögel am Himmel und ringsum auf den Wiesen nicht mehr auszumachen. Weil Tessa im Weg war, konnte Nanning Hermann zwar nicht ins Gesicht sehen, aber er spürte, dass sein Freund zunehmend unruhig wurde. Bei der nächsten Ackereinfahrt hatte Tessa schließlich Erbarmen und nahm Hermann die Zügel ab.

»Denn lassen wir ihn mal vorbei.«

Der Wagen drängelte nur Zentimeter hinter dem Fuhrwerk, bis dieses gerade so weit Platz gemacht hatte, dass das Auto knapp daran vorbeifahren konnte. Nanning sah es schon in den Graben auf der anderen Seite des Feldwegs kippen. Den Ärger, den das geben würde, konnte er nur erahnen. Nannings Familie gegenüber verhielt sich Dr. Schneider stets freundlich und zuvorkommend. Allerdings hatte der Junge auch schon mitbekommen, in was für einem ruppigen Befehlston der Ortsgruppenleiter bisweilen mit anderen sprach. Manche wurden geradezu angeschnauzt. So hatte Nanning vor geraumer Zeit mit angesehen, wie Dr. Schneider im Ortskern Norddorfs Peter Petersen vor dessen eigenem Laden fast über den Haufen gefahren hatte, als dieser die Straße nicht schnell genug überquerte. Noch während Dr. Schneider davongefahren war, hatte er den Ladenbesitzer lautstark aus dem Fahrerfenster heraus angeblafft. »Das ist, weil die Petersens Sozialdemokraten sind«, hatte Tante Ena Nanning später gesagt.

Das Auto war mittlerweile an Tessas Fuhrwerk vorbeigezogen und ließ beim erneuten Anfahren den Motor aufröhren. Staubwolken stiegen auf und wurden augenblicklich wieder verweht.

Tessa schnalzte und ließ die Zügel über die Kruppen der Schleswiger streichen. Das Fell der Pferde zuckte, und ihre Schweife schlugen nach rechts und links. Sie zogen an, nur um vom Auto nach einigen Metern wieder ausgebremst zu werden. Der Opel stand quer über den Feldweg. Dass es kein Vorbeikommen gab, war glasklar, Tessa musste es nicht einmal versuchen.

Die Sohlen von Dr. Schneiders Stiefeln setzten auf dem Feldweg auf. Er stieg aus und musterte die drei auf dem Pferdewagen für einen Moment, während er sich die braune Uniformjacke zurechtruckte. Erst dann marschierte er los. Tante Ena machte sich öfters über sein zackiges Einherschreiten lustig, das sich der Doktor, wie sie anzumerken pflegte, erst nach der Machtübernahme der NSDAP angewöhnt hatte. Er hob den Arm, die Hand in einem Lederhandschuh, der ebenso schwarz war wie seine Stiefel, die von den paar Metern Feldweg zu ihnen herüber mit einer Staubschicht bedeckt waren und nun ganz stumpf aussahen.

»Heil Hitler, Frau Bendixen.«

Nanning und Tessa erwiderten den Gruß, keiner von beiden jedoch angemessen. Tessa ließ die Zügel nicht los und hob den Unterarm nur so kurz, als wäre es eine zufällige Zuckung gewesen. Noch im Begriff, den Arm hochzureißen, schön stramm, so wie er es bei den Pimpfen und von seiner Mutter eingebläut bekommen hatte, fiel Nanning schlagartig ein, dass ja Hermann dabei war. Also riss er den Arm ebenso schnell wieder herunter. Hermanns Familie, allen voran Opa Arjan, hatte mit Partei und Führer nichts am Hut.

»Die Dänen sagen keinem, wie er zu leben hat«, hatte Hermanns Großvater mal gesagt.

Opa Arjan fühlte sich, wenn überhaupt als irgendwas, sowieso mehr als Däne – oder noch als Friese vielleicht – denn als Deutscher. Und dem schloss sich auch sein Enkel an. Und da Opa Arjan bis auf Nannings Vater der schlauste Mann war, den Nanning kannte, wenn auch anders schlau, musste das schon irgendwo Hand und Fuß haben, was er sagte, dachte Nanning. Und, auch das dachte er, wer kann jemand anderem schon vorschreiben, als was er sich zu fühlen hatte. Dagegen ließ sich nun mal nichts sagen. Schließlich fühlte er sich selbst einhundertprozentig als Amrumer, auch wenn er in Hamburg geboren war.

»Hitler, Herr Ortsgruppenleiter.«

Das Heil verschluckte Tessa zur Gänze. Das war sicher auch Dr. Schneider aufgefallen, der sich aber nichts anmerken ließ. Dafür hatte Tessa den Mittelteil des Wortes Ortsgruppenleiter besonders stark betont.

Dr. Schneider war auf Höhe der Kruppe des linken Pferdes stehen geblieben. Kurz sah es so aus, als wolle er die Hand auf dem Rücken des Schleswigers ablegen, als aber der Schweif hochwischte und der Doktor einen halben Schritt zurücktrat, nahm er sie wieder herunter und hielt sich damit an der Knopfleiste seiner Uniformjacke fest. Er sah zu ihnen herauf.

»Frau Bendixen, Sie haben gestern in Gegenwart der beiden Pimpfe da –«

»Nur einer, nur Hille Jessen ihrer ist Pimpf.«

Tessa nickte zu Nanning. Der Doktor räusperte sich, zog sich die Knopfleiste zurecht.

»Sie haben sich gefreut, dass der Bolschewik schon fünfzig Kilometer vor Berlin steht und dass Hitlers Scheißkrieg bald vorbei ist.«

Mit Wucht traf Nanning die Erkenntnis dessen, was hier los war. Er wusste zwar, was Position und Titel des Ortsgruppenleiters bedeuteten, wenn auch nur ungefähr. Dazu gehörte unter anderem die Bestrafung derjenigen, die sich nicht gesetzestreu und parteikonform, wie seine Mutter es nannte, verhielten. Doch diese Möglichkeit war für Nanning bis dahin eine rein theoretische gewesen, schließlich waren Dr. Schneiders Hausbesuche bei ihnen stets medizinischer und wohlwollender Natur gewesen.

Nanning merkte erst, dass sein Mund offen stand, als der Wind ihm die Luft nahm. Er schluckte hart und blickte zu Tessa auf. Die sah den Doktor weiterhin mit ungerührt amüsiertem Ausdruck an. Nur wirkte ihr Kiefer eckiger als sonst.

»Was'n Quatsch.«

»Was Sie machen, ist Wehrkraftzersetzung, Frau Bendixen. Das kostet Sie den Kopf! Auf Wehrkraftzersetzung steht die Todesstrafe.«

»Soll ich gleich mitkommen?«

Tessa bot ihm die Handgelenke an, ließ aber die Zügel nicht los.

»Sie halten sich für unverwundbar, Frau Bendixen, weil ich für die Insel Ihre Kartoffeln brauche. Nicht mehr lange.

Unter den Flüchtlingen sind auch Bauern, mit denen ich Sie ersetzen werde. Und dann stehen Sie vorm Standgericht. Heil Hitler.«

Er hob den rechten Arm und drehte sich militärisch auf dem Absatz um. Staub wirbelte auf. Die ehemals glänzenden Lederstiefel waren nun vollends von rötlich braunem Staub überzogen. Dr. Schneider knallte die Tür seines Opels zu. Das Auto zockelte mehrmals vor und zurück, bis es endlich so weit einschlagen konnte, dass es sicher am Graben entlangkam. Der Opel Kapitän fuhr zurück in die Richtung, aus der er gekommen war.

»Wehrkraftzersetzung, was, Nanning Hagener?«

Tessa hob die Hand. Nanning zog instinktiv den Kopf zwischen die Schultern, kniff die Augen zusammen und machte sich darauf gefasst, dass Tessas Handrücken jede Sekunde auf ihn niedersauste. Aber die Sekunden vergingen, und als er die Augen zaghaft öffnete, waren beide Hände Tessas wieder an den Zügeln. Dafür presste sie das Wort vor zurückgehaltenem Zorn geradezu heraus: »Runter.«

Erneut zuckte Nanning zusammen. Dann rückte er an den Rand des Kutschbretts ran und sah hinunter, auf die Hinterteile der Pferde und das Gewirr des Gestänges, mit dem sie den Wagen zogen; Bracke, Ortscheite, Stränge, Deichsel. Auf einmal wusste Nanning nicht mehr, wie er überhaupt hier heraufgekommen war.

»Ich hatte doch nur Angst.«

Es kam nicht lauter als ein Wispern aus ihm heraus. Kurz fürchtete er, der Wind hätte den Satz verschluckt und weitergetragen. Unter Tessas Wangen bebte es.

»Runter!«

Bevor er sichs versah, hing Nanning halb in der Luft,

die Beine nach irgendeinem Halt strampelnd, während sich seine Hände am Kutschbrett festkrallten und einfach nicht losließen. Er rutschte. Nur zu gerne hätte er hilfesuchend zu Hermann geschaut, konnte sich aber nicht dazu durchringen. Dann stand er plötzlich auf festem Boden. In der darauffolgenden Sekunde traf ihn der Futtersack am Kopf und riss ihn zurück. Tessa machte ein klackendes Geräusch mit der Zunge und ließ ihr Gespann antraben. Der Wind blies Nanning den aufgewirbelten Staub ins Gesicht, als wollte er sagen: Geschieht dir recht!

Er wischte sich mit dem Unterarm über das Gesicht und sah dem Wagen nach. Hermann drehte sich um. Mit zunehmender Entfernung verschwamm das Gesicht des Freundes.

Ohnmächtig starrte Nanning lange vor sich hin, immer erst blinzelnd, wenn ihm die Augen bereits anfingen zu brennen. Eigentlich sollte er an diesem Tag ein Stück Butter kriegen, das er mit nach Hause bringen konnte. Das hatte er Tante Ena und seiner Mutter gestern noch versprochen. Vor allem der Mutter, die doch unbedingt bei Kräften bleiben musste. Er würde nicht nur ohne Butter heimkehren, begriff Nanning wie in einem Rieseln, das in nur kurzer Zeit zu einem ganzen Erdrutsch anwuchs. Es würde auch keine Milch geben. Und kein Hühnerfutter. Bekamen die Hühner nichts mehr zu picken, würden sie aufhören, Eier zu legen. Zudem würden sie immer magerer werden, sodass es sich am Ende nicht einmal mehr lohnen würde, sie zu schlachten. Denn niemand würde von ihnen mehr satt werden. Und trotzdem müssten sie sie schlachten und essen. Als Nächstes wären die Kaninchen dran, die eigentlich für den Winter vorgesehen waren. So aber würden sie nicht einmal annähernd bis dahin reichen. Als letzter Ausweg bliebe danach nur noch das Schwein. Bis auch dessen

Fleisch aufgebraucht und am Ende rein gar nichts mehr zum Essen über wäre und es der Mutter furchtbar schlecht gehen würde und Nannings Geschwister schwächer und schwächer würden und Tante Ena verhungern würde, weil sie ihrer Schwester den letzten Bissen überlassen würde.

Der Wind, der die Jacke an seine Schultern drückte, und der Ruf des Kiebitzes, von demselben Wind herangetragen, waren es, die Nanning aus seiner Starre befreiten. Nein, er konnte auf gar keinen Fall mit leeren Händen nach Hause kommen. Er schulterte den Sack und ging los.

Hatte er auf dem Geestrücken noch das Schrillen eines rüttelnden Turmfalken vernommen, dazu die Feldlerche und das Pfeifen des Steinschmätzers, so erfüllte unten, in den ans Wattenmeer angrenzenden Salzwiesen, das Geschrei von Austernfischern und Rotschenkeln die Luft. Nanning blieb stehen und spitzte die Ohren. Da war es wieder, das charakteristische Kiwitt-kiwitt des Kiebitzes. Er übersprang ein schmales Fleet, eines der dort grasenden Rinder sah ihn gleichgültig an, kaute weiter und senkte den Kopf ins Gras.

Eine Zeit lang saß Nanning inmitten des Viehs, rupfte Gräser, Kraut und Blüten für den Futtersack und sah gedankenverloren den Schwalben zu, wie sie zwischen den Rindern umherjagten. Dann hörte er es wieder, über dem Tschirpen der Schwalben. Kiwitt-kiwitt. Er sprang auf und entfernte sich von den Kühen, ging weiter in die Wiese hinein. Etwas brauste über ihn hinweg, schwarz geflügelt, weiße Unterseite. Ein Kiebitz, der sich immer wieder aus seinem Taumelflug heraus auf Nanning stürzte, Scheinangriffe auf ihn flog. Nanning wusste genau, dass er von dem taubengroßen Vogel nichts befürchten musste. Das hatte er von Hermann gelernt, der ihm vor langer Zeit gezeigt hatte, worauf man achten musste, um ein Kiebitznest zu finden. Hermann wiederum hatte das von Opa Arjan gelernt.

Gebückt watete Nanning durch die Wiese und hielt nach Lücken im Bewuchs Ausschau, ein Anzeichen für die Nestmulde eines Kiebitzpaares. Als er sich einer kleinen Kolonie weiß blühenden Löffelkrauts näherte, bekam er das Gefühl, die Sturzflüge des in der Luft umhergaukelnden Vogels nähmen zu. Er fand das Nest halb verdeckt von den fleischigen Blättern und nahm das erste der vier spitz zulaufenden Eier heraus. Es strahlte eine Restwärme aus. Vater oder Mutter Kiebitz mussten vor nicht allzu langer Zeit noch darauf gesessen und gebrütet haben. Nanning zögerte. Er war an die Wärme erinnert, die der Bauch seiner Mutter ausgestrahlt hatte, in dem sein kleinstes Geschwisterchen die nötige Kraft sammelte, um auf die Welt zu kommen. Doch damit es das auch schaffte, brauchte die Mutter Eiweiß, wie Tante Ena immer wieder betonte.

Nanning sah auf, das Ei in der Hand, und entschuldigte sich bei dem Kiebitz, unsicher, ob er die Worte aussprach oder nur dachte. Er versprach dem Vogel, wenn er ein zweites Gelege in die Mulde legen würde, lasse er, Nanning, diese neuen Eier in Ruhe. Dann nahm er die anderen drei gefleckten Eier auf und schritt weiter gebückt die Wiese ab.

Nachdem er zu seinem Futtersack zurückgekehrt war und feststellen musste, dass sich eine der Kühe am Inhalt gütlich tat, er darauf dem Tier den Sack entriss und noch etwas mehr Kraut rupfen musste, wollte er sich schließlich auf den Heimweg machen. Noch bevor er die Salzwiesen verlassen hatte, huschte unmittelbar vor ihm etwas ins hohe Gras. Sofort ging er in Lauerstellung und bewegte sich langsam und Schritt für Schritt voran. Was auch immer es war, raschelte durch die Gräser, hielt immer wieder inne. Eine schwarze Federholle stach aus dem Grün heraus. Nanning blieb stehen, machte sich klein. Ein Kiebitz tippelte keine zwei Meter von ihm entfernt auf eine lichtere Stelle hinaus. Sein linker Flügel war unnatürlich abgespreizt, die Federn standen ab, als hätte jemand oder etwas versucht, sie auszureißen. Nanning schoss vor und ließ den Sack auf den Vogel niedersausen. Dann zog er den flügellahmen Kiebitz drunter hervor und legte die andere Hand um den dünnen schwarzen Hals. Er hatte das Dutzende Male gesehen, ob bei Wildvögeln oder Hofhühnern: Ein rasantes Kreisen der Hand, und es wäre vorbei. Aber Nanning stand nur weiter da, hielt den Kiebitz in Händen und blickte in dessen blinzelnde Knopfaugen. Er hing so schlaff in Nannings Griff, dass man hätte meinen können, er habe sich bereits in sein Schicksal ergeben.

Nanning dachte an Hermann, der von Opa Arjan wusste, wie man Wildkarnickel fing, an Sam Gangsters, der regelmäßig auf Seehundjagd ging, und ganz vage, eher einer Ahnung gleichend, dachte er an Generationen von Amrumern und Amrumerinnen, die, um zu überleben, Tiere züchteten, schlachteten, jagten und erlegten. Die Porträts der Kapitäne, seiner Vorfahren, in der guten Stube erschienen ihm. Seine Familiengeschichte mütterlicherseits war gespickt mit erfolgreichen Amrumer Walfängern. Wale waren riesige Tiere aus der See. Ein Kiebitz dagegen war geradezu verschwindend winzig, dachte er und betrachtete den Vogel mit zusammengebissenen Zähnen. Und Nannings Vater, was würde Nannings Vater sagen, wenn er zurückkehrte und sein ältester Sohn nicht alles getan hatte, um für die Familie zu sorgen? Nicht alles getan hatte, damit die Mutter bei Kräften blieb. Nanning betrachtete den verqueren Flügel des Kiebitzes. Welche Überlebenschancen hatte der Kiebitz mit solch einem Flügel schon? Schließlich gab es auf der Insel Rohrweihen. Und ab Juli machten die großen räuberischen Mantelmöwen auf Amrum halt. Spätestens dann würde der Kiebitz sterben müssen. Nannings Augen hafteten weiter auf dem Flügel. Auf den schwarzen Federn und darauf, wie diese schimmernd in andere Farben übergingen. Blau, ein Gelb wie von nassem Ton, und ein Grün, das Nanning an die See denken ließ. Wunderschön. Doch was würde der Vater davon halten? Und dann dachte Nanning daran, was sein Vater über Kiebitze sagte. In Nannings Griff lag ein Zittern. Aber er hatte schon eine Entscheidung getroffen.

»Tut mir leid, aber Mutter braucht nu mal was Fleisch. Für ihr'n Bauch.«

Nanning nahm sich zusammen, holte Luft und überraschte sich selbst damit, dem Vogel mit einer ruppigen Art von Rührbewegung das Genick zu brechen, noch bevor er die Luft wieder ausgepustet hatte. Dann hob er den Vogel etwas an. Er schien wenig verändert. Noch immer hing er schlaff in Nannings Hand. Seine Augen waren weiterhin geöffnet. Nur blinzeln, das tat er nicht mehr.

Nanning wandte sich um. Eines der Rinder hatte den Schädel erhoben und brüllte einen lang gezogenen, auf- und wieder absteigenden Ton über die Marsch.

Auf seinem Nachhauseweg, den Nanning parallel zum Deich ging, stemmte er sich in den Gegenwind und wog alle Möglichkeiten ab, die Familie weiterhin zu ernähren, und wenn er dazu auf einem Walfänger anheuern musste.

Zu Hause angekommen, legte er den toten Kiebitz auf den

Küchentisch. Macker, der wieder halb auf dem Tisch hing, richtete sich auf und stieß ein verwundertes Geräusch aus.

»Damit es nicht immer dasselbe ist.«

Tante Ena drehte sich vom Herd um.

»Ein Kiebitz?«

»Vater sagt immer, für Kiebitz würd er sogar Wachteln stehn lassen, und«, Nannings Hände spürten sachte im Sack mit dem Grünzeug herum, »Kiebitzeier sind besser als Kaviar, sagt er auch.«

Er legte die Handvoll Kiebitzeier weit genug von seinem Bruder entfernt auf den Tisch, falls dieser auf dumme Gedanken kam.

»Und keine Butter?«, fragte die Mutter.

»Wenn ich Kiebitze fang, kann ich keine Butter kriegen.«

»Und das entscheidest du?«, bohrte sie weiter.

Vor Nanning erschien eine Greifzange in der Hand Enas. Sie schnappte sich den Kiebitz, hob ihn über Nanning hinweg und tauchte ihn in einen Topf kochenden Wassers auf dem Herd.

»Weißt du, was Kaviar ist?«

»Nee, aber Vater sagt das immer.«

Ena öffnete die Sitztruhe am Ende des Tisches, holte eine Blechschüssel heraus und stellte sie direkt vor Nanning. Dann hob sie den triefenden Vogel an ihm vorbei und legte ihn in die Schüssel.

»Rupf den mal. Aber draußen.«

Nanning sah zu Ena, die mit der tropfenden Zange auf ihn zeigte. Er verkniff sich jedes weitere Wort, schnappte sich die Schüssel und ging durch die Waschküche in den Hof.

Auf der Bank zwischen den Küchenfenstern machte er sich daran, den Vogel zu rupfen. Die Federn, die so nass ganz kümmerlich aussahen, ließ er in die Schüssel fallen. Vom Nachbarhof drang ein Hämmern herüber. Opa Arjan, dachte Nanning. Manchmal bewegte sich hinter den Fenstern von Hermanns Elternhaus ein Schemen. Wahrscheinlich Hermanns Mutter Anne. Er sah weg, blickte zum Rosenbusch seiner Mutter hinüber, am Ende des Hofs. Er stand kurz vor der Blüte. Lange würde es nicht mehr dauern. Die rosaroten Blütenblätter waren bereits aus den Knospen hervorgebrochen und sammelten die letzten Kräfte, sich zu öffnen. Zu Nannings Füßen pickten die Hühner, vergeblich auf der Suche nach bislang übersehenen Körnern. Er verzog den Mund, war von sich selbst enttäuscht. Tante Ena öffnete die Tür, sah sich um und setzte sich zu ihm.

Minutenlang saß sie nur neben ihm. Er spürte ihren Blick auf sich und auch auf dem Vogel, der mit abnehmendem Federkleid immer blasser und magerer aussah. Als hätte sie getrockneten Leim an den Händen, den sie abzustreifen versuchte, rieb Tante Ena sich die Hände über dem Schoß.

»Tessa hat dich weggejagt, oder?«

Nanning vergewisserte sich kurz, ob die Küchenfenster offen waren. Sie waren geschlossen.

»Woher weißt du das?«

»Weil ich eins und eins zusammenzählen kann.«

»Mutter darf das nicht wissen.«

Nanning konzentrierte sich weiter auf den Kiebitz.

»So?«

»Sonst telefoniert sie noch mal mit Dr. Schneider.«

Er spürte Enas Nicken, ohne es zu sehen. Genauso, wie sie über die Schar Hühner blickte.

»Kein Hühnerfutter mehr, und dann keine Butter und keine Milch. Sie wird doch danach fragen.«

»Ich denk mir was aus.«

»Kannst du so 'ne Lügerei durchhalten?«

Nanning hielt kurz inne.

»Weiß nicht.«

»Ich glaub, ich muss mir was ausdenken.«

»Und was?«

»Wenn ich das wüsste. Aber viel schlimmer ist, Hille kann ja mit ihrem Baby nicht die ganze Zeit nur Kartoffelsuppe essen.«

Nanning rutschte mit dem Po an den Rand der Bank. Sein Hinterkopf berührte die Backsteinwand. Mit der soeben gerupften Feder zeigte er auf die Kaninchenställe.

»Ich denk schon die ganze Zeit, wo ich was herkrieg. Die brauchen wir für'n Winter. Ich muss wilde fangen.«

»Kannst du wilde Karnickel fangen?«

»Ja, glaub ich.«

»Fleisch ist sogar besser als Butter.«

Nanning musste grinsen und sagte: »Kanonen statt Butter.«

»Wo hast denn das her?«

»Vonnen Pimpfen.«

Ena hatte sich leicht vorgebeugt, lehnte sich nun wieder zurück.

»Dachte schon, von deiner Mutter.«

»Auch.«

Er rupfte weiter, die letzten Federn eine nach der anderen.

»Und wenn die Schafe lammen –«

»Gibt's Milch. Aber musst das Schaf herholen zum Melken, geht das?«

»Ja, glaub ich. Und Schollen.«

»Wie geht das?«

»Mit'm Pregen.« Nanning tat so, als spieße er etwas am Boden auf. Zack! »Oder mit nackten Füßen im Wasser rumpetten, und wenn was zuckt, draufbleiben.«

Ena schüttelte sich demonstrativ neben ihm.

»Oha, wenn was zuckt, draufbleiben, könnt' ich nicht.«

»Oder mit'm Wattwurm rausangeln, geht auch.«

»Und Eier? Mutter braucht Eiweiß.«

»Hühnerfutter.«

»Ja, woher?«

Die letzte Feder glitt in die Schüssel. Der tote Kiebitz mit dem verrenkten Flügel gab ein trauriges Bild ab.

»Weiß nich'.«

Tante Ena stand auf und nahm Nanning den Vogel ab.

»Denn woll'n mal sehen.«

Sie saßen zusammen am Tisch, Ena füllte Suppe auf die Teller, und die Mutter ermahnte Macker wie üblich, aufrecht zu sitzen. Mit einem Seitenblick versicherte Nanning sich, dass Macker, so wie immer, prüfte, ob er denn gerade saß.

»Und die Hände, Dankwart, das möchte ich nicht ständig wiederholen.«

Mackers Hände krochen unter dem Tisch hervor und ruhten – vorerst – darauf. Der erste gefüllte Teller ging an Nannings Mutter.

»So, Kiebitzsuppe mit Rübeneinlage und Kiebitzeiern«, sagte Ena und reichte Nanning den zweiten Teller an. »Sag mal, mein Jäger, warst du den ganzen Tag unterwegs?«

Nanning war so fixiert auf den Teller mit dem von ihm erlegten Kiebitz gewesen, dass er noch einmal zur Tante aufsah. Hatte sie ihm zugezwinkert?

»Ja.«

Die Hitze des Suppendampfs stieg ihm wohltuend ins Gesicht.

»Und Schule?«

»Geht ja nich'.«

»Und gestern?«

Macker hatte kaum den Teller vor sich stehen, als auch schon sein Löffel harpunengleich in die Suppe patschte.

»Dankwart!«

Ohne den Löffel herauszuziehen, legte Macker die Hände gerade wie Lineale neben seinen Teller und drückte den Rücken durch.

Tante Ena hatte kurz innegehalten. Sie stellte ihren Teller ab und räusperte sich.

»Und gestern? Schule?«

»Auch nich'.«

Sie holte ihren Löffel vom Herd, legte ihn neben den Teller und setzte sich.

»Und den Tag davor?«

»Nee.«

»Gesegnete Mahlzeit«, sagte Nannings Mutter.

Mackers Löffel war der erste, der seinen Weg in den Mund fand. Noch während er das Kiebitzfleisch kaute, sagte er: »Suppe mit Fleisch«, und griente zufrieden.

Tante Enas freie Hand landete mitten zwischen dem Geschirr auf dem Tisch.

»Nanning geht die ganze Zeit nicht zur Schule. Hast du das gewusst, Hille?«

Mutters Gesicht, das zuvor noch ganz auf das Essen konzentriert gewesen war, wirkte jetzt besorgt.

»Hätt' ich wissen müssen. Oh Gott, Ena«, die Mutter fasste den Unterarm ihrer Schwester, der noch immer auf dem Tisch lag, »als ob mein Kopf die Gegenwart und Zukunft einfach ausschaltet.«

Nanning hatte das Gefühl, etwas beitragen zu müssen.

»Ich lern, wie man Kartoffeln setzt.«

Tante Enas mahnender Zeigefinger wackelte hin und her.

»So? Und lernst du auch, was ein Zentner Kartoffeln kostet, wenn das Pfund sechzig Pfennig ist?«

Nanning winkte mit dem Löffel ab. Suppentropfen flogen ihm ins Gesicht.

»Das lern ich nebenbei. Ich muss gucken, dass wir genug zu essen kriegen.«

»Nein, Nanning, ich werd' nur noch Wassersuppe essen, solange du die Schule schwänzt und in Hamburg dann durch die Prüfung fürs Gymnasium fällst.« Um zu unterstreichen, was sie sagte, schob Nannings Mutter ihren Teller einige Zentimeter von sich.

Die Erwähnung Hamburgs löste in Nanning das Gefühl aus, als hätte ihn jemand in den Kartoffelkeller geschubst und die Luke zugeschlagen.

»Ich will nicht' nach Hamburg«, er rückte so weit vor, dass er nun fast vor seinem Stuhl stand, »da ist alles zerbombt, und ich kenn keinen.«

»Deinen Vater.«

Seine Mutter fuhr nun doch fort, zu essen, und bedeutete ihm mit einer Abwärtsbewegung des Löffels, sich richtig hinzusetzen.

»Den kenn ich bald auch nicht mehr. Ich kenn da keinen, und die lachen mich schon wegen mein' Namen aus.«

»Du hast mich gehört«, während Nanning in sich zusammensackte, schienen die weiteren Löffel Suppe der Mutter zu alter Kraft zu verhelfen, »du gehst morgen zur Schule«, sagte sie bestimmt.

»Hermann muss auch nicht.«

»Ich red mit seinem Opa«, schaltete sich Ena ein.

Die Blicke wanderten zu Macker, der die Suppe direkt vom Teller schlürfte. Sein Gesicht drohte komplett hinter der Unterseite seines Tellers zu verschwinden, je höher er ihn hielt. Aus seinen Mundwinkeln rann es das Kinn hinab. Nanning und Ena sahen zu, wie die Mutter Macker den Teller abzunehmen versuchte und ihm lautstark damit drohte, ohne auch nur einen weiteren Löffel Suppe ins Bett zu müssen. Nanning beugte sich vorwurfsvoll zu seiner Tante.

»Da hast du dir ja was Dolles ausgedacht. Vielen Dank.«

4

Ging man von Nannings und Hermanns Elternhäusern den Weg in Richtung Dorfmitte hinunter, gabelte er sich. Linker Hand kam man an Tewe Bäcker und – gegenüber der Backstube – am *Hotel Möring* vorbei. Gleich dahinter stand die Schule.

Nanning blieb wie so oft an der Gabelung stehen und sah in die andere Richtung. Nach rechts, wo der Pfad zur Norddorfer Marsch hinabführte. In der Ferne dahinter, einen leichten Bogen schlagend, die Odde. Und im Osten, in der diesigen Luft wie eine Fata Morgana wirkend, die Insel Föhr. Ein Schwarm Alpenstrandläufer über dem Watt hatte Nannings Aufmerksamkeit erregt. In perfekter Abstimmung drehte sich der Schwarm aus Tausenden der kleinen Vögel zu einer Seite, zog sich auseinander, nur um abrupt Formation und Flugrichtung zu ändern und schließlich wie ein ausgeworfenes engmaschiges Netz vor der Nordspitze der Insel zu landen.

»Hä?«, machte Hermann, der einige Meter vor Nanning stehen blieb und sich umdrehte und Nanning damit aus seiner Betrachtung der Vögel riss.

Nanning schloss zu ihm auf. Bücher und Stifte klapperten gegen die Innenseiten seines Ranzens aus Presspappe.

»Wenn ich nach Hamburg soll, kommst du denn mit?«

»Nach Hamburg? Da kenn ich kein'. Ich geh nach New York.«

»Ach, und da kennst wen?«, sagte Nanning in herausforderndem Ton.

Sie waren auf Höhe der Bäckerei. Durch die Fensterfront war ein Foto Adolf Hitlers an der Wand zu sehen. Gegenüber das Hotel, dessen Zimmerfenster seit Langem von niemand anderem als dem Besitzer geöffnet wurden, um zu lüften.

»Erk, Theo, Manfred, Broder, die sind alle nach Little Amrum auf Long Island.«

Nanning blieb kurz stehen, lief dann wieder los.

»Ja, wenn du groß bist. Aber jetzt Hamburg wegen Oberschule.«

Jetzt war es Hermann, der stehen blieb und sichtlich nachdachte.

»Oberschule? Opa Arjan sagt auch immer, ich soll zur Oberschule. Ma gucken.«

Sie kamen an der Schulglocke an, die unter einem ein paar Quadratmeter großen, von Balken getragenen Dach hing. Die Schulglocke klang heller als die Glocke der Feuerwehr.

»Kannst du mir beibringen, wie man Karnickel zu fassen kriegt?«

»Wofür?«

Hermann schien abgelenkt.

»Dass meine Mutter mit ihr'm Bauch was Fleisch kriegt.«

»Ja, ma sehn.«

Nanning folgte dem Blick seines Freundes. An der Längsseite der Schule, dort, wo es ins Gebäude hineinging, hatten sich zwei Gruppen Kinder versammelt. Als die beiden sich näherten, erkannten sie unmittelbar vor dem Schultor ihre Schulkameraden. 23 Kinder, wenn niemand fehlte. Ihnen standen fast doppelt so viele fremde Kinder gegenüber. Wie die Amrumer waren auch sie unterschiedlichen Alters. Was sie dagegen aber zusammengehörend, fast schon uniformiert wirken ließ, war ihre Kleidung. Insgesamt zu große und zu dicke Klamotten, darin sahen die Kinder so aus, als hätte der Frühlingsbeginn sie komplett überrumpelt. Und nun würde es bald schon Sommer sein, dachte Nanning.

»Alles Flüchtlinge. Die wollen in unsere Schule.«

»Lass sie doch. Wenn wir keine Schule mehr haben, musst du nich' nach Hamburg.«

Der alte Schuldiener mit dem trüben Auge ging an den beiden vorbei und schlug die Glocke an.

Verdutzt sah Nanning Hermann an. Von dieser Seite hatte er das noch gar nicht betrachtet. Nee, dachte Nanning, hier geht's ums Prinzip!

»Bist du verrückt? Das's 'ne Amrumer Schule! Das's unsere Schule.«

Hermann zuckte mit den Schultern.

»Wenn wir drin sind, ist die Schule voll!« Die Norddorfer Kinder teilten sich vor Richard Peters, der in ihrer Mitte alle anderen überragte und die Flüchtlingskinder anraunzte: »Verpisst euch. Los!«

Richard war bereits 14 und nicht nur groß, sondern ebenso kräftig. Und zu Nannings Leidwesen hatte er ausgerechnet ihn auf dem Kieker. Gut zwei Jahre zuvor hatte das auf einmal begonnen. Soweit Nanning sich erinnern konnte, hatte es keinen bestimmten Auslöser gegeben. Seiner Meinung nach musste Richard Peters eines Morgens aufgestanden sein und ganz einfach entschieden haben, Nanning von nun an zu piesacken. Im vorigen Jahr, beim Biikebrennen am Wirtschaftsweg zwischen Norddorf und Nebel, hatte Richard Peters ihn geschubst, sodass Nanning mit dem Hosenboden ausgerechnet auf einem Kuhfladen gelandet war. Hermann hatte ihm, so gut es ging, dabei geholfen, den Kuhdung mit Blättern und Büscheln Gras abzuwischen, aber die Zeit hatte nicht ausgereicht. Allzu bald wurden Nanning und die anderen Pimpfe vom Jungenschaftsführer zusammengerufen. Nach der festlichen Rede von Ortsgruppenleiter Dr. Schneider, der an diesem Tage über die Insel von Biikenfeuer zu Biikenfeuer fuhr und Reden schwang, sollten die Pimpfe ein Ständchen singen. Die erste Strophe von »Es zittern die morschen Knochen« war noch nicht vorbei, als die Umstehenden begannen, von Nanning wegzurücken, und ihr Prusten zu unterdrücken versuchten, sodass das Lied zwischenzeitlich immer wieder von nur wenigen Stimmen gehalten werden musste. Im Anschluss erntete Nanning eine saftige Ohrfeige vom Jungenschaftsführer. Dass es Richard gewesen war, hatte Nanning natürlich nicht gesagt, das tat man nun mal nicht. Richard war nicht in der HJ, und der Pimpfleiter interessierte sich für Schuldfragen sowieso keinen Deut. Wenn Nanning es sich ehrlich eingestand, so hatte er nach dem Biiken trotzdem ein ganz klein wenig gehofft, sein Dichthalten würde ihm den ersehnten Respekt bei Richard Peters und dessen Gefolgschaft an Amrumer Schulkameraden einbringen. Vergeblich.

»Ihr könnt auch 'n Arschvoll kriegen.«

Der Block der Flüchtlingskinder schwieg, war aber offensichtlich nicht sehr beeindruckt.

Nanning sprang Richard Peters zur Seite: »Das's 'ne Schule für uns hier, für die Amrumer!«

Richard Peters versuchte, Nanning fortzuschieben, doch der duckte sich weg.

Er spuckte die Worte aus, die ganz plötzlich in seinem Mund lagen: »Das's 'ne Schule für Amrumer und nicht für Polacken, die vor Angst in die Hose kacken.«

Ausmaß und Lautstärke des Gelächters überraschten Nanning. Alle lachten sie, alle, auch die Mädchen, aus vollem Hals. Selbst Richard Peters feixte. Dann stürzten sich auch schon die fremden Kinder auf Nanning und die anderen. Chaos brach aus. Überall schreiende Jungs, die sich in den Schwitzkasten nahmen, versuchten, einander die Beine wegzutreten, übereinanderfielen und am Boden weiterrangen. Nanning, unvorbereitet und nicht auf der Hut, wäre um ein Haar mit dem Hinterkopf auf den Absatz der Schultür geknallt, als zwei der Flüchtlingsjungen ihn umrannten. Einer von ihnen schlug dabei nach ihm. Die Fingerknöchel des Jungen berührten seine Wange zwar, durch seine Rückwärtsbewegung glich es jedoch eher einem Streifen als einem Faustschlag. Auf dem Boden zog Nanning schützend die Beine an den Körper.

Lehrer Simonischeks helle Stimme war zu hören: »Schluss, Schluss, Schluss!«

Nanning trat zu, um sich Luft zu verschaffen.

Plötzlich war Hermann da. Er stieß einen der Jungen weg. Den anderen packte er am Schlafittchen und riss ihn von Nanning runter, sodass er davontorkelte, wild mit den Armen rudernd, um nicht selbst auch hinzufallen. Hermann zog Nanning auf die Beine, der seinem Freund dankend zunickte.

»Aufhören! Aufhören!«, schrie Simonischek.

Nanning sah ihn, wie er in dem Durcheinander umherhetzte und wahllos mit seinem Rohrstock um sich schlug.

Hinter ihm lief ein anderer Mann her, dicklich, mit schwarzem Schnauzbart.

»Kinder, nun seid doch vernünftig!«, rief dieser mit erhobener, aber weicher, fremd klingender Stimme.

Dazu machte er Handbewegungen, als wären die Jungs nur etwas zu laut und würden sich nicht etwa aneinander reißend und sich würgend auf dem Boden wälzen.

»Ich setz euch alle 'ne Klasse runter!«

»Nun seid doch vernünftig!«

Durch weiter beharrlichen Einsatz von Simonischeks Rohrstock gelang es den beiden Lehrern – Nanning nahm zumindest an, dass es sich bei dem anderen Mann um den Lehrer der Flüchtlingskinder handelte –, die auswärtigen und die Amrumer Kinder voneinander zu trennen. Die Lehrer verlangten eine Erklärung.

»Alles nur wegen dem da!«

Nanning sah einen der Flüchtlingsjungen mit dem Finger auf sich zeigen, und da dämmerte es ihm – nicht an der äußeren Erscheinung, die war sauberer, weniger abgekämpft als damals, am Blick des Jungen erkannte er ihn wieder. Es war der Junge, der von Boy Krögers Wagen herunter scheinbar in Nanning hineingesehen hatte, die Häme, die er empfand, erkannt hatte.

»Weil der gesagt hat, wir sind Polacken, die kacken.«

Mit ausgefahrenen Ellbogen arbeitete sich Richard in die erste Reihe vor.

»Der schreit nur so rum, dass keiner merkt, dass er auch kein Amrumer is'. Der is' aus Hamburg. Mach mal rüber zu denen.« Richard versetzte Nanning einen Stoß, und der stolperte auf die Flüchtlinge zu. »Das ist auch einer vom Festland.«

»Is' doch egal«, rief Hermann dazwischen, wurde aber von Richard nicht beachtet.

»Wie die da. Von Hamburg und heißt Hagener«, schrie Richard.

Er hatte zuerst auf die Flüchtlingskinder gezeigt. Jetzt wies er auf Nanning, der daraufhin beinah die Hände gehoben hätte. So als würde Richard Peters mit einem Pistolenlauf anstelle eines Fingers auf ihn deuten. Diesen Rufmord – das Wort hatte er mal bei seiner Mutter aufgeschnappt – konnte er unmöglich auf sich sitzen lassen, schon gar nicht vor der versammelten Kinderschaft Norddorfs. Nanning stieß Richard mit beiden Händen in die Brust, aber der machte nur einen kurzen Schritt zurück. Trotzdem ging Simonischek dazwischen und hielt die Streithähne auf Abstand.

»Ich bin Amrumer. Ich heiß Nanning.«

Nanning stemmte sich gegen Simonischeks Hand.

»Du kannst ein Schwein auch 'ne Kuh nennen, das bleibt doch immer 'n Schwein.«

Einige der Amrumer kicherten. Selbst ein paar der Flüchtlingskinder lachten über Richards Spruch. Nanning spürte, dass ihm die Tränen kamen. Er stieß die Hand des Lehrers weg, drehte sich abrupt um und ging davon.

Hinter Tewe Bäcker blieb er wieder an der Weggabelung stehen. Die Fäuste geballt, zwang er die Tränen dahin zurück, wo sie herkamen. Der Wind, der ihn soeben noch vor sich hergeschoben hatte, trieb nun den Weg von den Salzwiesen herauf und verlor sich zwischen den in loser Versammlung beieinanderstehenden reetgedeckten Häusern. In solchen Momenten, in denen Nanning sich nach was Unverrückbarem sehnte, brachte der Wind etwas mit sich, das einer Zusicherung genau dessen glich. Ganz egal, ob er von der offenen See oder dem Wattenmeer kam. Und so ließ Nanning sich locken. Am Rande der Marsch zog er die Schuhe aus, verknotete die Schnürsenkel und hängte sie sich um den Nacken. Barfuß betrat er die Salzwiesen, und mit jedem feucht knatschenden Schritt verhallte das Gelächter der anderen Kinder ein klein wenig mehr.

Das Wasser zog sich in die Priele zurück. So zügig die Flut eintrat, die schon viele Leichtsinnige und Unkundige im Watt überrascht hatte, so quälend langsam kam einem normalerweise das Abfließen des Wassers vor. Erst wenn man sich die Zeit nahm und darauf einließ, dass die Gezeiten ebenso langsam wie unerbittlich abliefen, wurde das Zurückweichen des Wassers und das Bloßlegen des feucht schimmernden Meeresbodens mit dem Auge sichtbar. Lange saß Nanning da und sah dem Gang der Ebbe geduldig zu.

»Von wem man abstammt, darauf kommt es an.«

Er hatte wirklich nicht davon erzählen wollen, was auf dem Schulhof vorgefallen war, aber natürlich hatten Tante Ena und seine Mutter sofort gespürt, dass etwas mit ihm nicht stimmte. Zum wiederholten Mal hatte er nicht dichthalten können. Und das, obwohl er es sich dieses Mal fest vorgenommen hatte, um seiner Mutter keine Sorgen zu machen. Aber auch, weil er nicht schwächlich wirken wollte. Ein Versorger konnte sich das nicht erlauben. Nanning hatte erwartet, dass seine Mutter sofort wieder aufspringen, sich ihren Mantel nehmen und zur Schule marschieren würde, um Herrn Simonischek in irgendeiner Form die Hölle heißzumachen und mit dem Ortsgruppenleiter zu drohen. Und tatsächlich sprang sie auf – Tante Ena war sofort mit ausgebreiteten Armen zur Stelle, um ihre Schwester im Falle eines jähen Schwächeanfalls aufzufangen. Anstatt aber zu gehen, sagte sie Nanning, er solle mit in die Dörnsk, die gute Stube, kommen.

Mit einer schwungvollen Geste wies seine Mutter auf die Ölgemälde an der Wand, so als hätte Nanning sie noch nie zuvor gesehen. Er fragte sich, woher seine Mutter die Energie so plötzlich nahm. An der Wand die fünf Porträtgemälde, dem Alter nach geordnet. Vom 18. Jahrhundert bis ins späte 19. Jahrhundert. Stolz dreinschauende vollbärtige Männer in Kapitänsuniform. Wobei die Einfachheit der Walfängerkluft der ersten beiden Gemälde sich stark von der prächtigen Kleidung der Handelsschiffführer der anderen Bilder unterschied. Auf dem zweiten Bild von rechts waren Vater und Sohn abgebildet, Letzterer sollte später auch Kapitän werden. Direkt unter den Kapitänsbildern hingen fünf weitere Gemälde der Schiffe, die diese Kapitäne befehligt hatten. Klobige Walfangschiffe mit robustem Rumpf und hohen Masten ebenso wie elegante Großsegler mit ausgeklügelter Takelage. Abgebildet vor Anker, vor der Kulisse einer betriebsamen Hafenstadt. Unter Vollzeug über die rötliche See eines Sonnenuntergangs gleitend. Oder in Schräglage, bei Wind und Wellen, die Besatzung in den Rahen, um die Segel zu reffen.

»Sechs Generationen von Amrumer Kapitänen. Wenn auch diese beiden dem Titel nach nur Kommandeure waren.« Nannings Mutter zeigte auf die ersten beiden Gemälde links. »Wer zu der Zeit ein Schiff bei Hamburger Reedern führte, der musste auch Bürger der Stadt Hamburg sein. Weil aber nun mal die besten Schiffsführer von den Inseln kamen, bis rauf nach Römö, nannte man sie einfach Kommandeure, und damit hatte es sich.«

Nanning nickte mit offenem Mund.

»Aber ein wahrer Kapitän, so wie deine Vorfahren hier, der ist und bleibt Kapitän, auch wenn du den Kommandeur nennst.«

»Aber warum sind da keine Frauen bei?«, fragte Nanning. Seine Mutter antwortete nicht.

Sie kam zu ihm und legte ihm die Hand auf die Schulter. Für einen Moment sahen sie sich die Gemälde gemeinsam an. Nanning wusste nicht so recht, was sie von ihm erwartete.

»Deine Vorfahren. Und dann meine Großmutter«, sagte seine Mutter mit weicher Stimme und machte eine kurze Pause, »mein Vater, ich und nun du. Neun Generationen Amrumer Blut. Wer kann da bestreiten, dass du Amrumer bist?«

Nanning sah zu ihr auf. Ihr Lächeln machte eine Umarmung fast unnötig. Im Augenwinkel bemerkte Nanning, dass die Tür geöffnet wurde. Macker schob sich in den Spalt. Das Weinen Mechthilds tönte von der Küche herein. Die Mutter zeigte auf das letzte Kapitänsbild.

»Nanning Jessen, dein Namensgeber.«

»Aber ich heiß Nanning Hagener.«

»Weil Vater Wilhelm Hagener heißt.«

»Aber auf Amrum sagen alle Nanning, Hille Jessen ihrer, wenn sie mich meinen.«

Außer Richard Peters, dachte Nanning, schob den Gedanken an den Jungen, der sich immerzu ausgerechnet Nanning als Zielscheibe seiner Hänseleien aussuchte, aber schnell wieder beiseite, bevor er wieder schlechte Laune bekam.

»Offiziell heißt du Hagener.«

»Warum?«

»Weil das so ist, überall.«

»Aber warum?«

»Auch auf Amrum. Guck mal.«

Sie zog sich den Schemel vom Klavier heran, setzte sich und legte den rechten Arm wie bei einer freundschaftlichen Umarmung auf den Deckel der Hochzeitstruhe. Mit dem linken wies sie entlang der grün sowie mit einem Rahmen bemalten Vorderseite. In schwungvollen Lettern zwischen aufgemalten Blumenkränzen stand da »Thur Nahmens« geschrieben.

Nanning ging vor der Truhe in die Hocke.

»Thur ist ihr Vorname. Das ist deine Ururgroßmutter. Und Nahmen hieß ihr Vater. Darum heißt sie Thur Nahmens. Das ist ihre Hochzeitstruhe.« Nannings Mutter gab dem Truhendeckel einen Klaps. »Wollen mal gucken, was drin ist?«

Sie beugte sich so weit vor, wie es der Kugelbauch erlaubte, und öffnete die Truhe. Sie war voll bis unter den Deckel. An der Innenwand entfaltete sich die Krempe eines zusammengedrückten Sombreros aus blauem Filz. In seinen Verzierungen stand er seinem Aufbewahrungsort in nichts nach.

»Großvaters Sombrero aus Mexiko.«

»Ja, von Yucatán.«

»Yucatán?«

»Da ist doch Ena geboren, weißt du das nicht mehr? Das ist eine Halbinsel. Haben wir euch doch schon ein paarmal erzählt.«

»Eine halbe Insel«, sagte Nanning in der leisen Hoffnung vor sich hin, den Worten auf diese Weise einen Sinn zu geben.

»Ja, unser Vater war bei der *Kansas City Fruit Company* angestellt, und für die arbeitete er als Geschäftsführer auf einer Hacienda.«

»Wo warst du?«

Die Mutter sah kurz zur Tür, in der noch immer stumm Macker stand und hereinlinste. Mechthilds Geschrei war für eine Sekunde wieder aufgeflammt.

»Ich war noch nicht auf der Welt. Sie sind wieder rüber, bevor ich geboren bin. Da war es zu gefährlich, wegen der rivalisierenden Milizen. Und jetzt frag bitte nicht, was das ist«, sagte sie, während sie erneut besorgt zur Tür sah, weil Mechthild nach kurzer Pause wieder anfing zu schreien. Die Mutter war bereits dabei, den Truhendeckel herabzusenken, als Nanning das obere Ende zweier Federn unter dem Sombrero hervorschauen sah. Ohne um Erlaubnis zu bitten, zog er sie unter dem breitkrempigen Sonnenhut hervor, den er dabei fast mit aus der Truhe riss. Die langen dunkelbraunen Federn mit schwarzweißen Spitzen waren an einem bunten Stirnband befestigt. Es war der Kopfschmuck eines Indianers, den sein Onkel Theo ihm vor Jahren aus Amerika mitgebracht hatte. Staub haftete zwischen den zahlreichen sorgfältig angeordneten Federn. Teilweise waren die Schäfte abgeknickt, die einzelnen Stränge der Federfahnen zusammengepresst. Nanning wurde unweigerlich an den lahmen Flügel des Kiebitzes erinnert, den er getötet hatte. Das Bedauern über den toten Vogel schwand allerdings augenblicklich wieder, denn der bloße Anblick der Federhaube ließ ihn lächeln.

Mit der Erinnerung an Onkel Theo und die Federhaube war es wie mit einem vergrabenen Schatz in den Dünen, den man schon vergessen hatte, der dann aber wieder zum Vorschein kommt, wenn man es am wenigsten erwartet; durch den Sand an manchen Stellen auf Hochglanz poliert, an wiederum anderen leicht zerkratzt.

Das Gefühl, an das Nanning sich erinnerte, war gleißend

klar. Er war damals viel, viel kleiner gewesen. Die Stimme Onkel Theos, nicht tief, nicht hoch, freundlich. Wie er Nanning, den er Sitting Bull nannte, fragte, ob er sein Mustang sein solle. Auch diese Worte waren glasklar, selbst wenn Nanning noch immer nicht wusste, was das genau war: ein Mustang, Sitting Bull. Onkel Theo, der vor ihm in die Hocke ging. Nanning, Sitting Bull, erinnerte sich an den gekrümmten Rücken. Die Wirbelsäule vom Mustang Onkel Theo, deren Hubbel sich unter dem Hemd abzeichneten. Der kleine Nanning hatte verstanden und genickt. Er konnte das Gewicht der Federn spüren, die beim Nicken vor- und zurückwippten.

Er setzte die alte Federhaube auf den Kopf. Seine Mutter sah weiter an ihm vorbei zur Tür.

Die Erinnerung daran, mit Schwung in die Luft gehoben zu werden. Onkel Theo hatte wie ein Pferd gewiehert, und Nanning hielt sich an seiner Stirn fest. Dann galoppierten sie los. Nanning verspürte die gleiche pure Freude wie damals. Und auch jetzt wäre er am liebsten losgaloppiert. Allein vom Gesicht des Mustangs Onkel Theo wollte sich kein Bild ergeben. Es blieb verschwunden.

»Puddel, Mutti kommt!« Das Geschrei aus der Küche schwoll an. »Puddel, Mutti kommt gleich!«

Langsam richtete sich Nanning auf. Die gute Stube nahm Gestalt an, das Glücksgefühl verblasste.

»Die krieg ich!«

Macker war mit einem Mal da, sprang an Nanning hoch und grapschte nach der Federhaube. Richtig zu fassen bekam er sie nicht. Dafür zog er sie Nanning über Ohr und Gesicht, sodass sie um seinen Hals hängen blieb, weitere Federn umgeknickt.

Mit Wucht stieß Nanning ihn weg, und Macker polterte gegen Lesesessel und Beistelltischchen vor dem Bücherregal.

Gegen den Schmerzensschrei Mackers schrie Nanning seinerseits an: »Das ist meine!«

Ihm war klar, dass es jede Sekunde was setzen würde. Daran ging kein Weg vorbei. Aber trotzdem galt es, diese kostbare Federhaube um jeden Preis zu verteidigen. Das war ebenso unvermeidlich.

Macker stemmte den Oberkörper hoch, weinte weiter. Sein Gesicht schien sich zusammenzuziehen, und sein Heulen wurde immer lauter, da krachte der Deckel auf die Truhe. Macker zuckte wie vom Schlag getroffen zusammen. Und auch Nanning erschrak und drehte sich um. Ehe er sichs versah, traf ihn eine schallende Ohrfeige, die ihn zurücktaumeln ließ. Noch in der Rückwärtsbewegung riss ihm seine Mutter die Federhaube vom Kopf.

»Bist du verrückt geworden«, schrie sie ihn an, das Gesicht verzerrt, fauchend.

»Die hat Onkel Theo mir geschenkt.«

Ihre Mutter half Macker auf die Beine.

»Er kriegt immer alles!«, schluchzte der.

Ihm rannen Tränen über die Wangen.

»Von Onkel Theo«, schrie Nanning dem Bruder ohne Rücksicht auf ein erneutes Donnerwetter entgegen, »die hat Onkel Theo mir geschenkt!«

Die Mutter sog schnell die Luft ein, worauf Nanning in Erwartung eines weiteren Schlags ein Auge zusammenkniff. Aber sie bückte sich nur vor Macker und streichelte ihm sanft über die Wange.

»Nun wein' man nicht, mein Lütter.« Sie richtete sich wieder auf und legte den Kopfschmuck zurück in die Hochzeitstruhe. »Die zerreißt ihr mir noch. Die bleibt da drin, verstanden?«

Macker rieb sich mit schmerzverzerrtem Gesicht die Schulter, und Nanning suchte bei den toten Vorfahren an der Wand nach Beistand.

»Verstanden?«

»Jawohl, Mutter«, antworteten nun beide gleichzeitig, laut und deutlich.

Aus der Küche kreischte Mechthild. Als wären sie zwei Hühner, scheuchte die Mutter Nanning und Macker mit ausgebreiteten Armen aus der guten Stube.

Während des Essens hatte Nanning seine Tante gefragt, ob sie ihm später bei den Bohnen helfen würde. Macker ins Bett zu bringen gestaltete sich an diesem Abend noch um einiges schwieriger, als es ohnehin schon war. Sein Sturz in die Lesemöbel der guten Stube hatte ihm ein paar blaue Flecken beschert. Eigentlich kein seltener Anblick auf seiner Haut, oder Nannings, oder der irgendeines anderen Kindes auf der Insel. Aber an diesem Abend meinte Macker, durch die Blessuren ein Anrecht auf längeres Aufbleiben zu haben. Allerdings sah nur er das so. Erst mit vereinten Kräften konnten die Mutter und Tante Ena ihn ins Bett bringen und dafür sorgen, dass er auch dort blieb.

Nanning hatte die Zeit genutzt, um die Bohnensamen, die er gegen zwei Hühnereier eingetauscht hatte, in ein Wasserbad in selten genutzten Töpfchen zu legen.

Als etwas Ruhe eingekehrt war, schnappten Tante Ena und er sich die Holzleiter, die er sich von Opa Arjan geliehen hatte, und brachten alles nach nebenan in den Stall.

In der fälschlichen Hoffnung, noch etwas zu fressen zu

kriegen, sprang das Schwein sofort von innen gegen die Kobenwand.

»Gibt nichts, du dumme Sau. Weißt du denn nich', dass wir Krieg haben?«, sagte Ena und streckte dem Schwein die Zunge raus. Dann zeigte sie auf einen Querbalken unter der Decke, auf den Nanning die kleinen Töpfe stellen wollte.

Sie sagte: »Und du meinst, das tut not?«

Nanning sah zum Querbalken auf, dann wieder zur Tante.

»Sonst geht Macker da bei. Selbst im Kniep könnt' der noch 'ne Erbse finden.«

Tante Ena lachte und hielt Nanning die Leiter. Nacheinander gab sie ihm die Töpfchen an.

»Der hat 'nen ordentlichen Flatschen auf dem Rücken. Dunkelblau.«

»Ist doch meine Haube.« Nanning blieb mitten auf der Leiter stehen und schaute Tante Ena an, nun zwei Köpfe größer als sie. »Wo is' Onkel Theo?«

»Wie kommst du auf Onkel Theo?«

»Der hat mir die Haube doch aus Amerika mitgebracht.« Nanning kletterte weiter hoch. »Weißt du, wo Onkel Theo is'?«

»Wieder in Amerika.«

»Little Amrum.«

»Ja. Vielleicht. Vielleicht aber auch woanders. Wusstest du, dass in Amerika mehr Amrumer leben als hier?«

Nanning schüttelte den Kopf.

»Kämpfen die denn in der US Army gegen die Wehrmacht?«

»Ja.«

»Auch Onkel Theo?«

»Das weiß ich nicht.«

Von oben schien es so, als verändere sich auf dem Gesicht seiner Tante etwas. In der Art, wie ihre Augen den Raum abzusuchen schienen, in Wahrheit aber wohl an einen anderen Ort schweiften. Vielleicht kam ihm das aber auch nur wegen der schummrigen Lichtverhältnisse im Stall so vor, dachte Nanning.

»Aber sind das keine Deutschen?«

»Das waren sie mal. Aber jetzt sind es Amerikaner.«

»Wie geht das?«

»Mit Zeit.«

Nanning runzelte die Stirn. Er rückte das letzte Töpfchen hin und her, damit es auch ja sicher stand und nicht vom Balken fiel.

»Bist du Hamburger oder Amrumer?«, fragte sie.

»Amrumer.«

»Aber du bist in Hamburg geboren. Und mit der Zeit bist du Amrumer geworden.«

5

Nanning sah zu den Sternen auf, als in einiger Entfernung der Schemen eines großen Vogels lautlos vor dem Nachthimmel vorbeiglitt. Eine Sumpfohreule. Kurz blieb er stehen, um sich die Federhaube auf dem Kopf zurechtzurücken, und setzte dann seinen Weg fort.

Als er sich in die gute Stube geschlichen hatte, um den Kopfschmuck an sich zu nehmen, der ihm als Sitting Bull rechtmäßig zustand, war ihm ein gerahmtes Foto an der Innenwand der Hochzeitstruhe ins Auge gefallen. Ein viel jüngerer Sitting Bull saß auf den Schultern seines Mustangs, die Federhaube auf dem Kopf, die Nanning nun durch die Nacht trug. Das Gesicht des Mustangs, ein großes Lachen zwischen Wangenknochen, so markant, dass sie Schatten zu werfen schienen. Und Augen, die etwas ausstrahlten, dachte Nanning, während er über die Heide tappte, das ihn an Hermann erinnerte, wenn sie um die Wette rannten und noch immer lachten, wenn sie unter Seitenstichen nicht mehr konnten. Doch genauso erinnerte es ihn an Macker, wenn dieser sich hinter dem Rücken Enas und ihrer Mutter in die Speisekammer schlich. An Mackers Grinsen, wenn er versuchte, leise die Tür zuzuziehen, damit man ihn nicht auf frischer Tat ertappte. Oder auch an Klassenkameraden, wenn Simonischek sich zur Tafel umdrehte und einen seiner Vorträge hielt und das Tuscheln durch die Bankreihen ging.

Nanning lief gedankenverloren über die Heide, den Dünengürtel stets zu seiner Rechten. Sehr bald nachdem er einen Bogen geschlagen hatte, sah er sich Aug in Aug mit der Sumpfohreule. Sie saß auf dem Pfosten eines Gatters und drehte ihm ihr Gesicht zu. Aus runden, großen Augen, die selbst eine Art Licht auszustrahlen schienen, begutachtete sie ihn. Darin lag weder Scheu noch Drohung. Stattdessen meinte Nanning, eine Art Verständnis zu erkennen, durch den ungebrochenen Blickkontakt schien es ihm, als hätten sie etwas Gemeinsames.

Als die Eule alles gesehen zu haben schien, was sie sehen musste, hob sie die Flügel und strich geräuschlos davon. Auch Nanning setzte seinen Weg fort und fühlte sich, als sei er über eine unsichtbare Schwelle getreten.

Schon begann sich im Osten das Morgengrauen anzukündigen. Unweit des Borag, des Hügels, auf dem ehemals die Burg eines niederträchtigen Ritters gestanden hatte, kam Nanning eine Gestalt in dunklem Ölzeug entgegen. Sie schob eine Schubkarre vor sich her. Eine Befangenheit sprang Nanning an und verlangsamte seinen Schritt. Dann aber wurde er sich der Federhaube auf seinem Kopf bewusst. Mit ihr geschmückt, durfte man sich nicht wegducken, man hatte weit auszutreten, mit gestraffter Brust. Nur noch zwei Meter von Nanning entfernt, hob die Gestalt den Kopf, ohne dass sich der Schatten, den der Südwester über ihr Gesicht warf, lichtete. Dann blieb sie abrupt stehen. Die Abstellfüße der Schubkarre machten ein dumpfes Geräusch, als sie auf dem sandigen Pfad auftrafen. Die Schubkarre war voller Plattfische. Die übereinanderliegenden Körper glänzten im Mondlicht.

»Howgh, my brother Nighthawk. My brother Sitting Bull.«

Es war die Stimme von Sam Gangsters, die so tiefknarrend klang, dass Nanning sich einmal vorgestellt hatte, so müsse ein altes voll beladenes Schiff klingen, säße man in dessen Rumpf. Während der Mann Nanning auf Englisch begrüßte, hob er die rechte Hand. Sein Ärmel berührte seine Schulter – Ölzeug auf Ölzeug. Es klang, als schlüge man sacht gegen eine Plane.

Ein Zucken war durch Nannings Arm gegangen, das normalerweise der erste Impuls zu einer zackigen Erwiderung des Hitlergrußes wäre. Nur, und das registrierte Nanning, noch bevor sich sein Arm hob, war die Begrüßung Sam Gangsters' natürlich kein Hitlergruß gewesen. Denn Sam Gangsters war alles andere als ein Nationalsozialist. Im Grunde genommen war er mehr Amerikaner als Friese – von einem Deutschen ganz zu schweigen –, hatte er den Großteil seines Lebens, über das in Norddorf die wildesten Geschichten erzählt wurden, doch in den Vereinigten Staaten von Amerika zugebracht.

Nanning trat von einem Fuß auf den anderen, wusste nicht recht, wie er auf Sam Gangsters' Begrüßung zu antworten hatte.

Er probierte es auf gut Glück und hob den Arm: »*Howgh*, Sam Gangsters. Warum nennst du mich Sitting Bull?«

Der Alte lachte abgehackt. Es klang, als hämmere man einen Nagel in brüchiges Holz.

»Weil du mit der Haube durch die Nacht streifst. Weißt du überhaupt, wer dir die geschenkt hat?«

»Ein Indianerhäuptling.«

»Dein Onkel Theo war das. Kannst du dich noch an den erinnern?«

»Wo is' Onkel Theo?«

»Frag mal deine Mutter nach Theo Stettiner.« Sam Gangsters zog sich den Südwester vom Kopf, hob seine Schubkarre an und ging los. *»Will you give me the honor and visit my tippee, chief?«*

Nanning hatte kein Wort verstanden. Sam Gangsters war fast an ihm vorbei, als er noch einmal anhielt.

»Follow me, chief.«

Er bedeutete Nanning, der diesmal verstand, mit einer Handbewegung, ihm zu folgen. Nanning schloss zu ihm auf.

»Is' er im Krieg?«

»Ich hab doch gesagt, du sollst deine Mutter fragen.«

Von Sam Gangsters' wiederkehrendem Räuspern abgesehen, gingen sie den Heimweg über stumm nebeneinanderher. In der Nähe des Deichs blieb Sam Gangsters stehen und legte die Hand zum Horchen ans Ohr. Auch Nanning hörte es. Ein entferntes Jodeln, sich fortbewegend. Ein Grinsen kämpfte sich durch den dichten grauen Bart. Er sah Nanning an.

»Schnepfe. Lecker.«

Als sie auf Sam Gangsters' Hof ankamen, begann der Himmel am östlichen Horizont bereits in einem ersten feinen Strich auszubleichen. Nanning umrundete das Haus und schmulte hinüber zu seinem Elternhaus, das nur einen Steinwurf entfernt war. Noch lag es in tiefer Nachtruhe da. Gemeinsam machten sie sich daran, die Schollen aus der Schubkarre zum Räuchern zu präparieren. Dass Nanning half, war klar, da musste Sam Gangsters nicht einmal nachfragen. Mit nicht mehr als drei Handgriffen schnitt dieser die Innereien aus den Schollen und reichte sie an Nanning weiter, der ihnen einen robusten Draht durch die Augen stach. Auf einen

Draht spießte er dreizehn Plattfische, hängte diesen in die Räuchertonne und machte mit einem neuen Draht weiter.

»Geräucherte Scholle schmeckt am besten.«

Sam Gangsters lachte auf.

»Scholle ist heutzutage das Amrumgeld.«

Nanning wandte dem Alten sein Gesicht zu.

»Amrumgeld, was?«

»Auf Föhr kriegst du mehr dafür. Deren Hafen auf Wyk ist größer als unserer, deswegen sind die reicher.«

Der Hahn krähte von einem Stapel Holzscheite. Sam Gangsters sah hinüber.

»Nanning, fütter die mal. Ich hab so schmierige Hände. Das Futter ist da in der Truhe.«

Die Truhe, auf die Sam Gangsters gezeigt hatte und die hinter dem Stapel Holz an der Hauswand stand, war fast bis obenhin voll mit einer Mischung aus Körnern und Schrot. Nanning konnte es kaum glauben. Tante Ena und er hatten sich den Kopf zerbrochen, woher sie nun, nach Nannings Rauswurf bei Tessa, Futter für ihre Hühner bekommen sollten – und hier, ein Haus weiter, stand eine prall gefüllte Truhe davon.

Während er über den Hof ging und das Futter von der Schaufel schüttelte, sodass nicht alles auf einmal herabfiel, rief er Sam, der weiter Schollen ausnahm, zu: »Gibst du auch Hühnerfutter weg?«

Sam Gangsters hielt inne und sah ihn mit verständnislos hochgezogener Braue an.

»Dass ich was von dei'm Hühnerfutter krieg?«

»Willst du von mir Hühnerfutter kaufen?«, sagte er, gluckste und hustete sich in die Faust.

»Nee, ich will arbeiten dafür.«

»Ich bin Fischer und Jäger.«

Mit dem kurzen Messer zeigte Sam Gangsters auf eine hölzerne Stellwand, die an sein Haus gelehnt war. Zwei Seehundfelle waren daraufgenagelt. So flach und aufgeklappt sahen sie beinahe aus wie Plattfische, wenn diese in einer solchen Größe vorkämen und Fell anstelle feiner Schuppen hätten.

»Ich hab nix zum Arbeiten.«

»Weil du genug davon hast«, sagte Nanning und zeigte seinerseits auf die Futtertruhe.

Der Blick des Alten schweifte von Nanning aus einen Moment ins Leere, dann, fast plötzlich, zu den aufgenagelten Fellen. Wind jaulte um die Hausecke.

»Hast du Angst?«

»Nee, warum?«

Sam Gangsters stand auf und klopfte sich – viel mehr, als dass er wischte – die Hände an seiner Kleidung ab.

»Vor Wasser?«

»Nee.«

Ohne Vorwarnung zog er Nanning die Federhaube vom Kopf.

»Die lässt du man lieber da.«

Bevor die beiden sich nach Steenodde aufmachten, wo Sam Gangsters' Jolle lag, ließ er Nanning an der Hausecke warten, dem Hof den Rücken zugewandt. Sam Gangsters setzte ihm den Zeigefinger auf die Brust und ließ ihn schwören, dass er sich nicht umdrehen oder von der Stelle bewegen würde. Nanning nickte eifrig. Als er sich wieder umdrehen durfte, verschluckte er sich um ein Haar, weil Sam Gangsters mit einem Gewehr in der Hand auf ihn zukam und sich wortlos vorbeischob. Alles, woran Nanning denken konnte, war, dass es den Leuten verboten war, Waffen zu besitzen, auch zur Jagd. Und wenn sie erwischt würden – Nanning hatte keine Vorstellung, was dann passieren mochte. Ihm war natürlich bewusst gewesen, dass Sam Gangsters ein Gewehr besaß, das er irgendwo versteckte. Wie sonst erlegte er die Robben? Außerdem hatten auch Opa Arjan und einige weitere, von denen Nanning wusste, Jagdgewehre versteckt. Das war ein offenes Geheimnis. Doch nie zuvor hatte er davon eins zu Gesicht bekommen. Während Sam Gangsters umherging und Sachen einpackte, sah Nanning dem blassen Licht aus dem Osten entgegen und versuchte, sich vorzustellen, wie Hunderte, ja, viele Männer mehr wahrscheinlich in diesem Moment durch Europa rannten und krauchten, Gewehr in der Hand, und sich gegenseitig beschossen, bis einer tot liegen blieb.

Hatte am Anleger noch ein stetiger, aber milder Nordwind geherrscht, der die Bootsmasten tänzeln ließ, wandelte sich das Ganze, sobald Nanning und Sam Gangsters um die Odde herumgesegelt waren. Ein kabbeliger Wellengang ließ die Jolle rollen und stampfen. Der Rettungsring des Boots und ein paar alte Eimer rutschten dabei hin und her, prallten hierhin und dorthin. Nanning saß auf der Luvseite des Boots, eine Hand in die Bordkante gekrallt, mit der anderen packte er die gestraffte Want, die den Mast hielt. Die eiskalte Gischt plitschte ihm in den Nacken.

Nanning war schon gesegelt. Mit Tante Ena, und sie hatte ihm das Wichtigste beigebracht. Aber jetzt war es dunkel, windig. Und sie steuerten hinaus in dieses finstere Meer. Ihn schauderte. Er sah sich bereits in der Erde eines Heimatlosenfriedhofs unter einem Holzkreuz gebettet, auf irgendeiner ihm fremden Insel. Und die arme Mutter daheim auf Amrum, aus Sorge um den verunglückten Erstgeborenen auch noch das jüngste Geschwisterchen verloren, in der weißen Trauertracht der Insel. Voll verfrühten, aber schmerzenden Heimwehs sah er an Segel und Mast vorbei Richtung Amrum. Vor dem im Osten heraufziehenden Morgen lag die Insel im Zwielicht. Eine weitere Welle rollte gegen die Bordwand und schüttelte Nanning durch. An der Pinne saß Sam Gangsters, die freie Hand an der Schot und sein Gewehr über dem Schoß. Sein Blick unbekümmert und doch konzentriert. Unter ihnen die zahlreichen, in den Wassern vor Amrum gestrandeten und gesunkenen Schiffe. Bis zu diesem hellen Flecken Sand mitten in der See, den zumindest Nanning noch nicht richtig ausmachen konnte.

Sam musste Nannings Starren bemerkt haben.

Durch den Wind rief er: »Du legst dich hin und wackelst mit den Beinen. Denn kommt er und guckt, wer ihm da den Platz wegnimmt, und denn schieß ich ihm in den Kopf.« Kurz sah er zu Nanning. »Da fließt kein Blut beim Kopfschuss. Du darfst nur nicht wegrennen.«

Bei der nächsten Welle rutschte das Gewehr, das Sam Gangsters seine Winchester genannt hatte, von seinen Beinen. Nannings Blick war jetzt starr auf das Gewehr gerichtet.

»Nicht wegrennen! Verstanden?«

Am westlichen Ende der Sandbank lag das Wrack des in den frühen Zwanzigerjahren gestrandeten Fischkutters *Ottensen*. Nanning meinte, die Masten des Kutters im Zwielicht auszumachen. Zwar war bei dem Schiffsunglück niemand aus der neunköpfigen Mannschaft umgekommen, Nanning gruselte es bei dem Anblick aber trotzdem.

Er keuchte und wischte sich den nassen Sand vom Kinn.

Ihm war bereits so kalt, dass er es kaum noch spürte. Die salzige Luft hier, mitten auf der Nordsee, schmeckte er dafür umso stärker. Einige Meter vor ihm lief Gischt zischend auf die Sandbank auf. Dahinter, im sich auflösenden Halbdunkel, rollten unverändert die Wellen übereinander weg. Ein Blick zur Seite. Am Ende der Erhebung lag bewegungslos Sam Gangsters, das Gewehr angelegt. Hinter ihm seine Jolle. Das Segel eingeholt. An diesem Ort, auf Grund, wirkte der Mast wie ein trauriges verirrtes Bäumchen.

Sam Gangsters winkte mit einer zuckenden Armbewegung. Es sah aus, als wolle er einen mit dem Schnabel zuhackenden Ganter imitieren. Nanning hob wieder die Beine und presste die Füße zusammen. Es war anstrengender, als er gedacht hatte. Er schwenkte die Füße wie ein Seehund oder eine Robbe die Schwanzflosse. Zweimal war er bei dieser Übung bereits zur Seite umgekippt. Leicht bewegte sich auch sein Oberkörper mit. Den Bauch drückte er ganz automatisch in den Sand. Wenn Richard Peters ihn in diesem Moment sehen könnte, dachte Nanning. Er wusste, was er sich bis zum Sankt-Nimmerleins-Tag von Richard würde anhören müssen: dass er, Nanning, so verzweifelt ein echter Insulaner sein wollte, dass er es nun eben auf dem Jungnamensand bei den Seehunden versuchte, wenn er auf Amrum schon nicht als einer der Ihren durchgehen konnte.

Ein durchdringendes, kurzes »Krek« riss ihn aus seinen Gedanken, und er sah sich um. Kaum fünf Meter von ihm entfernt trippelte ein weißer Vogel mit schwarzer Haube herum. Eine Seeschwalbe. In der Luft über ihr noch eine. Im Schnabel trug sie eine Sprotte, die sie dem anderen Vogel nach der Landung überließ. Der schluckte den kleinen Fisch zügig herunter und duckte sich ab. Die Seeschwalbe, die die

Sprotte gebracht hatte, stellte Nanning nun fest, war ein Er und begann, das Weibchen zu treten. Nanning wandte sich schnell ab und traf Sam Gangsters' Blick. Der hatte sich auf die Ellbogen gestützt und schwenkte drohend die Faust. Entweder war es das Brausen von Wind und Wellen, das Sam Gangsters' Worte augenblicklich auf die offene Nordsee hinaustrug, oder er formte das Wort »Weiter« lediglich mit den Lippen.

Minutenlang wedelte Nanning weiter in Bauchlage mit den Beinen, die Arme eng an den Körper gelegt. Dabei sah er sich verstohlen um. Inzwischen brannten seine Augen vom salzigen Spritzwasser.

Urplötzlich, als hätte er sich aus dem Sand zusammengesetzt, lag da ein Seehund, unterspült von der Brandung. Das große Tier robbte auf Nanning zu. Seine Kulleraugen wirkten wie schwarze Steine, von einer Ewigkeit in Wassern glatt gespült und zum Glänzen gebracht. In ihnen war nichts abzulesen – weder Wut über den belegten Stammplatz auf der Sandbank noch ein Zweifel, ob der merkwürdig aussehende Seehund nicht vielleicht doch zu stark sein könnte. Nicht mal Entschlossenheit nahm Nanning in den Augen des Tiers wahr, das die Distanz zwischen ihnen überraschend schnell verringerte. Es war jetzt so nahe, dass Nanning die herauslugenden Eckzähne erkennen konnte. Sein Körper fühlte sich mit einem Mal komplett durchnässt und kalt an. Erneut warf er einen schnellen Blick zu Sam Gangsters, bereit, jede Sekunde aufzuspringen und wegzurennen. Nanning sah das schwarze Rund des Gewehrlaufs. Dann kniff er die Augen zusammen, noch vor dem ohrenbetäubenden Knall, der für sehr kurze Zeit sogar das Rauschen der Nordsee auszublenden vermochte. Als Nanning die Augen wieder öffnete, lag der Seehund keine zwei Meter vor ihm regungslos im Sand. Einen Moment lang beobachtete er das tote Tier. Dann sanken seine zur Schwanzflosse zusammengepressten Füße langsam zu Boden.

Nanning hielt die Hofpforte für Sam Gangsters auf. Er war noch immer gefesselt von dem, was der Alte ihm ganz beiläufig auf der Rückfahrt erzählt hatte. Dass Nanning genauso dasaß wie sein Onkel Theo früher, als er in seinem Alter gewesen war. Nanning hatte nicht mehr aufhören können zu grinsen, bis sie wieder in Steenodde angelegt hatten.

Sam Gangsters schob die Schubkarre mit dem erlegten Seehund auf den Hof. Sein verwittertes Gesicht strahlte Zufriedenheit aus. Die Karre stellte er vor der Stellwand mit den Fellen der zwei Artgenossen der toten Robbe ab.

»Nu haben wir drei davon. Da kann der Kürschner bald 'ne Jacke von machen. Was meinst du, was die Leute hinter so'ne Felljacken her sind. Das gibt Dollars.«

»Reichsmark.«

»Kannst dir 'n Arsch mit abwischen. Entweder Dollar oder was tauschen.«

»Amrumgeld.«

Sam Gangsters sah Nanning an, kniff ein Auge zu und tippte sich an die Nasenspitze. Nanning war sich nicht sicher, aber er hielt das für ein Zeichen von Zustimmung.

Dann klatschte Sam Gangsters in die Hände. Er rieb sie so schnell, als wollte er auf althergebrachte Weise ein Feuerchen machen.

»So, Partner, *first a reward.*«

Sam Gangsters ging zur Haustür, aber Nanning blieb verständnislos stehen. Wahnsinn, dachte er, dass der Alte, wenn er Englisch sprach, klang wie ein originaler Amerikaner, dann im nächsten Moment, wenn er wieder Deutsch redete, sprach da ein waschechter Nordfriese.

Sam Gangsters öffnete die Tür, zögerte und sah sich nach Nanning um.

»Nu komm man.«

Nanning konnte kaum fassen, wie sehr sich das Innere eines Hauses von seinem Elternhaus unterscheiden konnte. Der Boden des Flurs sah aus, als befände sich unter all den herumstehenden, abgestellten Gerätschaften, Harpunen, Schollenpregen, Beilen, Werkzeugen, Seilen, Elgern und so weiter, nicht ein einziger Kehrbesen. Er meinte sogar, so etwas wie eine Schleifspur auszumachen, die getrocknetem Blut nicht unähnlich war und in den Raum führte, den Nanning für die Küche hielt. Über einem Haken an der Wand hing Nannings Federhaube. Vorsichtig hob er sie herunter und setzte sie sich wieder auf.

Sam Gangsters betrat ein Zimmer rechter Hand. Darauf achtgebend, nichts umzustoßen, ging Nanning durch den Flur und blieb an der Tür stehen. Der Alte kniete vor einer Truhe und kramte darin herum. Bei dem Raum musste es sich um die gute Stube des Hauses handeln. Auch hier hingen ein paar Kapitänsbilder und kunstvoll bemalte Fliesen mit Brigg und Kogge an den Wänden. Viel markanter aber als das Vertraute in dieser guten Stube war das Fremde. Dort wo in Nannings Elternhaus, bei Hermann daheim oder in anderen Häusern Norddorfs die Familiengeschichte – besonders die frühere – in Ölgemälden, auf Ziertellern oder anderem Kunsthandwerk verewigt war, da schien die Dörnsk im Hause Sam Gangsters' vielmehr eine Art Museum zu sein. Ein Museum über die Lebensstationen des Sam Gangsters. Es erinnerte Nanning, wenn er auch das sichere Gefühl hatte, dies sei irgendwie sündhaft, an die Darstellung des Kreuzwegs in der Nebeler St.-Clemens-Kirche. Bei dem Gedanken konnte er die auf seinen Nacken niederfahrende Handfläche des Pastors fast schon spüren.

Sam Gangsters murmelte vor sich hin, fragte sich, ob er sich doch geirrt hatte, dass von etwas, von dem Nanning nicht wusste, was es denn war, doch nichts mehr übrig war. Dann stand der Alte auf, indem er sich schwer auf seinem Knie abstützte, und durchschritt das Zimmer. Als er an der der Tür gegenüberliegenden Wand vorbeikam, zeigte er beiläufig mit dem Daumen auf ein großes rechteckiges Plakat mit teils abgerissenen Ecken. Nanning traute sich nicht über die Türschwelle.

»Wegen dem hat dein Onkel Theo dich Sitting Bull genannt.«

»Warum?«

»Ja, guck ma, der hat 'ne Indianerhaube auf'm Kopf.«

Nanning betrat das Zimmer und stellte sich vor das Plakat. Es war in erdigen Farbtönen gehalten und bereits stark verblichen. Die Abbildung darauf war trotzdem erkennbar. Es zeigte jemanden mit Federkopfschmuck, Sitting Bull, zu Pferde. Zu allen Seiten, auf kreisrunden Rängen, saßen dicht gedrängt Zuschauer und begafften diesen ersten Sitting Bull. So fasziniert Nanning war, irgendetwas an dem Bild gab ihm ein ungutes Gefühl.

»Wie meine«, sagte er und drehte sich um.

Sam Gangsters kramte bereits in den Schüben eines alten Sekretärs.

»Und die hat Theo dir aus Amerika mitgebracht.«

Nanning besah sich Sam Gangsters' Lasso, einen Cowboyhut und ein Paar etwas rostiger Sporen, die neben dem

Zirkusplakat an der Wand hingen. Lasso und Hut kannte Nanning bereits von Besuchen Sam Gangsters' in der Dorfschule. Er hatte ihnen das Lassowerfen gezeigt. Während Hermann durchaus Talent bewies, war Nanning nicht ein einziger halbwegs ordentlicher Wurf mit dem Lasso gelungen. Vom Treffen der Kalbsattrappe, die Sam Gangsters aus gebündelten Heidekrautzweigen geformt hatte, nicht zu reden.

»Amerika. Da ist meine Urgroßmutter geboren.«

»Ich weiß. Juliane Jessen. Und genauer gesagt ist sie auf der Überfahrt nach Amerika geboren.«

»Wo is' Onkel Theo abgeblieben?«

Die ganze Zeit über, die er mit Sam Gangsters verbracht hatte, war diese Frage in seinem Hinterkopf gewesen. Wie tuckerndes Kopfweh, das sich irgendwann in den Vordergrund drängt und sich nicht mehr ignorieren lässt.

»Das wüsst' ich auch gern.«

»Meine Mutter weiß es auch nicht«, sagte Nanning schnell, für den Fall, der Alte könnte ihm erneut sagen, Nanning solle seine Mutter fragen.

»Das glaub ich.«

Nanning beobachtete den herumkramenden Sam Gangsters genau. Wie der das gesagt hatte – etwas am Tonfall kam Nanning komisch vor, aber er entschied sich dagegen, weiter nachzuhaken. Stattdessen sah er sich die vielen gerahmten Fotografien an, die überall an den Wänden hingen.

Auf einem, direkt auf Nannings Augenhöhe, war ein jüngerer Sam Gangsters in voller Cowboymontur zu sehen. Selbst ohne sofort zu erkennen, dass es sich bei dem Hut auf dem Bild um denselben Cowboyhut handelte, der nun hier in Sam Gangsters' guter Stube hing, hätte Nanning ihn wiedererkannt. Er saß im Sattel eines Schimmels. Am Sattel festgemacht waren ein Lasso und, da war Nanning sich nicht ganz sicher, da er sich mit Waffen nicht auskannte, Sam Gangsters' Winchester. Das Gewehr steckte mit dem Lauf senkrecht nach unten in einer Lasche des Sattels.

Der Alte musste kurz aufgeblickt haben, denn er sagte: »Montana, um 1910. Da durfte sich das Pony nicht bewegen. Sonst wär das Bild verwackelt. Hab da damals für einen nordfriesischen Rancher gearbeitet. So viele Morgen Land hatte der, das kannst dir nich' vorstellen.«

»Und das hier?«

Sam Gangsters lehnte sich zurück. Nanning trat beiseite, damit er sehen konnte. Das Bild, das Nanning meinte und das schräg unterhalb des Cowboy-Fotos hing, zeigte denselben Mann vor den schwärzlichen Trümmern eines offenbar abgebrannten und teilweise eingestürzten Gebäudes. Der auf diesem Bild noch etwas jünger aussehende Mann war allerdings nicht in Cowboy-Kluft. Dafür war er über und über von einer dicken Staub- und Rußschicht bedeckt, aus der seine Augen weit aufgerissen in die Kamera blickten.

»San Francisco. Frisco, so haben das manche der Seeleute genannt, mit denen ich als Schiffsjunge rüber bin. Das Foto ist vom April 1906, vom 19. April, um genau zu sein. Schlimmes Erdbeben. Die halbe Stadt hat lichterloh gebrannt. Büschen so wie der Großbrand hier in Norddorf vor zwanzig Jahren, nur schlimmer und viel, viel größer.«

Der Brand in Norddorf hatte sich zehn Jahre vor Nannings Geburt ereignet, aber noch heute kam er immer mal wieder zur Sprache. Im Ortskern konnte man ziemlich genau sehen, wo die Häuser abgebrannt waren, denn an ihrer Stelle hatte man neue gebaut, die keine Reetdächer mehr trugen.

Nanning ging die Wand weiter ab und blieb an einer

anderen Fotografie hängen, die offensichtlich in einer Großstadt aufgenommen wurde. An einem sehr schicken Auto lehnte ein, wie es aussah, wenig älterer Sam Gangsters. Und so wie Cowboyhut, Lederbeinschutz und Sporen an den Stiefeln zu dem Schimmel auf dem Foto aus Montana gepasst hatten, so passte der schnittige Anzug mit breiten Schultern, schnurgeraden Bügelfalten und einem breitkrempigen Hut ganz anderen Stils zu dem großen Automobil. Auch das Gewehr war ausgetauscht worden. Anstelle der Winchester im Sattel trug Sam Gangsters eine andere Art von Gewehr in einer Hand und grinste herausfordernd in die Kamera. Dieses Gewehr hatte vorne am Lauf einen hölzernen Griff mit geschwungenen Einlassungen für die Finger. Zwischen diesem Griff und dem Abzug befand sich eine runde schwarze Befestigung, die der Waffe ein eigentümliches Aussehen verlieh. Noch nie hatte Nanning so ein Gewehr gesehen. Er schätzte, dass es sich um eine Art Maschinenpistole handelte, wie Soldaten sie trugen.

Nanning fragte sich, ob dieses Bild der Beweis dafür war, dass die Gerüchte im Dorf um Sam Gangsters der Wahrheit entsprachen. Dass sein Spitzname auf Tatsachen beruhte. Dass er nur wieder nach Amrum zurückgekehrt war, weil er in Amerika jemanden totgeschossen hatte.

»Chicago«, sagte Sam Gangsters hinter ihm, und durch Nanning ging ein Ruck.

Der Alte richtete sich auf und hielt etwas Flaches, Rechteckiges hoch. Eingepackt in braunes Papier, auf dem in graublauen Druckbuchstaben *HERSHEY'S* stand. An den Enden der Packung kam Silberpapier zum Vorschein.

»Ist doch noch was da.«

Nanning stand der Mund offen.

»Echte amerikanische Schokolade?«

»Was denkst du denn? Aber nix davon zu deiner Mutter.«

Nanning nickte und schob die Schokolade vorsichtig in die Hosentasche. Fast zur Hälfte schaute sie oben noch heraus.

Zurück auf dem Hof, stellte Sam Gangsters Nanning einen vollen Blecheimer Hühnerfutter vor die Füße.

»Darfst keinem sagen, wo du das herhast.«

»Aber die fragen.«

»Ja, aber wenn deine Mutter hört, dass ich mit dir und 'm Gewehr draußen war, ist morgen Ortsgruppenleiter Schneider hier und stellt mich an die Wand.«

»Und was soll ich sagen?«

»Sag, das hast du bei mir geklaut.«

»Ich darf nicht klauen.«

Grinsend sagte Sam Gangsters: »Stimmt. Sag, du hast Onkel Antonius geholfen.«

»Das ist gelogen.«

»Dann weiß ich auch nicht weiter. Ich weiß nur, wenn du mit dem Eimer hier weggehst, hast du geschworen, dass du mich nicht verrätst.«

Nanning versprach es hoch und heilig. Dann nahm er die Federhaube vom Kopf, legte sie in den Futtereimer und schleppte ihn nach Hause. Er stellte ihn lautlos neben der Haustür ab und sah vorsichtig durch das Schlafzimmerfenster seiner Mutter. Die Sonne war inzwischen vollständig hinter Föhr und dem Festland am Himmel heraufgeklettert, aber seine Mutter schlief noch immer fest. Tante Ena war allerdings schon aufgestanden. Nanning hoffte, sie sei in der Küche beschäftigt, sodass er vermeiden könne, ihr über den Weg zu laufen, bevor er sich eine Notlüge überlegt hatte.

Er wollte gerade davonhuschen, da regte sich die Mutter im Bett. Im Schlaf zog sie wiederholt die Augenbrauen zusammen. Ihre Hand, die auf dem Kissen auflag, griff mehrmals zu und ließ den Stoff wieder los. Sie sprach dabei, redete im Traum auf jemanden ein. Wegen des geschlossenen Fensters konnte Nanning kein Wort hören. Dass er nicht herausfinden würde, auf wen sie da so einredete – ob vielleicht sogar auf ihn –, machte ihn unruhig. Und sie sah so jung aus, fand er plötzlich. Wie sie dalag, schutzlos, den Träumen und der wachen Welt ausgeliefert. Die gerunzelte Stirn ließ sie nicht etwa älter wirken. Das Gegenteil war der Fall. Ob sein Vater, der zwanzig Jahre älter war als die Mutter, wohl auch so jung aussah, wenn er schlief? Nanning bezweifelte es.

Er mochte die tiefe Sorge auf ihrem Gesicht nicht weiter mit ansehen. Er nahm den Kopfschmuck an sich, ließ den Eimer stehen und schlich ins Haus, in die gute Stube, um seinen Schatz zurück in Thur Nahmens' Truhe zu legen.

6

Sobald Nanning das Tor zum Hof geöffnet hatte, stürzten die Hühner auf ihn zu. Während er das Futter verstreute, fielen ihm auf den Rücken dreier Hühner blutige Stellen auf, wo ihnen von anderen Hühnern die Federn herausgepickt worden waren.

»Wo hast' denn dat Futter her?«

An einer Stelle des Hofs lag nun ein kleiner Hühnerfutterhügel. Nanning drehte sich um. Hermann schaute über den Zaun zwischen den Höfen.

»Geheimnis.«

»Das's ja was ganz Neues.«

Nanning ging zum Zaun.

»Können wir heut auf Schollen?«

»Ich denk, du willst Kaninchen fangen?«

»Scholle ist heutzutage das Amrumgeld.«

Hermann sah ihn mit einem Ausdruck an, der ganz klar sagte, er nähme Nanning nicht ab, dass dieser Satz von ihm selbst stamme.

»Wo warst du denn die ganze Zeit?«

Tante Ena stand in der Haustür, den Wäschekorb mit einem Berg Wäsche im Arm. Ihr Haar war noch nicht gemacht. In ungeordneten Wellen stand es hierhin und dorthin. Ihre Stirn lag frei und betonte ihre Augenbrauen.

»Geheimnis.«

So viel zum Überlegen einer Notlüge, dachte Nanning.

»Willst du, dass Mutter vor Schreck das Kind kriegt, weil hier irgendein Bauer –?«

»– is' kein Bauer. Ich geh gleich mit Hermann auf Schollen.«

Ganz selbstverständlich erwartete er, dass Tante Ena irgendeinen Grund parat haben würde, weshalb es umöglich war, dass Hermann und er jetzt Schollen fangen gingen. Schließlich war Tante Ena, wenn sie auch Tante Ena war, eine Erwachsene, und er war die ganze Nacht – oder die halbe, soweit sie wusste – weg gewesen. Aber dann grinste sie ihn an, eine ihrer dunklen Augenbrauen erhoben.

»Mann, Nanning, ich weiß schon, dass du damit meiner Frage ausweichen wolltest. Aber trotzdem – tüchtiger Junge.«

»Pimpf Hagener zum Appell!«

Der Ruf hallte um die Hausecke.

Instinktiv duckte Nanning sich ab. Sowohl Tante Ena als auch Hermann sahen ihn fragend an.

»Gustav. Die rechte Hand von unser'm Hordenführer.«

Der klein gewachsene Junge mit dem weißblonden Haar und den immer rosigen Wangen, der am anderen Ende Norddorfs wohnte, hatte Nanning noch gefehlt. Eilig dachte er über eine Ausrede nach. Tante Ena schob sich an der Hauswand entlang und sah vorsichtig um die Ecke, zog dann den Kopf sofort wieder zurück.

»Wir wollten doch auf Schollen«, sagte Nanning in einem quengelnden Flüsterton.

»Aber zack, zack«, kam es von vorne.

Tante Ena stellte den Korb ab – der Gipfel des Wäscheberges rutschte herunter – und duckte sich zu Nanning und Hermann, der über den Zaun geklettert war.

»Ich lenk den abgebrochenen Pimpf ab, und ihr verschwindet nach hinten weg über die Höfe.«

Sie zeigte auf das Ende des Hofes, an dem der mächtige Rosenbusch stand.

»Im Ernst?«

Tante Ena nickte entschlossen.

»Pflichterfüllung, richtig oder falsch, kann deine Mutter nicht essen.«

Nanning sprang seine Tante an, umarmte sie fest um die Hüfte. Hermann grinste breit.

Er war bereits am Rosenbusch vorbei und über den Zaun, als Nanning die Schokolade in seiner Hosentasche spürte. Er stieß die Hacken zu einer harten Bremsung in den Grund und lief zurück zur Tante, die noch nicht ganz an der Hausecke angekommen war und sich im Gehen den Kittel etwas zurechtzuppelte. Sie drehte sich um.

»Was noch?«

»Fast vergessen. Kannst du die für mich verwahren?« Er hielt ihr die Tafel *HERSHEY'S* hin. »Irgendwo, wo Macker nich' rankommt. Kannst gern was von naschen.«

Sie nahm die Schokolade entgegen.

»Lass mich raten: Geheimnis?«

Zwar wusste Nanning beim besten Willen nicht, ob dies ein geeigneter Moment für diese Geste war, aber er folgte trotzdem seinem Gefühl und ließ es darauf ankommen: Er kniff ein Auge zusammen und tippte sich mit dem Zeigefinger an die Nasenspitze. Dann folgte er Hermann.

Ein Austernfischer schritt in einiger Entfernung das Watt ab, ganz so, als wolle er jeden Zentimeter der glitzernden Weiten vermessen. Dann stach er zu. Der rote Schnabel verschwand fast zur Gänze im Boden. Eine leichte Bewegung seines Kopfes, und er zog den Schnabel wieder hervor. Hätte Nanning nicht genau gewusst, was der Vogel im Schnabel hatte, er hätte es auf die Entfernung nicht erkennen können.

Etwas traf ihn in die Seite, ließ ihn aufschrecken. Hermann verzog den Mundwinkel. Er hatte Nanning mit seinem Eisenstab einen leichten Stoß verpasst, um ihn ins Hier und Jetzt zurückzuholen. Nannings Eisenstab steckte bereits im Boden, neben einem der unzähligen gekringelten Schlickhäufchen vor ihnen. Mit beiden Händen drückte er den Stab noch etwas tiefer hinein und drehte ihn anschließend. Er ging in die Hocke und zog ihn wieder heraus. Um das Ende des Eisenstabs hatte sich ein Sandwurm geschlungen. Nanning griff ihn sich und ließ ihn in den Eimer zu den anderen fallen. Auch Hermann hatte gerade ein langes Exemplar aus dem Watt gezogen. Er ließ den Wurm zwischen Zeige- und Mittelfinger baumeln.

Nanning wischte sich mit dem Unterarm Schweiß von der Stirn. Winzige Sandkörner, von denen er nicht genau sagen konnte, wie sie an seinen Arm gekommen waren, blieben haften. Er hob den Blick. Ein weites Wolkenfeld war vor Kurzem vorübergezogen und hatte, zumindest für den Moment, nichts als blauen Himmel und Sonnenschein hinterlassen. Nanning beschattete die Augen. Die Sonne hatte ihre volle Kraft noch nicht erreicht. Doch selbst bei stetig gehendem Wind war ihre sommerliche Wärme bereits spürbar.

»Is' genug.«

Das Geräusch eines in den Eimer platschenden Wurms. Die Tide.

Hermann nahm einen Eimer und ging los, zum Wasser. Nanning folgte dem Freund mit dem anderen Eimer.

Das dickere Tau mit den daran angebrachten Leinen, an deren Enden Angelhaken geknotet waren, lag genau so ausgebreitet am Ufer, wie die beiden es hinterlassen hatten. Sie schmissen die Eisenstäbe hin, stellten die Eimer ab und machten sich an die Arbeit.

Auf ihrer Flucht vor Pimpf Gustav hatte Nanning Hermann festgehalten und ihm gesagt, dass sie ihre Ausrüstung nicht dabeihatten. Also waren sie noch einmal auf gleichem Weg zurückgeschlichen, um aus Opa Arjans Schuppen den Huker – die Grundleine mit den vielen Fangleinen – und je zwei Eisenstäbe und Eimer zu holen.

Während sie am Ufer saßen, Sandwürmer auf die Angelhaken zogen und der langsam auflaufenden Flut zusahen, dachte Nanning darüber nach, dass Föhr und Sylt bei Flut komischerweise sogar näher wirkten als bei Ebbe. Vielleicht lag es daran, dass man mit dem Boot schneller auf den Nachbarinseln war als zu Fuß durchs Watt. Trotzdem, dachte er, hätte dies aber nie offen zugegeben, wirkten die Inseln bei Ebbe beinahe wie miteinander verbunden. Als wären sie keine Inseln, sondern eher so etwas wie Landstriche, unterschiedliche Striche desselben Landes. Hamburg dagegen wirkte unendlich fern. Egal wie er es drehte und wendete. Ein weit entferntes Land. Und tatsächlich war ja das Hamburg vergangener Zeiten, das alte Hamburg der Hanse und der Amrumer Kapitäne, ihm durch die Bücher und Geschichten näher als das Hamburg seiner Geburt. Je weiter seine Gedanken sich von Amrum entfernten, je länger sie fort von zu Hause blieben, desto deutlicher schien er das Vergehen der Zeit zu spüren. Einer Zeitspanne mit Davor und Danach. Das machte ihn schwermütig. Verstohlen warf er einen Seitenblick auf Hermann. Der Freund war darauf konzentriert, Würmer auf die Haken zu drücken. Das tat er mit einer Sorglosigkeit, wie es sie, fand Nanning, nur ohne das Wissen oder die Ahnung eines Anfangs und eines Endes geben konnte.

»Hier.«

Nanning zeigte auf dieselbe Jolle, mit der er vor Stunden genau an dieser Stelle an der Mole des Steenodder Hafens angelegt hatte.

»Nee, das's das Boot von Sam Gangsters.«

Hermann hielt an, sodass auch Nanning stehen bleiben musste. Sie trugen die lange Leine mit den Haken gemeinsam.

»Der schläft tagsüber, weil er immer erst in der Nacht loszieht.«

Hermann schien nachzudenken, sagte dann: »Aber wie sollen wir den Huker denn ausbringen?«

»Klappt schon. Willst du so lange warten, bis wieder Ebbe ist?«

»Bist du sicher?«

»Ja, komm! Wir gehen raus auf'n Priel, und denn lassen wir uns von der Tide treiben.«

Die ganze Zeit über, während sie die Jolle beluden und losmachten, sah Hermann sich schuldbewusst um. Selbst als sie das Boot aus dem Schutz der Mole paddelten, blickte Hermann sich noch beunruhigt zum Anleger um. Nanning dachte kurz daran, Hermann von der Fotografie Sam Gangsters' mit der Maschinenpistole zu erzählen. Stattdessen ließ er sich vom Geräusch der lauter gegen die Bordwand platschenden Wellen ablenken. Er sah zum Himmel hinauf, die Augen zusammengekniffen. Hoch über ihnen glitten die

Möwen ohne Flügelschlag dahin. Es war wieder zugezogen, und der Wind hatte aufgefrischt.

Die Jungs hatten die am Boot vertäute Grundleine mit den beköderten Fangleinen sorgfältig über dem Priel ausgebracht. Schon bald hatte Hermann aufgehört, zu widersprechen, und war Nannings Einschätzung gefolgt, entlang welcher Linie der Huker mit den größten Erfolgsaussichten lag. Zwar war Hermann derjenige von beiden, der nach Föhr auf die Kapitänsschule wollte, danach zur See und Matrose werden, aber Nanning kannte sich da draußen auf dem Wasser besser aus. Ebenso wie Hermann auf Amrum stets eine neue Abkürzung zu kennen schien, jede einzelne Düne schon einmal bestiegen, jedes Erdloch übersprungen hatte, so hatte Nanning das Wattenmeer nicht nur auf seinen Streifzügen zu Fuß durchkämmt, sondern war auch mit seiner Tante dort gesegelt. Es fühlte sich für Nanning gut an, den steifen Zug des Westwindes um die Wangen zu spüren. Und es zeigte sich, dass er die richtige Stelle gewählt hatte, was ihn mit einiger Genugtuung erfüllte. Scholle um Scholle holten sie aus dem Wasser. Die Zinkwanne von Sam Gangsters war im Nu voller zuckender Plattfische.

»Von wem has' du nu das Futter?« Nanning war bereits aufgefallen, dass Hermann zunehmend nachdenklich wirkte. »Kommst mit'm halben Zentner Futter nach Haus, und denn vertellst was von wegen Amrumgeld. Das's doch nich' normal.«

Sam Gangsters hatte Nanning ein Versprechen abgenommen. Er durfte nichts verraten, auch Hermann nicht. Und auf gewisse Weise gefiel es Nanning sogar, einmal etwas zu wissen, was der beste Freund nicht wusste.

»Man muss auch mal ’n Geheimnis bewahren können.«

Hermann sah ihn still an, auch dann noch, als man eigentlich schon mit einer Antwort rechnen konnte. Dann nickte er.

»Und wenn du allein bist, geht das am besten.«

Hermann stand auf und bewegte sich zum Bug vor. Wie er mit ausgebreiteten Armen versuchte, das Gleichgewicht zu halten, und sich schlurfend vorwärtsschob, ließ Nanning aufmerken. Aufrecht saß er da und blickte sich um.

»Ich glaub, wir haben genug«, rief er Hermann durch den aufgefrischten Wind zu. »Lass uns zurück zum Hafen.«

»Nö!« Hermann hielt die Leine höher, die im dunklen Wasser verschwand. Zwei Schollen zappelten knapp über der Oberfläche an den Haken der Fangleine. »Wir sitzen auf ’ner Goldmine. Wenn wir das rauskriegen, was da drin ist – Mann!«

Nanning rutschte auf der Ducht an die Bordwand, beugte sich vor und hielt die Hand ins Wasser. Er spürte den Sog.

»Die Tide kentert. Wir sind mitten im Amrum-Tief. Der Strom zieht raus in die Nordsee.«

»Ich dachte, du hast keine Angst vor der See.«

»Nordsee ist Mordsee!«

Die Jolle schlingerte und begann sich zu drehen. Hermanns Gesichtsausdruck verlor allen Trotz.

»Aus’m Ebbstrom raus!«

Hermann holte, so schnell er nur konnte, die Fangleine ein. Dann kam er zurück und schob sich neben Nanning auf die Ducht. Beide begannen zu paddeln und versuchten hektisch, gegen die Strömung anzukämpfen. Die Jolle drehte sich wieder um die eigene Achse und trieb ab. In der Bewegung deutete der Bug wie im Hohn für einen Augenblick auf

Amrum. Die Jungs sahen, wie die Insel langsam an ihnen vorüberzog. Der Seegang wurde rauer, der Wind steifer.

»Weiter! Pull!«

Sie fingen wieder an, mit voller Kraft zu paddeln. Aber es nützte nichts, das Boot wurde von der unsichtbaren Kraft der Strömung mitgezogen – hinaus aufs Meer.

Nanning gab es auf und legte sein Paddel ins Boot. Da Hermann unbeirrt weiterpaddelte, keuchend und mit puterrotem Kopf, drehte sich die Jolle erneut um die eigene Achse. Nanning presste die Lippen aufeinander.

Dann sagte er: »Die Tide zieht raus. Da kommen wir nich' gegen an.«

»Hilft doch nix«, schrie Hermann. »Nich' schlappmachen!«

Nanning stützte sich am Mast ab, stand auf und hielt den hin- und herschlagenden Baum mit dem Unterarm auf Abstand.

»Wir müssen segeln. Sonst wird dat nix.«

Nanning hielt sich fest, wo er nur konnte, als er sich Schritt für Schritt seinen Weg zum Heck, zur Pinne bahnte. Blecheimer rollten ihm über die Füße. Die Zinkwanne knallte gegen den Schwertkasten. Einige der Plattfische, die herausgefallen waren, glitschten hin und her.

Sicherheitshalber ging Nanning in die Knie und löste so die Leine, mit der sie die Pinne festgemacht hatten. Die tanzte sofort hin und her. Er setzte sich auf die Bordwand und hielt sie mit seiner Linken fest. Es fing an zu regnen, in vereinzelten schweren Tropfen, die ihm wie Hagel ins Gesicht schlugen.

»Lass das Schwert runter!«, rief er Hermann zu, der ebenfalls sein Paddel ins Boot geworfen hatte. Hermann kroch zum Schwertkasten und senkte das Schwert ab. Unwillkürlich duckte Nanning sich, als der Baum über ihn hinwegsauste. Hätte er eben noch gestanden, wäre er glatt ins Wasser geworfen worden, im schlimmsten Fall sogar bewusstlos durch den Schlag des Baums. Im Sitzen aber war sein Kopf sicher.

»Mach die Bändsel vom Segel ab, damit wir's hissen können«, rief er, während er versuchte, mit der Pinne das Boot zu beruhigen.

Hermann musste sich hinstellen, um an die Bändsel heranzukommen, die das um den Baum gewickelte Segel hielten.

»Pass auf, der Baum, ducken, wenn er rumkommt!«

Nanning tat sein Bestes, den Baum mit der freien Hand festzuhalten, während Hermann daran arbeitete. Für einen Moment ließ der Wind nach. Hermann kam voran. Nanning stand auf und löste die Bändsel im hinteren Bereich des Baums. Dann setzte er sich wieder. Das Segel rauschte ins Boot herunter, blähte sich ein wenig im Wind und fiel dann wieder in sich zusammen.

»Da vorne am Mast is' das Fall, mit dem ziehst das Segel hoch«, rief er und wies dabei auf den Mast. »Ich versuch, das Boot in den Wind zu legen, dann geht's leichter.«

Hermann kroch nach vorne. Schollen glitten ihm über die Hände. Am Mast angekommen, löste er das Fall und begann langsam, das Segel hochzuziehen. Der Wind fasste trotz aller Bemühungen Nannings hinein und ließ das Boot gefährlich krängen, dann richtete es sich abrupt wieder auf. Vorne am Mast rollte Hermann herum, ließ das Fall aber nicht los. Nanning drückte die Pinne nach Steuerbord, um in den Wind zu schießen, aber es gelang ihm nur halb. Trotzdem schaffte Hermann es, nachdem er sich etwas gefangen hatte, das Segel weiter hochzuziehen. Wenn der Wind in das flatternde Segel fasste, musste Hermann das Fall mit beiden Händen festhalten. Er schaffte es schließlich, das Segel war gesetzt. Nanning lächelte kurz gegen Wind und Regen an, konzentrierte sich aber sofort wieder, denn noch waren sie nicht in Sicherheit. Hermann machte das Fall wieder an der Klampe fest und drehte sich im Liegen zu Nanning um. Der löste die Schot und hielt sie in der rechten Hand. In der linken hatte er die Pinne. Er holte die Schot dicht, und die Jolle begann, sich zu bewegen. Allerdings in die falsche Richtung.

»Wir müssen wenden! Pass auf, der Baum kommt rum!«

Zur Sicherheit blieb Hermann einfach liegen. Nanning schob die Pinne weit von sich. Das Boot gehorchte. Es kam langsam herum. Wellen schlugen herein, am Boden sammelte sich Wasser. Wie Nanning war auch Hermann bereits komplett durchnässt. Er lag halb im Wasser. Nanning wechselte auf die andere Seite. Dabei trat er auf eine Scholle und schlug fast hin, schaffte es aber, sich an der Bordwand abzufangen. Nur das Knie stieß er sich schmerzhaft an. Er biss die Zähne zusammen und setzte sich wieder.

»Ein' von den Eimern«, rief Nanning und zeigte hin. »Pütz mal.«

Er hatte das Boot herumgebracht, war aber zu weit nach Norden geraten.

»Wir müssen erst mal 'n Stück runter und dann ein, zwei Schläge kreuzen«, sagte er beschwörend und mehr zu sich, denn Hermann konnte ihn nur hören, wenn er schrie.

Hermann schnappte sich einen der herumpolternden Eimer, schrammte damit im Sitzen über den Bootsboden und schüttete ein wenig Wasser hinaus. Lächerlich wenig, wie Nanning fand.

Die schwere alte Jolle lief jetzt, sie hatten Südwestwind, und das Boot lag gut im Wasser. Nanning spürte, dass sie aus dem Ebbstrom heraus waren. Innerlich bereitete er sich auf die nächste Wende vor.

Bloß keinen Fehler machen jetzt, sagte er sich und schrie: »Wende!«

Er zog das Boot herum. Inzwischen waren sie schon dichter unter der Küste Amrums, aber trotzdem schlug Wasser in die Jolle, und mehr, als Hermann rausgepützt hatte. Noch mehr Wasser im Boot, und es würde nicht mehr zu manövrieren sein. Hermann hatte aufgehört zu pützen. Er stützte sich auf einen Ellenbogen und sah Nanning an, als hätte er eine einzige große Frage.

Die Anspannung hielt ihn noch einen Augenblick gepackt, aber dann merkte Nanning die Beruhigung in Wind und Wellengang. Langsam wich die Starre, die er erst jetzt richtig wahrnahm, aus seinem Körper. Er richtete sich auf. Noch ein Stück, und dann wieder rum.

»Wende«, rief er erneut.

Der Baum rauschte herum. Der Wind fasste wieder ins Segel. Noch einmal schwappte ein Schwall Nordseewasser ins Boot, aber da vorne lag die Mole von Steenodde, einer Verheißung gleich. Sie waren gerettet! Das Wasser im Boot schlug hin und her. Die Schollen rutschten darin herum, zeigten ihre weißen Unterseiten.

Hermann kam zu Nanning ans Heck, kriechend.

»Mann«, sagte er, und Nanning sah ihm die Erleichterung an, so als hätte Hermann eben noch mit ihrem Ende gerechnet. Er wirkte, als hätte er Nanning und sich bereits weit draußen gesehen, hoffnungslos fern von der heimischen Insel. Eine beinah ungläubige Freude sowie Bewunderung für Nanning lagen in seinem Blick.

»Mann«, sagte Hermann noch mal. »Woher weißt du das alles?«

»Von Tante Ena. Die war vorm Krieg im Segelklub, in Hamburg.«

Hermann nickte langsam und drehte sich um, nach vorn, wo Amrum die Arme öffnete, um sie zu empfangen.

Nanning fiel ein Eiderentenpärchen auf, das gemeinsam an der Uferlinie entlangwatschelte. Vielleicht, dachte er, warteten sie darauf, dass das Wasser den Wattboden freigab, damit sie leichter an die Miesmuscheln kämen, die sich, im Gegensatz zu anderen Muscheln, nicht in den Boden eingruben. Hermann gab ein Räuspern von sich, das nichts Gutes verhieß.

Nanning guckte dahin, wo sein Freund hinblickte. Sam Gangsters, Werkzeugkasten in der Hand, stand auf der Mole und sah der Jolle entgegen, die er genau dort vorzufinden erwartet hatte, wo er gerade stand.

»Mist.«

Sam Gangsters war die Wut in das durchfurchte Gesicht geschrieben, sie war bereits von Weitem deutlich abzulesen. Nanning schoss sogar der Gedanke durch den Kopf, beizudrehen. Doch was dann? Nach Hamburg? Zurück aufs offene Meer? Nach Amerika? In die Südsee, Robinson Crusoes Insel suchen? Sam Gangsters kannte die Welt. Wahrscheinlich war er in der Lage, sie zu finden, wohin auch immer sie flüchten würden.

»Hast du nicht gesagt, der schläft?«

Sam Gangsters' borstiger weißer Schnauzer stach umso mehr heraus, als sein Kopf wutrot angelaufen war. Nanning dachte an einen wiederkehrenden Satz seines Vaters, wenn dieser sich über etwas ärgerte: Da reißt mir doch die Hutschnur, sagte er dann.

»Na wartet, dass ich euch den Arsch versohl!«

Nanning vermied, aufzuschauen – der Pier der Mole lag aufgrund der Ebbe nun ein gutes Stück über dem Boot –, und konzentrierte sich lieber darauf, so sanft er konnte, mit Sam Gangsters' Jolle anzulegen.

»Raus aus meinem Boot, ihr Lümmel!«

Hermann warf Sam Gangsters das Tau zum Festmachen hinauf. Dann schickten sie sich an, die Schollen aus der Zinkwanne und von Deck in ihre Eimer zu verladen. Sam Gangsters beugte sich runter.

Wie er sie anfuhr, regnete etwas Spucke auf die beiden nieder: »Die Schollen bleiben hier!«

Schockiert blickte Nanning nun doch nach oben. Eine Scholle flutschte ihm dabei aus der Hand. Damit hatte er nicht gerechnet, er konnte nicht glauben, dass Sam Gangsters so gemein sein konnte.

»Zur Strafe.«

Langsam, so als könne auch er es noch nicht ganz fassen, nahm Hermann die Plattfische wieder aus dem Eimer und warf sie zurück in die Wanne.

Der ganze Aufwand, den sie betrieben hatten, die Gefahr, der sie entgangen waren, all das sollte nun umsonst gewesen sein? Nanning wollte es nicht wahrhaben. Aber er konnte Sam Gangsters da oben auf der Mole nicht einfach wegleugnen. Nanning senkte den Blick und sah geradeaus auf die mit Blasentang bewachsenen Steine der Mole, die bei Flut unter Wasser lagen. Er wollte etwas sagen, aber er fürchtete, seine Stimme würde zittern, sobald er das tat.

»Was habt ihr euch dabei gedacht?«

Nanning wagte es und presste die Worte hervor, in der Hoffnung, das, was sich in seinem Mund noch weich und zart angefühlt hatte, käme wie gehärteter Gips heraus: »Ich brauch die Schollen zum Tauschen. Sind doch Amrumgeld. Meine Mutter brauch mit ihr'm Bauch –«

Beim Anblick Sam Gangsters' blieben ihm die Worte im Hals stecken. Er wusste, dass ihr Nachbar sich zwar mit Tante Ena gut verstand, Nannings Mutter aber nicht leiden konnte. Wenn sie sich auf der Straße oder zwischen den Häusern begegneten, zumindest wenn Nanning in der Nähe war, tat Sam Gangsters so, als wäre Nannings Mutter Luft. Unangenehm riechende Luft.

Exakt mit diesem Ausdruck sah der Alte jetzt auf Nanning hinab. In seinen nächsten Worten allerdings lag neben der eindeutigen Ablehnung auch eine gewisse Milde, die Nanning nicht entging.

»Hast sie lieb, die alte Nazi-Hexe, nich'?«

Die Beleidigung überrumpelte Nanning, er ließ sich aber nichts anmerken. Stattdessen sah er Sam Gangsters an, achtete darauf, dem Alten von da unten im Boot in die Augen zu sehen, nicht zu blinzeln. Gleichzeitig sah er im Augenwinkel, dass Hermann aufgehört hatte, die Schollen zurückzupacken. Zu gespannt schien der Freund, was Nanning erwidern würde, was er sich Sam Gangsters gegenüber trauen würde.

Nach einem Moment, in dem nur der Wind und das Glucksen des Wassers unter dem Boot die Stille durchbrachen, sagte Nanning: »Is' meine Mutter.«

Ein weiterer wortloser Moment verging, in dem Sam Gangsters' und Nannings Blicke ineinander verfangen waren. Schließlich aber wich die Härte aus dem Gesicht des Alten. Er schnalzte mit der Zunge und nickte, als habe er eine Meinungsverschiedenheit verloren und eingesehen, unrecht gehabt zu haben. Mit einer flüchtigen Bewegung zeigte er auf das Boot, auf die Plattfische, und wandte den Blick ab.

»Na, denn nimmse mit.«

Während Nanning Hermann half, die Schollen wieder in die Eimer zu werfen, fiel ihm die Tafel Schokolade ein, die Sam Gangsters ihm geschenkt hatte. Trotz allem, was der über Nannings Mutter gesagt hatte, sie hatten seine Jolle benutzt, ohne um Erlaubnis gefragt zu haben. Und plötzlich kam es ihm nicht mehr richtig vor, diese seltene und eigentlich verbotene Köstlichkeit zu behalten.

»Ich tu' die Schokolade nachher auf deine Türschwelle.«

Der Seitenblick Hermanns entging Nanning nicht. Er hatte seinem Freund nicht einmal davon erzählt. Wie hätte er auch erklären sollen, woher er amerikanische Schokolade hatte?

»Wozu das?«

Sam Gangsters blickte auf ihn herab. Er zog eine Augenbraue hoch.

»Zur Strafe. Für's Boot.«

Sam Gangsters winkte ab. »Die behältst du mal schön und teilst die mit Hermann. Gibst deinem *little brother* und deiner Tante auch was ab. Kannst sogar deiner Mutter was geben, *for all I care*.«

Dann half er den beiden, indem er die Eimer entgegennahm und Nanning und Hermann hoch auf die Mole zog.

»Und nu macht, dass ihr Land gewinnt.«

Sam Gangsters sprang in sein Boot, als wäre er gar nicht so alt, wie er aussah, sondern immer noch der junge Cowboy von dem Foto. Er setzte sich auf die Ducht, griff sich einen Eimer und fing an zu pützen.

Hermann und Nanning machten sich auf den Weg nach Hause. Die schweren Eimer bebten vor Amrumgeld.

Bald nachdem die Jungs Nebel hinter sich gelassen hatten, frischte der Westwind auf. Schwere Böen jagten über den Inselrücken und drückten die sonst so widerborstige Besenheide nieder. Kurz entschlossen gingen Nanning und Hermann schnellen Schritts über Heide und Felder, um sich ins Windlee der Dünen zu retten und sich nicht weiter gegen die Böen stemmen zu müssen.

Sie waren fast auf Höhe der Vogelkoje, konnten die Fangstation bereits sehen, als etwa zehn Meter vor ihnen plötzlich eine Gruppe von acht Jungs einen flacheren Dünenabhang hinuntertrabten. Sie stellten sich Nanning und Hermann in den Weg. Nanning erkannte sie sofort als die Jungen vom Festland, und mitten unter ihnen war da wieder dieser Junge, dessen Blick sich vor ein paar Tagen auf Tessas Hof mit Nannings gekreuzt hatte. Derselbe Junge, der auf dem Schulhof mit dem Finger auf Nanning gezeigt hatte.

Wie der Junge und seine Freunde sich Hermann und Nanning näherten, kam er Nanning mindestens einen halben Kopf größer und auch älter vor, als Nanning ihn zuvor eingeschätzt hatte. Er war bestimmt schon vierzehn oder fünfzehn Jahre alt.

In einem Halbkreis stellten die fremden Jungs sich vor Hermann und Nanning auf.

»Was habt ihr da in den Eimern?«

Nanning konnte es nicht genau sagen, aber irgendetwas an der Redeweise des Jungen kam ihm so anders vor. Als verliere jeder Satz sich zum Ende in ein kaum wahrnehmbares Ächzen.

Nanning sah zu Hermann, ohne den Kopf zu bewegen. Seine Schultern und Hüfte waren erstarrt. Nanning meinte zu sehen, dass Hermann ihn im gleichen Moment ebenfalls aus den Augenwinkeln ansah. Keiner von beiden sagte etwas.

Der Junge, der wohl der Anführer der Gruppe war, hob das Kinn.

»Das hier ist unser Revier. Ihr dürft hier nicht durch.« Er zeigte auf den Weg, den sie Hermann und Nanning gerade abschnitten. »Zur Strafe müsst ihr uns die Fische lassen.«

Als wäre Nanning in beiden Ohren gleichzeitig eine Ader geplatzt, wurden sie sofort heiß. Bevor er diesen Jungs seine rechtmäßig gefangenen Schollen – Amrumer Schollen! – überließ, würde er eher noch den ganzen Weg zurück nach Steenodde gehen, um sie doch Sam Gangsters zu überlassen. Weil die anderen sie so eng einkesselten, konnte Nanning keinen Schritt auf sie zumachen. Stattdessen lehnte er sich vor, das Kinn erhoben. Ein mulmiges Gefühl hatte er trotzdem dabei, aber das konnten sie sich nicht gefallen lassen.

»Ihr seid auf unserer Insel. Das ist unser Revier. Also lass den Unsinn.«

Nanning musste sich gehörig anstrengen, seine Augen nicht, in Erwartung eines Kinnhakens, zusammenzukneifen. Ein Schlag aber folgte – allerdings in Nannings Magengrube, kurz und aus der Hüfte gefeuert. Nanning krümmte sich, seine Finger ließen den Eimer los, der dumpf auf den Boden prallte. Nanning entfuhr ein pfeifendes Keuchen. Es fühlte sich an, als dränge eine Druckwelle sämtliche Luft von unten nach oben aus Lungen und Luftröhre.

»Willst du auch?«

Nanning strengte sich an, den Kopf zu heben. Er bekam schon wieder Luft. Er hörte nur, wie auch Hermanns Eimer auf dem Boden landete. In der nächsten Sekunde hatte Hermann den Anführer der Gruppe schon gegen zwei seiner Freunde geschubst.

»Los, Nanning, renn!«

Sie schnappten sich ihre Eimer und rannten los. Nicht in die Richtung, aus der sie gekommen waren, sondern nach Westen, direkt in die Dünen.

Sobald sie die äußersten Dünen umliefen, fegte Nanning und Hermann der kräftige Westwind entgegen. Gegen die Böen anjapsend, rannten sie abseits der wenigen ausgetretenen Pfade durch das Geflecht von Heidekraut und Krähenbeere. Sie übersprangen rutschige Moosstellen und wichen, Hermanns gerufenen Hinweisen folgend, den zahlreichen Stolperfallen wie Kaninchenbauten aus. Vögel stieben vor ihren geschundenen Füßen auf. Nanning riskierte einen Blick nach hinten. Die Gruppe war ihnen auf den Fersen. Allerdings stolperten die Jungen immer wieder über die natürlichen Hindernisse der Dünentäler oder wurden durch augenblicklich nachgebende sandige Stellen an den Abhängen ausgebremst.

Nanning lief eine durch Strandroggen und Sandsegge relativ sicher passierbare Düne hinauf. Auf einmal ein Schrei hinter ihm. Als er sich umdrehte, sah er eine meckernde Brandgans, die sich mit heftigen Flügelschlägen gen Himmel arbeitete. Dort, wo sie gestartet war, kniete Hermann am Boden. Die Ente und er mussten sich gegenseitig erschreckt haben. Hinter Hermann, der Eimer lag umgekippt dort, flappten die Schollen erschöpft auf dem Boden. Hermann griff sich den Eimer und begann, die Fische einzusammeln.

Nanning biss sich auf die Unterlippe. Der Anblick des zurückgefallenen Jungen schien ihren Verfolgern Mut zu machen. Nanning sah sich gehetzt um. Er stand oben auf der Düne. Der Seewind ließ ihm die Augen tränen. Da war nichts, was er tun konnte. Nichts, womit er die Flüchtlingsjungs ablenken konnte. Sie holten Hermann ein. Der schaffte es nur noch, die Arme schützend hochzureißen. Dann verdeckte die auf ihn eindreschende Gruppe den Freund.

»Heh«, schrie Nanning aus voller Kehle, »lasst ihn los! Dann lass ich auch den Eimer hier stehen.«

Die Jungen hielten inne, sahen zu Nanning auf dem Dünenkamm hinauf. Er konnte beobachten, wie sie sich berieten.

»Kannst gehen. Die Fische lässt du hier«, rief ihr Anführer.

Sie gaben Hermann Raum, und dieser stemmte sich hoch und kippte seinen Eimer aus. Dann trottete er leicht hinkend auf Nannings Düne zu, der Anführer und drei andere Jungs als Eskorte bei ihm. Auch Nanning schüttete seinen Eimer aus. Die Schollen landeten im Sand. Ihre nur mehr schwachen Regungen wirkten, als wollten sie sich mit allerletzter Kraft im Sand verstecken, so wie sie es aus ihrem natürlichen Lebensraum am Meeresboden kannten.

Nanning streckte Hermann den Arm entgegen und zog ihn hoch auf den Kamm. Hermanns Lippe war aufgeplatzt, darauf leuchtete ein dunkelroter Punkt, die Haut seiner rechten Wange war verfärbt wie Fallobst. Nanning nahm dem Freund den Eimer ab, nahm beide Henkel in eine Hand und legte ihm einen Arm um die Hüfte, um ihn zu stützen.

Nanning blickte sich ein letztes Mal um. Die Jungsgruppe machte sich in Richtung Osten davon, die Arme voller Raubgut.

Mit hängenden Köpfen und leeren Eimern trotteten Nanning und Hermann durch die Dünen. Nanning warf ein Auge auf Hermanns Bein. Er hatte Angst, der Freund könnte auf einer Unebenheit umknicken oder auf einer Moosflechte ausrutschen. Aber Hermanns Gang wurde schon wieder runder. Sie überquerten einen niedrigen Dünenkamm. Wie um die Jungen zu ärgern, ließ der Wind die Eimer an den Henkeln schaukeln. Beim Abstieg, so flach die Düne auch abfiel, setzte Hermann vorsichtig und in Querstellung einen Fuß vor den anderen. Sein Gesichtsausdruck war verbissen, fand Nanning. Wahrscheinlich hatte er noch Schmerzen. Dann bemerkte Nanning eine Bewegung im schienbeinhohen Heidekraut voraus. Sachte hielt er Hermann am Arm zurück und beobachtete weiter den kleinen Vogel, der umhertänzelte und wie versuchsweise unter den Sträuchern herumpickte.

Hermanns Arm entzog sich.

»Sam Gangsters, hm?«

Nanning, der weiter der Lerche zusah, brauchte einen Augenblick, um zu begreifen, worauf Hermann anspielte. Er zuckte mit den Schultern.

»Ja, na ja.«

Hermanns Gesichtsausdruck verriet, dass er mit dieser Antwort nicht gerade zufriedengestellt war.

»Und von der Schokolade, hatt'st noch vor, mir davon zu erzählen?«

»Schon.«

Hermann sah ihn eine Sekunde lang an. Er schien Nannings Aussage auf ihren Wahrheitsgehalt zu prüfen.

»Na denn«, sagte Hermann in abfälligem Ton und drehte sich um. Mit unsicheren Schritten ging er auf die Grundmauern der Häuser aus der Eisenzeit zu, die in engem Verbund auf einem ebenen Teil des Dünenvorfelds ausgegraben worden waren. Seine Mutter, erinnerte sich Nanning, hatte hier auch gegraben. Er wollte dem Freund nach, sich irgendwie erklären, als ein Schättern, das wie ein wildes Gelächter klang, ihn an Ort und Stelle stehen bleiben ließ. Er drehte sich um und suchte das Gelände ab.

Ein größerer Vogel mit ausgebreiteten weißen Flügeln trudelte auf einen der gegenüberliegenden Hänge zu. Nannings Blick folgte ihm. Der Vogel landete bei einem zweiten, der plötzlich aufgetaucht war. Sie gaben trillernde Laute von sich, und jetzt erkannte Nanning sie an ihren rötlich braunen Schärpen und den leuchtend roten Schnäbeln: ein Pärchen Brandgänse. Flüchtig berührten sich die Schnäbel, als tauschten sie einen Begrüßungskuss aus. Dann duckte sich der gerade angekommene Vogel ab und verschwand in einem Loch im Dünenhang, und der andere Vogel hob ab und flog davon.

Nanning blickte der Brandgans nach, bis sie außer Sicht war. Dann sah er zum Fuß des Dünenvorfelds: Hermann hatte die Arme ausgebreitet, der Eimer hing auf seinen Fingern, und schritt Stein für Stein die Grundmauern eines der Eisenzeithäuser ab.

Nanning näherte sich dem Freund und den altertümlichen Grundfesten langsam, indem er vor jedem Schritt genau abwägte, wo sein Fuß auf dem Boden landen sollte, ohne dass er dafür einen wirklichen Grund hatte. Er brauchte ganz einfach die Zeit, um sich zu überlegen, was er sagen sollte.

Hermann sah nicht auf, als Nanning bei ihm ankam.

»Ich hab bloß versprochen, dass ich kei'm was sag.«

Hermann umrundete das Eisenzeithaus schon zum zweiten Mal. Er schien sehr konzentriert auf das, was er da tat.

Nach einer für Nanning gefühlten Ewigkeit sagte Hermann: »Ja, denn is' das so.«

»Hatt' schon vorgehabt, die Schokolade mit dir zu teilen.«

Hermann beendete, den Blick auf seine Füße und die Steine daneben gerichtet, seine zweite Umrundung der Grundmauer. Erst als er stehen blieb, sah er zu Nanning auf.

»Einmal rum sind achtundzwanzig Meter. Da liegen mindestens zweihundertachtzig Steine.« Seine Handbewegung schloss die ganze Gruppe der Eisenzeithäuser ein. »Kann Opa leicht die Grundmauer für unsere Räuchertonne von bauen.«

»Kann er nich'«, sagte Nanning, und es kam giftiger raus, als er beabsichtigt hatte.

Seine Mutter hatte an den Wikingerhäusern geforscht, und ihre Steine für eine olle Räuchertonne verwenden zu wollen kam ihm falsch vor.

»Wer sagt das?«

»Die Universität Hamburg.«

Aus Sorge, Hermann, dessen ganze Familie keinen einzigen Nationalsozialisten zählte, könne etwas rausrutschen, das ihre Freundschaft irgendwie beeinflussen würde, hielt Nanning seine Mutter lieber aus der Unterhaltung raus.

Hermann machte eine Kopfbewegung, als wolle er ausspucken, ohne aber tatsächlich zu spucken. Er begann abermals, eine Runde auf den Steinen zu drehen.

Nach kurzer Zeit sagte er: »Mit wem wolltest du die Schollen denn tauschen?«

Die Gedanken, die sich Nanning darüber noch gar nicht gemacht hatte, kamen jetzt.

»Mein Onkel Jessen auf Föhr ist Vorstand in der Partei. Der kennt jeden. Der kommt sicher an alles, was man braucht.«

»Hm«, machte Hermann, blieb stehen und ließ den leeren Eimer in seinen Fingern hin und her wackeln. »Opa Arjan sagt, Kaninchen in Weißweinsoße schmeckt richtig gut.«

7

In Opa Arjans Schuppen hinter Hermanns Elternhaus tauschten sie ihre Eimer gegen Wehrmachtsspaten, Säcke und aus Strandhafer gedrehte Schlingen. Damit machten sie sich wieder auf den Weg in die Dünen.

Nanning folgte Hermanns Beispiel und schob mit den nackten Füßen die Dünenhalme an den Hängen auseinander. Es begann wieder, zu regnen. Der Sprühregen ging wie ein Wispern über die Dünenhänge, das in den Tälern ausklang. Nanning erlaubte sich einen Moment lang, den Blick vom Untergrund zu erheben und sich Wangen, Stirn, Nase und Mund benetzen zu lassen. Dort, inmitten der weiten und hügeligen Landschaft, in die außer Hermann und ihm nur die Vögel und der Wind einzudringen schienen, konnte er seine Lage für einen Augenblick vergessen. Er schloss die Augen und atmete tief ein, und da fühlte es sich an, als käme alles schon wieder ins Lot.

Das Geräusch von Spatenstichen in sandigen Boden holte ihn in die Gegenwart zurück. In eine Gegenwart, in der er weder Schollen zum Tauschen oder Essen heimgebracht hatte und ein Karnickeleintopf, den seine Mutter sich schmecken lassen konnte, bislang nicht mehr als ein Luftschloss war.

Nanning stapfte zu Hermann, der an verschiedenen Stellen des nächsten Hangs auf und ab lief, mit dem Spaten weiter im Sand stocherte und dabei zunehmend aufgeregt wurde. Er nahm Nanning seinen Sack ab und ließ ihn fallen.

»Wir müssen alle Löcher verstopfen.«

Sie machten sich ans Werk. Büschelweise rupften sie die langen steifen Halme des Strandhafers aus und drückten sie in die Zugangslöcher dessen, was Hermann als bewohnten Kaninchenbau ausgemacht hatte. Ein ums andere Mal mussten sie gemeinsam an einem besonders tief verwurzelten Strauch zerren, um die Halme herauszubekommen. Oder einer von beiden ging auf die Knie und buddelte wie ein Hund um die Pflanze herum, sodass der andere sie besser herausziehen konnte. Nach einiger Zeit konnte Nanning die feinen Schnitte spüren, die der Strandhafer in seinen Handflächen hinterließ. Und trotzdem fand er das Ganze fast schon komisch. Jetzt entrissen sie den Dünen die Halme, und im Herbst, beim alljährlichen Hand- und Spanndienst, würden sie dann andere, noch kahlere Dünen neu bepflanzen, um sie zu befestigen.

Als alle Löcher des Baus bis auf eines zu Hermanns Zufriedenheit zugestopft waren, stellte Nanning unter dem prüfenden Blick seines Freundes eine Schlinge vor das verbliebene Loch.

»Da flitzt das unten durch. Büschen enger.«

Hermann bückte sich und nahm Nanning die Schlinge ab, um zu demonstrieren, was er meinte. Er gab sie Nanning zurück, der die Schlinge weiter zuzog.

»Das's zu viel. Das Karnickel muss reinschießen und hängen bleiben. Halt! So is' gut.«

Sie stellten sich an zwei der zugestopften Löcher auf und begannen, mit ihren kurzstieligen Spaten zu graben.

»Das muss glauben, wir graben es aus. Denn will es da raus«, erklärte Hermann.

Sie buddelten wie wild. Der Sand flog nur so umher. Irgendwann fiel Nanning auf die Knie und grub so weiter. Die Unterarme wurden ihm allmählich schwer. Er war froh, dass ihr Graben nur ein Mittel war, das Kaninchen aufzuschrecken, und nicht dem Zweck diente, wirklich ein Loch zu buddeln. Sobald er nämlich ein Spatenblatt voll Sand hinter sich schippte, rieselte von den Seiten auch schon neuer Sand nach.

Hermann reckte den Hals, um die Schlinge besser sehen zu können. Etwas in seinen Augen, das Blitzen einer Erwartung, die jeden Moment Realität werden musste, ließ auch Nanning sich wieder erheben. Und kaum, dass er stand, zappelte ein Kaninchen in der Schlinge.

»Schnell«, rief Hermann, schmiss den Spaten beiseite und schubste Nanning beinah schon hinüber zu ihrem Fang, »krieg's bei den Ohren.«

Das, was da wild geworden in der Schlinge kämpfte, kam Nanning gar nicht wie ein Kaninchen vor, sah er die Tiere normalerweise doch nur behäbig in beengten Ställen sitzen und vor sich hin mümmeln oder, waren es wilde, von Weitem hinter einem Busch hervorschauen, um gleich darauf wieder im Erdboden zu verschwinden. Das Tier da vor ihm glich mehr einem panisch flatternden Vogel, den man vor der Schlachtung am Hals gepackt hatte. Nur, dass das Kaninchen kein Geräusch von sich gab, während es aus Leibeskräften zuckte und zappelte.

Nannings Versuche, das Tier richtig zu packen zu kriegen, waren zu zaghaft und ängstlich. Das wusste er selbst. Es war, als würde er sich dabei genauso beobachten wie Hermann, halbherzig wirkte es. Darüber, was passieren würde, sollten sie tatsächlich ein Kaninchen fangen, hatte Nanning nicht nachgedacht.

»Nimm die Schlinge!« Nanning tat, was Hermann, der so aufgeregt war, dass es an Ärger grenzte, ihm sagte. »Bei den Ohren!«

Insgeheim wünschte Nanning, Hermann würde ihm mit einem vorwurfsvollen Seufzer endlich dieses zappelnde, mit den krallenbewehrten Läufen um sich fuchtelnde Tier aus der Hand reißen und ihm das abnehmen, was unumstößlich folgen musste, wollte Nanning Fleisch auf den Tisch bringen. Doch da war Hermann ebenso unbarmherzig wie sein Opa Arjan. Mehrmals noch griff Nanning daneben, während Hermann immer ungeduldiger wurde. Dann endlich bekam Nanning die Löffel des Kaninchens zu fassen.

»Und jetzt hau so mit der Handkante in den Nacken.«

In einer Hand hielt Hermann ein imaginäres Kaninchen. Mit der anderen vollführte er einen knappen Handkantenschlag in den unsichtbaren Karnickelnacken.

Die Befreiungsversuche des sehr echten Kaninchens in Nannings Hand hatten an Energie eingebüßt, fiel Nanning auf. Er hielt es höher. Die aufgerissenen Augen des Tiers waren jetzt fast auf einer Linie mit seinen eigenen. Nanning konnte nicht einmal sagen, ob sie ihn ansahen. Mal wirkte es so, dann, im nächsten Augenblick, schien das Tier einfach starr durch ihn hindurchzusehen, als blicke es in einen tiefen dunklen Brunnenschacht.

Nannings Nachahmungsversuch dessen, was Hermann ihm vorgemacht hatte, glich mehr einem zügigen Pressen der Handkante in den Nacken des Kaninchens als einem wirklichen Schlag.

Hermann verzog den Mund.

Alles in Nanning wehrte sich, zuckte und wand sich ebenso wie das Kaninchen. Er wollte es nicht umbringen. Welches Recht hatte er, diesem Kaninchen oder irgendeinem anderen Lebewesen das Leben zu nehmen? Dann fielen ihm, mit einem gewissen Schrecken, die vielen Schollen ein, die Hermann und er in den letzten Jahren gefangen hatten. Und er erinnerte sich an den Kiebitz mit dem lahmen Flügel, den er unten in der Marsch erlegt hatte. Und an dessen Augen, die denen des Kaninchens gar nicht so unähnlich waren. Zumindest schien es Nanning in diesem Moment so. Doch das Kaninchen hatte keinen lahmen oder gebrochenen Lauf. Es machte einen gesunden Eindruck, und seiner Wehrhaftigkeit nach zu urteilen, strotzte es vor Kraft. Nanning wusste nicht, wie hoch die Lebenserwartung eines Kaninchens eigentlich war. Er hatte noch nie darüber nachgedacht. Aber nun war es so, das musste er sich eingestehen, dass er drauf und dran war, ein Leben vorzeitig und eigenmächtig zu beenden.

»Du willst gar nich' zuhauen.«

Nanning sah zu Hermann, der seinen Blick auffing. An der Stelle, an der seine Unterlippe durch den Schlag eines der Flüchtlingsjungen aufgeplatzt war, saß ein tiefdunkler getrockneter Blutstropfen, der aussah wie Kerzenwachs.

»Du hast Angst, dass es totgeht. Denn kriegst du nie 'n Karnickel.«

Weder in Hermanns Stimme noch in seinen Augen lag ein Vorwurf oder der Ärger über die Arbeit mit den Zugängen zu den Kaninchenbauten. Nur die kalte, neutrale Realität. Kein Töten? Kein Fleisch für die Mutter. So einfach war das.

Nanning schloss die Augen. Einen Moment lang hielt er die Luft an. Dann öffnete er die Augen wieder.

»Nee, das machst du nu ma selbst!«, sagte Opa Arjan, ohne dass er Hermann oder Nanning dabei ansah. Stattdessen kniff er das linke Auge zu und begutachtete mit dem rechten das fast quadratische Holzbrett, das er in seinen schwieligen großen Händen drehte und wendete. Mit der Feile ging er nochmals über eine der Kanten des Bretts und pustete anschließend den Holzstaub herunter. Ein letzter verkniffener Kontrollblick. Dann beugte er sich über den Bollerwagen, den er in den vergangenen Tagen gebaut hatte und der nun fast fertig war, und schob das Brett an der vorderen Kante des Handwagens zwischen die Seitenbretter.

»Er soll das alleine können? Das musst du ihm zeigen. Ich kann das nicht«, sagte Hermann.

Opa Arjan drückte das Stirnbrett Stück für Stück nach unten.

Hermann flüsterte Nanning zu: »Das müssen genau die gleichen Winkel sein, sonst drückt es das Ganze auseinander.«

Nanning zog den Kopf weg, so als wäre Hermanns Flüstern das Sirren einer Stechmücke. Er fühlte das Gewicht des toten Kaninchens im Sack, den er noch immer in der Hand hielt, und es machte ihn ungeduldig. Er wollte das Tier noch heute auf den Tisch bringen. Und da war Opa Arjan, der ihm zeigen musste, wie man das Tier aus der Decke schlug, und zockelte das Stirnbrett unendlich langsam herunter.

Als es schließlich unten angelangt war, erhob sich Opa Arjan, stemmte die Hände ins Kreuz und begutachtete strahlend sein Werk.

»Nu lukke ans«, sagte er.

Er sah zu den Jungs auf, als wäre ihre Anwesenheit ihm vollkommen entfallen. Dann schnippte er gegen den kurzen Schirm seiner Seglermütze und bedeutete den beiden, zu ihm zu kommen.

Hermann gab Nanning einen Klaps in die Seite, und der hielt Opa Arjan den Sack geöffnet hin. Dieser holte das Kaninchen an den Löffeln raus und besah es sich von oben nach unten. Dann drehte er sich um und betrat den niedrigen Schuppen in der hinteren Ecke des Hofs. In diesem Schuppen hatte er wohl mehr Zeit verbracht als in seinem Haus, dachte Nanning.

Die einzige Lichtquelle dort war der diffuse Schein der tief stehenden Sonne. Während seine Augen sich an die veränderten Lichtverhältnisse gewöhnten, bemerkte Nanning, dass das, worauf er da stand – mal weich und geschmeidig, mal piksend –, Holzspäne waren. Der halbe Boden im Schuppen war davon bedeckt. Ein beruhigender, warmer Duft ging von den Spänen aus, der sich in die schweren Gerüche von Schmiermitteln, Meersalz und Ölen mischte.

Langsam ließ er den Blick schweifen. Der Schuppen war mit allerlei Gerätschaft gefüllt. Nicht alles davon gehörte Opa Arjan. So mancher kam sogar ganz aus Süddorf, um sich von ihm die Sense dengeln oder ein Werkzeug reparieren zu lassen. Von der Decke hingen Haken, Taue und Reusen. An der hintersten Wand, die fast vollständig im Dunkeln lag, ließen sich zwei Haufen Holz ausmachen. Über einen von ihnen war eine Plane geworfen, unter der Teile des Strandguts – ein paar Planken und aus Holzfässern gebrochene Dauben – hervorschauten. Der andere Haufen war sorgfältiger gestapelt. Er bestand aus bereits von Opa Arjan klein gemachtem Strandgut sowie kürzeren Stücken, die Hermann oder dessen Mutter Anne gesammelt hatten. Denn auch wenn Erk Peters, der Strandvogt Norddorfs, zu Hermanns Familie gehörte – Nanning wusste nicht mehr genau, wie –, wollte Opa Arjan nicht, dass seine Tochter oder sein Enkel beim verbotenen und daher Strandräuberei genannten Sammeln erwischt wurden. Also brachten sie nur Holz zum Heizen mit nach Hause, das den erlaubten Meter Länge nicht überschritt.

An der Wand gegenüber der Tür hingen Sensen, Sicheln, selbst gebaute Angeln und anderes mehr. Dazwischen verteilt konnte Nanning auch den einen oder anderen kleinen Bilderrahmen ausmachen. Die Fotos waren aber nicht zu erkennen. Das Regal, das an der Wand stand, war überfüllt mit Werkzeug, genau wie die Werkbank daneben.

Opa Arjan legte das Kaninchen auf den Tisch, nicht weit von der Tür. Das tote Tier lag mit dem Rücken in einem oval ausgeblichenen Kreis, der aufgrund des jahre-, ja wahrscheinlich jahrzehntelangen Gebrauchs in der Tischplatte entstanden war.

Der Kopf des Kaninchens fiel zur Seite, seine Augen leer, aber doch anklagend. Schnell sah Nanning woanders hin. Er hoffte, Hermann würde das nicht mitkriegen. Als Nannings Blick auf den Unterleib des Kaninchens fiel, riss er die Augen auf. Zwischen dem kurzen Fell waren Zitzen zu erkennen.

»Die hat ja Junge.«

Augenblicklich wünschte er sich, er könne die letzten Stunden rückgängig machen. Oder zumindest die Tatsache, dass er sich dann doch getraut hatte, dem Kaninchen den Handkantenschlag in den Nacken zu verpassen.

Opa Arjan schien vollkommen unbeeindruckt und drückte einen Lauf des Kaninchens auf die Tischplatte.

»Ja, soll deine Mutter was Fleisch kriegen? Dann müssen die Jungen verhungern. Komm mal mit dei'm Taschenmesser.«

»Hab keins.«

Opa Arjan sah Nanning fassungslos an.

Hermann seufzte und sagte: »Mann, wenn das so anfängt, kriegst das nie fertig.«

»Da im Block«, Opa Arjan wies mit einer Kopfbewegung zur Werkbank, »nu ma los, Jung!«

Hermann war ihm aber schon zuvorgekommen und hatte ein großes Messer aus dem Block gezogen. Griff voran reichte er es Nanning. Hermanns ernster Blick sagte ihm, er solle bloß vorsichtig damit sein.

»Stech hier ma rein.«

Nanning setzte die Messerspitze dort am Lauf des Tiers an, wo Opa Arjan hingezeigt hatte. Doch bevor Nanning das Messer bewegen konnte, griff der Alte nach der Klinge und hob sie an. Mit Nannings Hand weiterhin am Griff, positionierte er das Messer so, dass die Mitte der Schneide über dem Lauf schwebte. Nanning verstand. Und trotzdem brauchte er ein, zwei Sekunden der Überwindung, um zuzudrücken. Augenblicklich spürte er den Widerstand des Knochens und stockte.

»Doller, sonst stehn wir hier noch Weihnachten.«

Mit der freien Hand stemmte sich Nanning auf die stumpfe Kante des Messers. Der Widerstand brach. Als die Messerschneide geräuschvoll auf die Tischplatte traf, zuckte Nanning zusammen. Durch die verlorene Spannung der Haut rutschte das Fell ein wenig am Lauf hinauf. So wie ein Hosenbein, das beim Hinhocken die Wade hochrutscht. Ein, zwei Zentimeter des Knochens, ummantelt von einer dünnen Schicht Muskelfleisch, ragten heraus.

»Nu lukke ans.«

Opa Arjan nahm die Pfote des Kaninchens und ließ sie in einen Eimer unter dem Tisch fallen. Ein wenig Blut rann in Flocken aus dem offenen Lauf. Der Alte presste auch den zweiten Vorderlauf auf den Tisch. Nanning drückte zu. Die andere Vorderpfote landete im Eimer.

Er war selbst überrascht, und ein wenig stolz, wie leicht ihm das Durchtrennen des zweiten Laufs bereits gefallen war. Und er dachte, dass es nun mal sein müsse, es ging schließlich ums Überleben. Und dieser Gedanke ließ ihn sich ein Stück erwachsener fühlen als noch vor dem Betreten des Schuppens. Hatte Hermann, der auf der anderen Seite seines Opas stand, wahrgenommen, was Nanning spürte? Dass er einen Schritt auf das Erwachsenwerden zugemacht hatte? Das zufriedene Lächeln, mit dem er Hermann ansah, konnte er sich nicht verkneifen. Anstatt ihm anerkennend zuzunicken, grinste Hermann entgegen Nannings Erwartung ebenfalls. Und zwar in etwa so, wie er grinste, wenn jemand im Unterricht eine selten blöde Frage zu etwas stellte, das Lehrer Simonischek erklärt hatte.

»Na denn«, sagte Opa Arjan zwischen ihnen und krempelte sich die Ärmel seines Fischerhemds die haarigen Arme hoch. Nanning sah zu Hermanns Opa hinauf. Die gutmütigen Augen lagen im Schatten der Brauenknochen. Opa Arjan erwiderte Nannings Blick, als sähe er jemand an, der sehr begriffsstutzig war. Dann vollführte er vor seinem eigenen Hals eine Bewegung, als würde er sich ein Messer über die Kehle ziehen.

»Kopp ab.«

Nannings Blick wanderte zum Kopf des Kaninchens. Dass dieser in wenigen Augenblicken in dem Blecheimer unterm Tisch liegen würde, schien ihm jetzt noch wie das hanebüchenste aller Hirngespinste.

»Pack's hinter den Löffeln, Nanning. So.« Opa Arjan machte es ihm vor, indem er den Kopf des Tiers umfasste, sodass die Spitzen der Ohren unten aus seiner Faust herausschauten. Den Daumen legte er dabei auf den Hals des Kaninchens. »Hier einschneiden. Und dann einmal rum.« Sein Zeigefinger bewegte sich in schneidenden Bewegungen einmal um den Hals. »Hermann, du hältst den Körper fest.«

Nanning fasste den Kopf des Kaninchens, wie es ihm gezeigt wurde. Er setzte das Messer am Hals an, war froh, es an etwas Festes drücken zu können, denn er hatte begonnen, zu zittern. Ein ungeduldiges Schnaufen Opa Arjans, und Nanning schnitt und sägte mit dem Messer drauflos. Er war unsicher, ob er es richtig machte, auch weil er das Gefühl hatte, dass sich nicht so viele Büschel Fell lösen sollten. Er kam sich unheimlich ungelenk vor. Doch Opa Arjan und Hermann sahen ihm stumm zu. Dann spürte er, wie sich die Haut des Kaninchens unter der Messerschneide öffnete, und folgte dieser Öffnung seinem Gefühl nach einmal um den Hals herum.

Opa Arjan nickte und sagte: »Und nu ab damit.«

Es knirschte und knackte fürchterlich, als Nanning dem Kaninchen den Hals durchtrennte, aber es ging auch schneller, als er befürchtet hatte. Erleichterung machte sich in ihm breit. Und eine noch größere Zufriedenheit. Die paar Tropfen kalten Schweißes, die seinen Nacken herabliefen, zählten nicht.

Opa Arjan nahm das Kaninchen vom Tisch und hielt es ihm mit dem Hinterteil voran hin. Er sollte die Blume abschneiden. Es ging um einiges leichter als Kopf und Vorderläufe. Auch die Blume landete im Eimer. Dann griff Opa Arjan zur Schuppendecke hoch. Es klimperte. Er zog zwei Haken herab, die an Schnüren befestigt waren.

»Nu häng es mal da dran.«

Während Nanning die Hinterläufe des Kadavers an den Haken aufspießte, untersuchte er aus den Augenwinkeln Hermanns Gesicht auf irgendwelche Anzeichen von Zustimmung oder Belustigung. Aber Hermann ließ sich nichts anmerken.

»Und nu?«

Nannings Aufmerksamkeit galt wieder dem Kaninchen, das nun mit dem Rücken zu ihm und Opa Arjan von der Decke baumelte. Ein paar Blutspuren liefen vom Hals herunter und tropften auf den Boden.

»Wie kriegst die Innereien raus?«

Die Betonung, mit der Opa Arjan die Frage stellte, machte augenblicklich klar, dass er sie nur stellte, um Nanning auf die Sprünge zu helfen. Nanning ärgerte sich über seine Blödheit. Es kam so gut wie nie vor, dass er sich vor Hermann schämte, aber jetzt mied er den Blick seines Freundes. Er nahm das Kaninchen von den Haken und hängte es so wieder auf, dass er den Bauch des Tiers sah – und die Zitzen. Nanning dachte an den Bau in den Dünen, aus dem bestimmt in diesem Moment ein verzweifeltes Fiepen drang. Opa Arjan zupfte am Fell des Kaninchens und sagte: »Erst mal aus der Decke schlagen.«

Er nahm Haut und Fell des Kaninchens am Bauch zwischen Daumen und Zeigefinger, so als würde er das Kaninchen zwicken. Dann machte er Nanning vor, wo und wie er zu schneiden hatte.

»Büschen vorsichtig, dass du nich' ins Gescheide schneidest. Denn hast das Malheur.«

Nanning zwickte dem Kaninchen ins Fell und drückte dem Tier die Messerspitze in die Haut. Sie gab nach, aber das Messer drang nicht ein.

»Nu ma los.«

Nanning hielt das Kaninchen fest und drückte erneut mit dem Messer zu, mehr passierte aber nicht: Er drückte in das tote Tier. Opa Arjan nahm ihm das Messer aus der Hand. Mit dem Daumen, dessen schmutzdunkle Hautlinien Nanning an die Ringe eines Baums erinnerten, fuhr er über die Messerschneide.

»Kein Wunder! Hol ma 'n Schleifstein. Hinten bei den Sensen.«

In einer der Lederscheiden, die zwischen den Feld- und Handwerkszeugen an der Wand hingen, befand sich ein Schleifstein. Nanning ließ seine Augen für einen Moment über die Fotografien schweifen. Hauptsächlich schienen es Fotos von zusammenstehenden Männern vor oder auf Schiffen und in Häfen zu sein. Als er sich umdrehte, fiel ihm in dem Regal über der Werkbank ein sonderbarer rechteckiger Kasten auf, mit Drehknöpfen und Schlitzen, die sich über die komplette Front zogen, daneben so etwas wie eine kleine Uhr hinter einer Glasscheibe. Bevor er zu Opa Arjan und Hermann zurückging, wagte er noch einen letzten hastigen Blick. Es handelte sich bei dem Kasten um ein Radio, da war Nanning nun sicher. Aber ein Radio dieser Machart hatte er noch nie gesehen. Irgendetwas daran sah ungewöhnlich aus. Und außerdem, fiel ihm schlagartig auf, hatte er noch nie

Musik oder auch nur die Stimme des Hörfunksprechers aus dem Schuppen kommen hören.

Opa Arjan nahm ihm den Schleifstein aus der Hand, sobald Nanning in Reichweite war.

»Was ist das für'n Radio dahinten?«

»Dahinten ist kein Radio«, sagte Hermann.

»Guck her!«

Opa Arjan hielt Nanning Schleifstein und Messer vor die Augen. Angewinkelt zog er das Messer mehrmals über den Stein. Dann gab er beides Nanning, der Hermann noch immer ansah.

»Das is'n Radio.«

»Jetzt sehen wir erst ma zu, dass deine Mutter ihr Karnickel kriegt.«

Opa Arjan klopfte mit einem Finger auf den Schleifstein in Nannings Hand, und Nanning machte genau das nach, was Opa Arjan ihm gezeigt hatte, bis der beschloss, das Messer sei nun scharf genug.

Dann wandte er sich wieder dem Kaninchen zu. Nanning musste nur noch zustechen und einen kleinen ersten Schnitt setzen, so wie es ihm vorgemacht worden war. Nur bewegte sich das Messer nicht. Nannings Blick war erneut auf die Zitzen gefallen, kleine helle Punkte im stumpfen Fell des Kaninchens. Nannings Augen wanderten wie von selbst unter den Tisch und in den Blecheimer, in dem der Kopf des Muttertiers neben der Blume und den zwei Vorderpfoten lag. Eine Welle der Übelkeit überlief ihn. Gleichzeitig klammerte er sich an dem Gedanken fest, dass sie das Fleisch brauchten. Unbedingt.

»Na, denn wird das wohl nix.«

Zur Untermalung klopfte Opa Arjan zweimal mit den

Fingerknöcheln auf die Tischplatte – im Hintergrund warf Hermann enttäuscht die Hände hoch –, als wolle er sich von einer geselligen Runde verabschieden, ohne jedem Einzelnen die Hand zu geben. Dann strich er die Ärmel seines Hemds herunter.

Nanning presste die Lippen aufeinander und öffnete die Haut des Tiers mit einem ersten Schnitt.

»Na guck, geht«, sagte Opa Arjan.

Er ermutigte Nanning, weiterzumachen. Schnitt für Schnitt arbeitete der sich um den Bauch des Tiers, sodass bald ein breiter Grenzstreifen violett glänzenden Fleischs hervorschimmerte.

Opa Arjan holte das Kaninchen noch einmal von den Haken und wies Nanning an, die Hinterpfoten zu entfernen. Auch die landeten im Eimer. Dann nahm er Nanning das Messer aus der Hand, legte es auf den Tisch und gab ihm das Kaninchen.

»Nu packst den Balg oben und unten. Kräftig festhalten«, er tat so, als greife er etwas vor seiner Körpermitte und reiße es entzwei. Fast sah es so aus, als ziehe er ein überaus schwergängiges Schifferklavier auseinander.

Nanning sah auf das kopflose Kaninchen hinunter. Es war ein merkwürdiges Gefühl, die Finger unter das Fell zu schieben. Darunter war es feucht und glitschig, doch was noch schlimmer war: Nanning meinte, eine Wärme zu fühlen, ein Rest des Lebens, das er zerstört hatte. Er gab sich einen Ruck und zog die Fellhälften des Kaninchens in entgegengesetzte Richtungen. Es war leichter, als es aussah. Einige Male hatte er beim Zerlegen von Stallkarnickeln zugesehen. Er hatte erwartet, dass er seine ganze Kraft ins Abziehen würde legen müssen, wenn er überhaupt kräftig genug dafür wäre, doch es fiel ihm leichter als gedacht. Nur auf das Geräusch der sich vom Fleisch lösenden Hautschicht, und wie sich das Abziehen anfühlte, war er nicht vorbereitet gewesen. Er meinte, die Vibration jeden einzelnen Millimeters Haut, die sich ablöste, genau fühlen zu können. Ihm wurde flau.

Opa Arjan half etwas nach, indem er mit dem Messer besonders haftende Stellen löste. Auf die Weise war das Tier schnell aus der Decke geschlagen, und Opa Arjan hängte es wieder an die Haken und ging dazu über, Nanning das Öffnen der Bauchdecke und den ersten Schnitt zu erklären, sodass sich der Enddarm anschließend besser rauslösen ließ.

»Nu klapp das mal auf.«

Nanning fasste in den Schnitt, der senkrecht fast über die ganze Länge des Kadavers reichte. Er fühlte die relative Härte der Rippen, die im Gegensatz zum weichen umgebenden Fleisch stand. Mit einem leisen Knacken brach Nanning den Brustkorb des Kaninchens auf und legte so dessen Innereien frei, dicke, schleimige, ineinander verschlungene graue und weißlich rosafarbene Würmer. Sofort vervielfachte sich das flaue Gefühl in seinem Magen zu einer Übelkeit, die ihn aufstoßen und würgen ließ. Aber er tat alles, um sich zu beherrschen, zwang jede Regung, dem Druck nachzugeben, zurück in seine Körpermitte.

Währenddessen griff Opa Arjan zum Messer. »Nu hätt' ich bald das Zwerchfell vergessen«, murmelte er und erweiterte den Schnitt in der Brust des Tiers. »Nu ma raus mit dem Kram!«

Hermann hatte den Eimer bereits unter das Kaninchen gestellt. Jetzt riss er die Augen auf, rief »Moment!« und langte in den Blecheimer. Er holte eine der Pfoten raus und legte sie beiseite.

»Bringt Glück«, sagte er, als Nanning und Opa Arjan ihn verwundert ansahen.

Nanning biss die Zähne zusammen und griff nach der Kaninchenbrust. Er fasste eine Seite des aufgeklappten Brustkorbs, fuhr mit den Fingern der anderen Hand unter das Gedärm. Dann packte er zu. Zumindest versuchte er es, so gut es ging. Die Innereien waren so glibberig zwischen den Fingern, nicht einmal der Körper einer Nacktschnecke gab so sehr nach. Wie Wattwürmer, fiel es ihm ein, und er versuchte, sich vorzustellen, nichts als ein paar Wattwürmer in der Hand zu haben. Dann zog er kräftig. Das Gedärm pladderte in den Blecheimer.

Während sich Nanning vor dem Schuppen die Hände mit ausgerupftem Gras abwischte und mit ein paar ausgiebigen Atemzügen der frischen Seeluft versuchte, seiner Übelkeit Herr zu werden, hörte er ein Hämmern aus dem Schuppen. Als er wieder hineinging, schlug Opa Arjan den letzten Nagel durch das Kaninchenfell in ein Brett, auf dem Dutzende von Nagellöchern sichtbar waren.

»Wie 'n Seehund.«

Es rutschte ihm einfach raus, und Nanning verfluchte sich augenblicklich selbst.

»Wie kommst da drauf?«

»Das's doch 'n Radio dahinten, nich'?«, versuchte er abzulenken und deutete zur Werkbank.

Nanning entging nicht, dass Hermann aufsah.

»Mann, Opa!«

»Besser er fragt mich als sonst einen.« Opa Arjan sah Nanning von oben herab an. So wie es Pastor Dircksen tat, wenn er von der Kanzel zur Gemeinde sprach und über die Gläser seiner kleinen runden Brille auf die Menschen hinabschaute. Opa Arjan legte Nanning die Hand auf die Schulter. Sie war schwer, und Nanning spürte ihre Wärme.

»Wenn ich dir was erzähl, kannst du das kei'm weitererzählen?«

»Kann er.« Hermann legte die Hand auf Nannings freie Schulter und beugte sich vor. »Man muss auch ein Geheimnis bewahren können«, ahmte er Nanning nach. »Hat er selbst gesagt.«

»Kannst du das?«

»Kann ich.«

»Kannst das auch schwören?«

»Ja.«

»Dann versuch ma.«

Nanning stellte sich stramm vor Opa Arjan und Hermann. Er war im Begriff, den rechten Arm zu heben, korrigierte sich aber noch in der Bewegung und legte sich die Hand aufs Herz. Dann hob er den linken Arm, die Handfläche von sich weggewandt.

»Ich schwör, dass ich kei'm erzähl, was Opa Arjan mir sagt.«

Opa Arjan machte einen zufriedenen Eindruck. Er setzte sich mit halber Backe auf die Ecke der Werkbank, verdeckte das Radio hinter sich. Die Hände übereinander auf dem Oberschenkel.

»Warum is' dein Opa nach New York?«

Nanning machte ein paar Schritte, dachte nach. Er wusste, dass viele Amrumer ausgewandert waren. Opa Arjan war es, der Hermann und ihm schon einmal davon erzählt hatte. Alles hatte im vorigen Jahrhundert begonnen. Als Schleswig und Holstein zu Preußen kamen. Da begann die erste Auswanderungswelle nach Amerika. Aber das war nicht der Grund, warum sein Großvater nach Amerika gegangen war. Nach ein paar gedrehten Runden blieb Nanning stehen und hob den Kopf.

»Weil er Dollar verdienen wollte.«

»Musste, Nanning, musste! Was solltest du denn auf diesem Brocken Geest, den irgendein Riese in die Nordsee geschmissen hat? Was konntest du hier denn Geld verdienen? Wir sind alle rüber, Tessas Vater Rasmus, Boy Kröger, ich, alle. Und unsere Söhne auch. In Amerika sind mehr Amrumer als auf Amrum. Mein Sohn Tewe, Hermanns Onkel Tewe auch. Dein Onkel Theo.« Er lehnte sich nach hinten und langte nach einer der Fotografien von der Wand. »Hier.«

Nanning nahm das in schmucklosem Holz gerahmte Foto entgegen. Er erkannte einen etwas jüngeren Opa Arjan. Und daneben, Nanning konnte es kaum fassen, Sitting Bulls treuer Mustang: Onkel Theo. Sie hatten einen Arm über die Schultern des anderen gelegt und schienen dem Fotografen etwas zuzurufen. Ihre Augen funkelten auch im Schwarz-Weiß des ausgeblichenen Fotos bis in die Gegenwart des Schuppens hinein.

Nanning war drauf und dran, Opa Arjan zu fragen, ob er das Foto behalten dürfe. Doch weshalb sollte der ihm das erlauben, war doch schließlich Opa Arjan auf dem Foto mit Onkel Theo und nicht Nanning.

Er reichte es Opa Arjan zurück und erinnerte sich daran, dass dieser ihm ja ein Geheimnis versprochen hatte. Nanning hoffte, dass es etwas mit Onkel Theo zu tun hatte.

»Denn kämpfen mehr Amrumer bei den Amerikanern als bei der Wehrmacht. Ist das das Geheimnis?«

»Fast. Mein Sohn Tewe ist amerikanischer Soldat.«

»Welche von den Jessens auch?«

Opa Arjan nickte: »Auch.«

»Gegen Deutschland.«

Die Vorstellung, dass ein Jessen gegen Deutschland kämpfte, war für Nanning nur schwer zu fassen.

»Gegen Deutschland, ja. Aber Angst um meinen Sohn hab ich trotzdem.«

Opa Arjan blickte zur offen stehenden Tür. Erst dachte Nanning, er hinge nur seinen Gedanken an den Sohn nach, aber dann sah er in die Augen des alten Mannes. Er starrte nicht etwa vor sich hin, sondern sah auf eine Weise zur Tür, dass es schien, als hoffe er, gegen besseres Wissen, Tewe stehe jeden Moment im Türrahmen.

»Ich bei mei'm Vater.«

Opa Arjan holte das Radio und stellte es neben sich auf die Werkbank.

»Siehst du. Deshalb will ich wissen, was mit der US Army los ist.«

Er drehte an einem der Knöpfe. Es knackte, und aus dem Radio drang leise das Zusammenspiel von Blechbläsern, im Hintergrund das tänzelnde Plinkern eines Pianos, das seine Mutter so nie spielen würde, dachte Nanning. Opa Arjans hornhäutiger Zeigefinger tippte im Takt mit. Auf einmal begannen die Bläser, sich zu jagen, sich übereinanderzuschieben. So etwas hatte Nanning noch nie gehört. Kein Marsch klang so, keine Komposition Franz Schuberts. Schließlich kam das ganze Orchester noch einmal zusammen und legte sich für einen letzten, kurzen Kraftakt ins Zeug.

Eine blecherne Stimme tönte plötzlich aus dem Radiolautsprecher: *»This is AFN, the American Forces Network.«*

Ein Klicken, und die fremde Stimme erlosch.

Sekunden vergingen, in denen niemand etwas sagte oder sich rührte.

Bis Nanning schließlich zu Opa Arjan aufsah: »Feindsender.«

Opa Arjan erwiderte seinen Blick, ohne dass sich auf seinem Gesicht etwas ablesen ließ, und sagte in ruhigem Ton: »Ja, Feindsender. Wehrkraftzersetzung.«

Der Volksempfänger in der Küchenecke plärrte so laut, dass Nanning sich schon vorstellte, wie ein verschlafener Sam Gangsters im Haus nebenan entnervt die Fensterläden zuknallte. Der Hörfunksprecher berichtete von der eisernen Verteidigung des Großdeutschen Reiches. Es klang wichtig. Aber Nanning fiel es schwer, sich auf die Worte zu konzentrieren, so laut sie auch tönten, herrschte in der Küche doch ein ebenso reges wie heiteres Treiben. Ein Festmahl sollte es werden.

Seit Nanning das aus der Decke geschlagene und ausgenommene Kaninchen mitgebracht hatte, war die Laune im Haus so gelöst wie lang nicht mehr. Während Tante Ena das tote Tier zerlegte, hatte seine Mutter Kartoffeln geschält. Anschließend standen die Schwestern gemeinsam am Herd. Nanning hatte ihnen die ganze Zeit über still zugesehen, während Macker am Küchentisch herumgeturnt war und vergeblich versucht hatte, Nannings Aufmerksamkeit zu erregen. Ihre Mutter und Tante hatten Scherze gemacht und Schulter an Schulter miteinander gelacht. Ein, zwei Mal steckten sie die Köpfe zusammen. Tante Ena sah verstohlen über die Schulter zu den Jungs, und Nanning tat, als sähe er Macker zu. Nanning meinte, Tante Ena zu hören, wie sie eine Männerstimme nachahmte, und die beiden schüttelten sich vor Lachen.

Das Essen war fertig. Macker, der wie immer zwischen Wand und Tisch saß, damit er nicht ständig aufstand und herumrannte, konnte vor lauter Vorfreude kaum stillhalten. Im Radio ging es nun um den Volkssturm und dessen Kampf um Berlin. Nanning schnappte die Worte »Tapferkeit und Standhaftigkeit im Angesicht der russischen Horden« auf. Tante Ena trat vor den Volksempfänger.

»Und nun sperren wir den Krieg einfach aus.«

Die Radiostimme verlor sich im gleichen statischen Rauschen, aus dem kurz darauf der Refrain von Lale Andersens »Der Junge an der Reling« erklang. Nanning erkannte die Stimme der norddeutschen Sängerin sofort. Ihr »Lili Marleen« schallte unaufhörlich aus sämtlichen Radiolautsprechern, ließ die Leute schwelgen und machte sie ganz schwermütig. Ihm aber gefiel das Lied vom Jungen, der auf hoher See zu Hause ist, besser.

Bevor sie sich setzte, tat Tante Ena jedem auf. Sie behandelte die Teller mit ungewohnter Sorgfalt. Die Kristallgläser waren randvoll mit frischem Wasser. Die Mutter und Ena hatten entschieden, dass Nannings Jagderfolg ein Anlass war, der gutes Geschirr erforderte. Die Mutter strich die Tischdecke glatt, bevor vor ihr ein gefüllter und dampfender Teller landete.

»Ich erhebe mein Glas auf unseren erfolgreichen Jäger, Nanning«, sagte sie.

»Und auf mich.«

Macker erhob sich, und ihre Mutter bedeutete ihm mit der Hand, sich wieder zu setzen.

»Und auf dich, mein Frechdachs.«

Sie stieß ihr Glas an Mackers an, das noch auf dem Tisch stand. Schnell griff er danach. Nanning ging schon in Habachtstellung, um es schlimmstenfalls auffangen zu können. Auf gar keinen Fall wollte er zulassen, dass sein ungestümer kleiner Bruder ihnen das Festmahl vermieste. Aber Macker ließ das Glas nicht fallen und forderte ein zweites Zuprosten. Mit hellem Klang stießen die Gläser ein zweites Mal gegeneinander. Danach erhob die Mutter ihres erneut und blickte einen nach dem anderen in der Runde an.

»Prost.«

»Prost«, antworteten Tante Ena und Nanning gleichzeitig.

Natürlich war Macker der Erste, der einen Happen im Mund hatte. Sein genussvolles Summen beim Kauen des Kaninchenfleischs gab den Grundton für den Rest der Familie vor.

Die Mahlzeit verlief größtenteils wortlos. Tante und Mutter schienen mehr als zufrieden damit, sich das Essen schmecken zu lassen und der Musik des Volksempfängers zu lauschen. Je länger aber Nannings Aufregung, die das Vorzeigen seiner Jagdbeute und die überraschten und erfreuten Gesichter ausgelöst hatten, Zeit hatte, sich zu legen, umso mehr schob sich das Foto von seinem Onkel Theo und Hermanns Opa über die Szene. Er dachte an die gute Stube des Hauses, die einem Familienmuseum glich. Verstohlen sah er zu den Frauen am Tisch. Beide schienen immer wieder den eigenen Gedanken nachzuhängen, kehrten aber stets schnell an den Tisch zurück und lächelten versöhnlich durch jedes Kauen hindurch. Ein passenderer Zeitpunkt würde sich nicht ergeben, dachte Nanning.

»Warum hängt bei uns eigentlich kein Bild von Onkel Theo?«

Nanning sah zwischen Mutter und Tante hin und her. Die tauschten Blicke aus.

»Wie kommst du auf den?«

»Er hängt bei Opa Arjan in der Werkstatt.«

»Ich möchte diesen Namen nicht noch einmal in diesem Haus hören. Hast du das verstanden?«

»Lass dein'n Ärger nicht an dem Jungen aus, Hille.«

Schweigend aßen sie weiter. Nanning verstand nichts. Dass seine Mutter ihn so angefahren hatte, hätte ihn normalerweise mehr mitgenommen, doch diesmal war er fast schon sauer auf sie, und er verstand nicht, warum der Name Onkel Theo ein solches Tabu im Haus war.

Aus dem Radio kam die tiefe Stimme Zarah Leanders, die davon erzählte, dass die Welt einmal wieder bunter, wieder himmelblau würde.

Erst als Tante Ena jedem – zur Feier des Tages, betonte sie und zwinkerte Nanning zu – einen Nachschlag auftat, regte die Mutter sich wieder.

Sie verletzte sogar die von ihr sonst so hochgehaltenen Tischmanieren und sagte, während sie noch auf dem Fleisch kaute: »Das ist wirklich ein Festtag. Das schmeckt so gut, dass man es gar nicht runterschlucken möchte.«

»Bei mir rutscht es einfach weg.«

Einen kurzen Augenblick sahen sich alle an, dann brach der Tisch in Gelächter aus, und die Mutter verwuschelte Mackers sonnengebleichtes Haar.

Nanning war erleichtert, und in den folgenden Minuten gab es immer wieder jemanden, der wegen Mackers Kommentar anfing, mit bebenden Schultern in sich hineinzulachen, und damit die anderen wieder aufs Neue ansteckte.

Das Radio spielte »So wird's nie wieder sein«. Ilse Werner pfiff gerade die Melodie mit, als das Lied abrupt abbrach und der Hörfunksprecher eine wichtige Durchsage ankündigte.

»Es wird soeben gemeldet, dass unser Führer, Adolf Hitler, im Befehlsstand der Reichskanzlei bis zum letzten Atemzug kämpfend, gefallen ist.«

Ganz so, als wäre nichts passiert, wurde gleich darauf wieder Musik abgespielt. Die Atmosphäre in der Küche aber veränderte sich so plötzlich, als wäre ein Blitz eingeschlagen.

Nanning hörte auf zu kauen und saß regungslos da. Die Mutter ließ das Besteck los, oder es rutschte ihr aus den Händen, Nanning konnte es nicht sagen. Und das, obwohl sie genau neben ihm saß. Vom Hals an aufwärts fühlte sich alles wie eingefroren an, selbst seine Augäpfel. Es erschien ihm völlig unmöglich, irgendwo anders hinzusehen als auf seinen Teller. Dann stieß seine Mutter mit der Hand gegen Gabel und Teller, als sie hastig die Hände zurückzog. Das Klirren erschreckte Nanning und riss ihn aus seiner Starre.

Die Mutter hielt sich am Tisch fest, die Spitzen ihrer Fingerkuppen ganz hell vom Druck. Stück für Stück näherte sich Nannings Blick ihrem Gesicht. Er hatte Angst vor dem, was er in ihren Augen lesen würde. Sie nicht anzuschauen, brachte er aber auch nicht übers Herz. Ihre angespannten Kiefer warfen Schatten über die schmalen Wangen. Und in einsamen Bahnen rannen Tränen darüber. Ihre feucht schimmernden Augen starrten ins Nichts. Eine plötzliche Angst überkam Nanning, seine Mutter würde ihn womöglich nie wieder ansehen, so auf alle Zeit verloren, entrückt schien sie ihm. Ein Schluchzen stieg in ihm auf, wie ein furchtbar starker Schluckauf, der den ganzen Körper durchschüttelte und die Lungen schmerzen ließ. Bevor die erste Träne seine Augen verließ, schnellte seine Hand vor und landete auf der seiner Mutter. Ihre Finger waren vollkommen verkrampft, zitterten. Sie schien die Berührung nicht einmal wahrzunehmen. Dann brachen Trauer und Angst sich vollends in Nanning Bahn. Er weinte, musste es zulassen, ja, auf irgendeine Art wollte er es auch. Wollte der stummen Mutter so näher sein.

»Ja, schlimm für euch«, sagte Ena. Es klang wie aufgesagt, trotz der freundlichen Tonlage. »Aber nicht mehr zu ändern.« Tante Ena zögerte ein wenig und sagte dann in ernsterem Ton: »Nun denk bitte an dein Ungeborenes, Hille, und iss etwas. Nur 'n bisschen Fleisch noch für das Kleine. Das braucht es. Bitte.«

Die Worte seiner Tante nahm Nanning gar nicht richtig wahr. Wie das Rauschen der Wellen oder das Klappern eines vorbeifahrenden Fuhrwerks.

»Hille, wach auf, verdammt noch mal! Denk an dein Kind! Denk an deine Kinder! Es ist vorbei, Hille! Vorbei!«

Tante Ena sprang auf. Sie verschob den Tisch dabei etwas. Ihre Füße scharrten laut über den Boden, sie war plötzlich sehr geschäftig. Nanning riss die Augen auf und beobachtete, wie seine Tante von unter dem Ofen ein Brikett hervorholte. Dann öffnete sie die Herdtür und warf es auf die Glut.

»Unser letztes. Damit es ordentlich brennt.«

Sie griff nach der Ofenzange und entfernte damit die Ringe der Herdplatte. Das Feuer züngelte heraus. Nanning und die Mutter sahen ihr regungslos zu, selbst Macker saß für den Moment still. Nanning verstand nicht, was seine Tante eigentlich im Schilde führte. Sie nahm eins der größeren Küchenmesser zur Hand. Dann stand sie auf einmal neben Nanning, beugte sich über den Tisch.

Er sah auf zum Foto Adolf Hitlers. Die Finger seiner Tante erreichten den Rahmen. Sie riss das Bild von der

Wand – Nanning hörte den Nagel zu Boden fallen – und knallte den Führer Gesicht voran auf den Tisch. Mit dem Messer machte sie sich an der Pappe auf der Rückseite des Bilds zu schaffen. Die Finger der Mutter unter seiner Hand bebten, aber sie blieb reglos sitzen. Dann hatte Tante Ena die Pappe entfernt und warf sie achtlos hinter sich. Erst als sie die Fotografie mit der Zange in die Flammen hielt, begriff Nanning, was da vor sich ging. Auch die Reaktion seiner Mutter kam verzögert. Sie sprang auf, da hatte die Unterseite bereits Feuer gefangen. Die Mutter schob ihre Schwester grob zur Seite. Die Ofenzange klapperte auf den Herd, und das Foto Hitlers verschwand im Ofen. Nanning sah mit an, wie die Hand seiner Mutter sich auf das Loch zubewegte, dem nun eine dünne schwärzliche Rauchfahne entstieg. Er sprang auf, bereit, seine Mutter zurückzureißen, sollte sie die Hand ins Feuer stecken, aber im letzten Moment, so als hätte sie sich tatsächlich verbrannt, zuckte ihr Arm zurück. Dann stieß sie mit beiden Händen Tante Ena weg, die darauf genauso wenig gefasst war wie Nanning und zurückstolpernd mit dem Rücken gegen den Türrahmen prallte.

»Zerstören, immer nur zerstören! Wenn du was Wertvolles wachsen siehst, musst du zerstören. Weil dich der Neid zerfleischt, weil dich keiner haben will, weil du eine wurzellose Nihilistin bist.« Nanning hatte schon manchen heftigen Streit miterlebt, nach dem die beiden tagelang nicht mehr miteinander gesprochen hatten, aber diese reine Wut, mit der seine Mutter ihre Worte ausspuckte, war etwas Neues und Verstörendes für ihn. »Raus! Raus«, schrie sie und wies zur Haustür. »Ich will dich nie wieder sehen!«

Im Kinderzimmer plärrte Mechthild los, die zuvor noch geschlafen hatte.

»Hille, hast du vergessen, dass das Haus zur Hälfte mir gehört?«, sagte Tante Ena, verschränkte die Arme vor der Brust und lehnte sich an den Türrahmen. »Wenn du mich nicht mehr sehen willst, pack deine Koffer.«

Die Welt, schien es Nanning, war regelrecht aus den Fugen geraten und in dieser Sekunde zum Stehen gekommen. Seine Mutter starrte Tante Ena weiter an und atmete zischend durch die aufeinandergepressten Zähne.

Enas Stimme blieb ruhig: »Zur Hälfte meins. Und, Nanning, morgen holst du das Schaf.«

Sie nickte ihm knapp zu und ging. Die Haustür schlug zu.

Die Mutter setzte sich. Ihr ganzer Körper schien die Lungen beim Atmen unterstützen zu müssen, als wäre sie ohne Pause von Nord- nach Süddorf gerannt. Sie starrte vor sich hin, in ihrem Zorn völlig von der Außenwelt abgeschlossen.

Nanning ging zum Herd hinüber. Vom Foto waren nur noch verkohlte Reste übrig.

»Aber man darf doch den Führer nicht verbrennen«, sagte er in der Hoffnung, zur Mutter durchzudringen, während er sich zu ihr umdrehte.

Mechthilds Schreien wuchs zu einem Kreischen heran. Sekunden vergingen, bevor etwas passierte. Nanning war drauf und dran, selbst ins Kinderzimmer zu gehen, um zu versuchen, seine kleine Schwester zu beruhigen, da stand die Mutter auf. Nanning folgte ihr, aber ohne nach ihm zu sehen, schlug sie ihm die Tür vor der Nase zu.

Als Nanning es endlich über sich brachte, sich umzudrehen, sah er, wie Macker unter dem Tisch ab- und am Platz der Mutter wieder auftauchte, um ihre Reste zu verspeisen.

In der Nacht, Mechthild war wiederholt schreiend aufgewacht, lag Nanning im Bett und beobachtete seine Mutter, die an der Wiege saß. Mondlicht, klar wie Eis, fiel von draußen herein. Die Züge der Mutter sprachen von Müdigkeit und Erschöpfung, das Gesicht leer und schlaff.

»Mutter ist ja bei dir, mein Liebling«, sagte sie mit matter Stimme zu der vor sich hin jammernden und schluchzenden Mechthild, die in der Wiege aufgerichtet saß. »Und nun legen wir uns wieder hin.«

So etwas wie »Muta« oder »Matu« war die Antwort.

Nanning schob sich im Bett hoch, sodass er am Kopfteil lehnte. Seine Mutter sah sich nicht zu ihm um. Auch zu Mechthild schaute sie nicht. Sie begann, leise zu singen, und schaukelte behutsam die Wiege: »Maikäfer flieg. Der Vater ist im Krieg. Die Mutter ist in Pommerland. Pommerland ist abgebrannt.« Eine Träne hing an ihrer Nasenspitze. Das Mondlicht glitzerte darin. Als sie hinabfiel, folgte sogleich die nächste. Und die nächste. »Maikäfer flieg.«

8

Nanning wischte sich mit dem Ärmel die Nase ab. Der Wind blies ihm ins Gesicht. Um sich nicht zu verschlucken, atmete er flach. Trotz der Kühle trug der Wind einen moosigen, fast warmen Geruch mit sich.

Die kleine Herde Schafe graste um den unvollständigen Steinkreis des Hünengrabs. Im bloßen Sand, der durch die Steine von der bewachsenen Umgebung getrennt wurde, konnte Nanning noch vereinzelte Abmessungsstecken ausmachen.

Bis zu ihrer jetzigen Schwangerschaft war auch seine Mutter noch oft hier vor Ort gewesen, als Teil der kleinen Ausgrabungsmannschaft. Sie war die einzige Frau und die einzige Einheimische unter den Forschern gewesen. Die restlichen Mitglieder der Gruppe waren nach und nach abkommandiert worden, um zur Verteidigung des Reichs beizutragen, hatte sie Nanning mal bei einem Spaziergang durch die Dünen erzählt.

Er sah sich um. Einige der Schafe hatten bereits gelammt. Nie weit vom Muttertier entfernt und dieses immer im Blick behaltend, stakste hier und da ein Lamm umher. Nanning wunderte sich beinah, dass die ungeschickten Jungtiere nicht vom Wind umgepustet wurden.

Etwas abseits der anderen Tiere scharrte ein Schaf mit den Klauen im Boden und legte sich hin, um fast augenblicklich wieder aufzustehen. Das Euter des Tiers war bereits prall und rosig. Die Leine, mit der es an einem Pflock in der Erde festgemacht war, war gespannt, so als wolle es mit seinen Artgenossen nichts zu tun haben.

Nanning trottete den Dünenhang herab, ging hinüber zum Pflock und löste die Leine. Er legte sie sich um die Schulter und näherte sich dem unruhig wirkenden Tier. Mit Klicklauten bedeutete er dem Schaf, ihm zu folgen, hielt die Leine kurz und ging los. Er war keine anderthalb Meter gegangen, als die Leine sich spannte und ihn aufhielt. Das Schaf war stehen geblieben. Nanning zog mit beiden Händen am Seil. Das Schaf stemmte sich dagegen. Nanning versuchte es erneut. Er schaffte es, das Tier einen Schritt voran zu bewegen, bevor es sich fing und sein ganzes Gewicht wieder in die Leine legte.

Nanning versuchte es noch ein paar Male, ließ das Schaf zwischendurch in Ruhe, versuchte es erneut. Inzwischen brannten ihm die Handflächen vom rauen Tau. Mit einem Schnauben schmiss er es hin, trat den Pflock wieder in die Erde und sah sich um. Die anderen Schafe hatten die Köpfe gesenkt und grasten. Sonnenstrahlen schossen zwischen dem wehenden Dünengras auf den Hängen hindurch und kündigten einen weiteren Tag an, von dem Nanning sich in der Nacht noch nicht sicher gewesen war, ob es ihn denn geben würde.

Unverrichteter Dinge machte er sich auf den Weg nach Hause. An diesem frühen Morgen wirkte Norddorf verändert, aber Nanning konnte den Finger noch nicht darauflegen, was genau anders war. Es war eher eine Ahnung.

Zu Hause folgte er dem Schreien Mechthilds ins Kinderzimmer. Dort stand ihre Mutter vor der Wickelkommode und zog dem Schwesterchen das Unterhöschen herunter.

»Na?«

»Wollte nicht.«

»Wollte nicht was?«

»Weg vom Hünengrab.«

»Ach, Jung«, sagte sie und bedeutete Nanning, den Windeleimer zu holen.

Als er damit zurück ins Kinderzimmer kam, zog sie gerade die schmutzige Windel unter Mechthild hervor. Nanning hielt ihr den Eimer hin, in dem bereits weitere Windeln lagen. Es stank süßlich daraus.

»Nun spül die mal aus«, sagte seine Mutter.

Nanning ging nach draußen in den Hof. Unter der Wasserpumpe wusch er die Windeln im Eimer aus, bis seine Finger vom eiskalten Wasser brandrot waren und er das Blut durch sie hindurch wummern fühlte.

»Na, Ena is' weg, nich'?«

Er hob den Kopf. Hermanns Mutter war herübergekommen. Sie wischte sich die Hände an ihrer Schürze ab. Nanning brummelte eine Bestätigung, und sie ging ins Haus. Er wrang die letzte Windel aus und sah zu, wie die Tropfen ins bräunliche Wasser im Eimer pladderten. Er schüttete es weg, legte die Windeln in den Eimer und ging hinein.

In der Küche waren die beiden Frauen dabei, den großen flachen Windelwaschkessel mit Wasser zu füllen und ihn gemeinsam auf den Herd zu hieven. Im Ofen knisterte das Feuer. Nanning ließ die ausgewrungenen Windeln aus dem Eimer in den Kessel gleiten. Dann setzte er sich hin und sah seiner und Hermanns Mutter eine Zeit lang zu.

Komisch, dachte er, war es ja schon, dass seine Mutter mit Anne gut zurechtkam, sich die beiden verstanden, obwohl sie doch ganz unterschiedlich waren. Hermanns Mutter hatte Amrum nie verlassen, kam ja kaum einmal aus Norddorf raus, und seine eigene? Die hatte studiert, war eine Forscherin und kannte Fachwörter, die waren noch nicht zu Ende, da hatte man schon vergessen, wie sie anfingen. Der größte Unterschied aber war, dass Nannings Mutter in der Partei war. Und Hermanns Mutter? Gehörte eben zu Hermanns Familie, und von denen war niemand in der Partei. Zumindest nicht, dass Nanning wüsste. Dann fiel ihm ein, dass die beiden Mütter nie – und das war wahrscheinlich der Grund, weshalb sie miteinander auskamen – über Politik redeten. Nicht so wie mit Tante Ena, mit der Nannings Mutter sich innerhalb von Sekunden in den Haaren haben konnte, sobald sie bei Tisch etwas Politisches erwähnten.

Tante Ena – sie fehlte Nanning schon jetzt, und er fragte sich, wie lange sie wohl dieses Mal fortbleiben würde. Er ging raus in den Hof, um sich abzulenken und nach seinen Bohnenbeeten zu sehen.

»Zu spät«, sagte Nanning.

»Ja.«

Seine Mutter stützte sich auf Nannings Schulter. Er bemühte sich, auf dem unebenen Untergrund möglichst fest zu stehen. Sie beobachteten das Schaf, das sich vorher noch so vehement gesträubt hatte, mit Nanning mitzukommen. Und nun war auch klar, warum.

Das Fell des neugeborenen Lamms war noch nicht ganz getrocknet. An einigen Stellen, wo die Mutter es abgeschleckt hatte, klebte es platt am dürren Körperchen. Unsicheren Schritts stelzte es an die Mutter heran und schob die Schnauze suchend unter ihren Bauch. Zwei, drei, vier

Mal stieß es heftig den Kopf vor, dann schien es die Zitze gefunden zu haben und trank mit ganzem Körpereinsatz.

»Säugetier«, sagte Nanning unwillkürlich und brachte seine Mutter damit, für ihn überraschend, zum Lachen.

»Vielleicht«, sagte sie, »macht's alles einfacher. Tüter es mal ab.«

Und als er hinüberging, rief sie ihm hinterher: »Aber behalt das Tau in der Hand.«

Während Nanning aufs Neue den Pflock im schienbeinhohen Gras ausfindig machte, kam seine Mutter langsam hinterher. Sobald er das Seil löste, wurde es ihm aus der Hand gerissen. Er kam ins Stolpern, fing sich ab und sah auf, staunte.

Seine Mutter hatte sich das Lamm über die Schultern gelegt, und dieses Bild, fand Nanning, hatte etwas Ehrwürdiges. Als wäre seine Mutter ein lebendig gewordenes Gemälde, das genau so in der St.-Clemens-Kirche über dem Altar hätte hängen können.

Das Mutterschaf stand vor Nannings Mutter und blökte sie an.

Den ganzen Heimweg über jammerte das kleine Lamm, rief nach seiner Mutter. Die trabte hinter Nannings Mutter her und ließ sie und das Lamm nicht aus den Augen. Nanning ging als Letzter dieser kleinen Prozession, das Tau in Schleifen über die Schulter gehängt.

Als sie beinah zu Hause waren, krachte auf einmal Gewehrfeuer. Die Mutter blieb stehen, also standen auch das Schaf und Nanning. Dann knallte es erneut. Es kam von Opa Arjans Hof. Nanning ließ das Tütertau fallen und lief los, achtete nicht auf die Rufe seiner Mutter.

Sobald er an der Hausecke war, konnte Nanning mehrere Leute im Garten stehen sehen, vor Opa Arjans Schuppen. Er lief geduckt weiter und ging zwischen Fliederbusch und Regentonne in Deckung.

Opa Arjan, Boy Kröger, Sam Gangsters und andere aus dem Dorf hatten sich versammelt. Einige von ihnen trugen Gewehre. Da war das Gewehr von Sam Gangsters, mit dem er den Seehund vor Nannings Augen geschossen hatte! Sie feuerten in die Luft, luden nach, schossen erneut.

Und da, unter ihnen, war auch Hermann, hielt sich die Ohren zu und sah mit zusammengekniffenen Augen gen Himmel, als könne er die Patronen auf ihren Flugbahnen verfolgen. Er grinste. Nannings Wangen wurden heiß.

Wenn gerade nicht geschossen wurde, konnte Nanning die Musik hören, jener nicht unähnlich, die er in Opa Arjans Schuppen gehört hatte.

Jemand ging mit schnellen Schritten und wehendem Rock an ihm vorbei, sodass Nanning erschrocken zurückwich. Als er aufsah, erkannte er seine Tante. Enas Haar war zurechtgemacht. Sie trug eine Flasche Aquavit bei sich, ihr Lieblingsalkohol, das wusste Nanning. Sie hob jubilierend die Arme, als sie zur Gruppe stieß, und wurde von ihnen freudig empfangen.

Sie schraubte die Flasche auf, erhob sie und rief: »Leewer duad üüs Slaaw!«

Und die anderen rissen die Arme in die Höhe oder luden durch und schossen.

Tante Ena nahm einen ausgiebigen Schluck. Sie setzte ab, und plötzlich schien ihr Mund, ihr Lachen, doppelt so breit zu sein. Sie reichte die Flasche weiter.

In seinem Versteck fühlte Nanning die verschiedensten

Dinge, durcheinandergeweht wie Blätter im Spätherbst. Was seine Tante, Hermann, Opa Arjan und die anderen dort taten, dass sie jubelten und den Tod des Führers feierten, war unentschuldbar und musste eigentlich bestraft werden. Aber gleichzeitig war da ein Bedürfnis, in diesem Moment einfach aufzustehen und zu ihnen zu gehen, das so stark war, dass er es nicht mal vor sich selbst verleugnen konnte. Es war so ähnlich wie das Gefühl, etwas Gutes zu verpassen. Wenn Hermann ihm beispielsweise erzählte, am nächsten Tag würde ihm Opa Arjan zeigen, wie man eine Sense dengelte, Nanning aber nicht dabei sein konnte, weil er zu einem Pimpftreffen musste. Er presste die Zähne aufeinander.

Die Musik aus dem Radio verstummte, und ein Sprecher machte eine Ansage auf Englisch. Die Gruppe im Garten hörte auf zu reden und lauschte. Aus dem Radio erscholl ein Chor von vielen, vielen Stimmen. Alle Anwesenden legten die Hand aufs Herz, auch Nannings Tante Ena und sein bester Freund Hermann. Und sie begannen mitzusingen, auf Englisch.

Nanning kniff die Augen zusammen und zischte: »Verräter.« Ein letzter Blick über die Schulter. Dann schlich er davon.

Während Nanning seiner Mutter im Stall zur Hand ging, um einen Verschlag für das Schaf und sein Lamm zu bauen, erklärte sie ihm, dass sie nun, da das Lamm da war, mindestens bis zum Abend, besser noch bis zum nächsten Tag warten sollten, bis sie das Schaf melkten. Vorher gab es die für das Lamm lebenswichtige Biestmilch, und wenn sie wollten, sagte sie, dass das Lamm überlebte, dürften sie ihm die nicht wegnehmen. Worauf Nanning den Kopf schüttelte und sagte, dass sie dann besser bis morgen warten sollten, nur um auf Nummer sicher zu gehen.

Danach holte er seine vorgezogenen Bohnensamen von den Balken herunter und machte sich daran, sie in seinem Beet auszusäen. Auf die Weise konnte er den Nachbarsgarten halbwegs im Blick behalten, falls dort noch etwas von Interesse vor sich ging.

Aber es blieb ruhig bei Opa Arjan und Hermann. Stattdessen schrillte die Stimme von Pimpf Gustav von der Straße her, der Nanning anhielt, sich fertig zu machen und in seine Uniform zu schlüpfen. In dem kleinen Kiefernwäldchen unweit der Vogelkoje fand eine geheime Notfallübung statt, und alle Mitglieder des Jungvolks, der Hitlerjugend sowie des Volkssturms waren verpflichtet, zu erscheinen. Kaum hatte Nanning ihm zugenickt, lief Gustav los, die Kunde weiterzuverbreiten.

Nanning zog sich schnell an und sagte seiner Mutter Bescheid, was los war. Sie drückte ihm zum Abschied einen Kuss auf die Stirn. Wie sie ihn so stolz ansah, fühlte sich Nanning beinah, als müsse er anfangen zu weinen, als würde er nun auch in den Krieg ziehen müssen, zur letzten Verteidigung der Heimat. Aber weinen durfte er da natürlich schon gar nicht.

Also drückte er ihre Hand und sagte ganz erwachsen: »Mutter.«

Dann ging er.

Die Straßen wirkten wie ausgestorben, Vorhänge waren zugezogen. Zu den einzigen Lebenszeichen gehörte die Radiomusik, die aus einigen der Häuser drang, an denen Nanning vorbeilief. Doch im Allgemeinen lag eine beunruhigende Stimmung über dem Ort. Als stehe man einem unberechenbaren, wilden Tier gegenüber und wage nicht, sich zu bewegen. Zumindest dachte Nanning, dass es so sein müsse, einem Wolf oder einem Bären in freier Wildbahn zu begegnen. Sam Gangsters hatte den Jungs mal davon erzählt, wie er bei einem Jagdausritt in die Berge einen Grizzlybären gesehen hatte. Und Grizzlys waren, wie er erklärt hatte, die größten Bären überhaupt, so groß wie Stiere.

Nanning fiel ein, dass das bestimmt passiert war, als Sam ein Cowboy in Montana gewesen war. Und er fragte sich, wie das wohl sein musste, so einem Raubtier zu begegnen. Er kannte so etwas nur aus Büchern, wie denen über Winnetou und Old Shatterhand. Auf Amrum gab es keine Raubtiere. Es waren die umgebende See, die Stürme und die tückischen Sandbänke vor der Insel, die Leben kosteten. Und die See war es, über die nun die Feindmächte kamen, dachte Nanning, und nicht mehr nur Bombergeschwader, die Kiel anflogen.

Nanning blieb stehen. Holger Rasmus, der im letzten Haus vor dem Ortsausgang wohnte, holte die Hakenkreuzflagge ein. Statt sie wenigstens fein säuberlich zusammenzufalten, wie auch Nanning es gelernt hatte, zerknüllte er sie, klemmte sie sich unter den Arm und ging zurück ins Haus. Aber vorher sah er auf, musste gespürt haben, dass da jemand war und ihn beobachtete. Von der Grundstücksgrenze aus machte Nanning den Hitlergruß. Holger schüttelte den Kopf und verschwand im Haus. Nanning hörte, wie die Haustür zugesperrt wurde.

»Werwolf-Schar Pidder Lung! Zu mir! Werwolf zu mir!«

»Volkssturm-Einheit Norddorf, hier antreten, aber zack, zack!«

In der kargen Kieferngruppe hasteten Jungen und ältere

Männer in richtigen oder improvisierten Uniformen durcheinander. Es wurde geschrien und kommandiert, doch so recht schien niemand zu wissen, was er tat.

Während er nach Gesichtern aus seiner Jungenschaft Ausschau hielt, stieß er mit jemandem zusammen.

Es war Hinrich Storm, von allen nur Hinne genannt. Er machte einen gehetzten Eindruck. Zwar erkannte er Nanning, aber unterbrach dessen Ansetzen zum Hitlergruß mit einem beinah schon geflüsterten »na, Jung« und zwei flüchtigen Klapsen auf den Kopf. Dann war er schon weitergeeilt.

Nanning kam in der Mitte des Waldstücks zu einer Gruppe von Männern, die auf mitgebrachten Stühlen und Koffern um einen kleinen Klapptisch saßen. Alle rauchten. Sie überflogen Papiere, die sie so hektisch auf den Tisch knallten oder schnell weitergaben, dass Nanning sich fragte, ob sie überhaupt richtig verstanden, was sie dort lasen.

Da fiel ihm ein bekanntes Gesicht – spitze Nase, hohe Stirn, wie mit dem Messer gescheitelte Frisur – unter den Männern auf.

Stramm stellte sich Nanning auf, riss den rechten Arm vor und schrie: »Jungmann Hagener meldet sich zur Stelle.«

Die Gruppe sah erschrocken auf. Das Gesicht seines Onkel Jessen hellte sich auf. Er entschuldigte sich bei seinen Leuten, stand auf und führte Nanning etwas abseits.

»Onkel Jessen, was machst du ’n auf Amrum?«, platzte es aus Nanning heraus.

»Schwere Zeiten, Nanning, und schwer ist noch untertrieben.« Von Nahem sah Nanning die Schweißperlen auf Onkel Jessens Stirn. »Müssen zusammenhalten.« Er saugte an seiner Zigarette und blies Nanning beim Reden den Rauch entgegen. »Die, die noch übrig sind.«

Er legte Nanning die Hand auf die Schulter und griff zu. Nicht so, dass es wehtat, nur so doll, um deutlich zu machen, dass das, was er Nanning nun sagte, von hoher Wichtigkeit sei. Bevor er aber weitersprach, sah er sich in alle Richtungen um, als erwarte er, dass das Wäldchen jeden Moment vom Feind umstellt werde.

»Verschwinde«, raunte er leise und beugte sich dabei zu Nanning herunter, »mach, dass du wegkommst, nach Hause. Sag Mutter, sie soll ihre Unterlagen verbrennen. Jetzt gleich.« Er schob Nanning von sich weg. »Sofort. Los, los!«

Nanning begriff nicht gleich, setzte sich jedoch unwillkürlich in Bewegung. Onkel Jessen machte Handbewegungen, als würde er eine herrenlose Katze wegscheuchen wollen. Nanning stand der Mund offen. Alle paar Schritte blickte er sich um. Sein Onkel Jessen sah ihm weiterhin nach, sichtlich besorgt.

Das war nicht der Onkel Jessen, den Nanning kannte. Der Parteivorstand, der überzeugte Nationalsozialist, wie die Mutter es immer mit zufriedenem Lächeln ausdrückte. Der Onkel Jessen, der stets ganz begeistert war, wenn Nanning, wann immer sie sich sahen, strammstehend den Hitlergruß machte. Dann wurde der Onkel ganz sentimental und sagte mit einem tiefen Seufzer der Ergriffenheit, dass er jetzt, in dem Wissen, dass die Zukunft des Reichs in guten Händen liege, beruhigt sterben könne. Und meist, gleich darauf, nahm er militärische Haltung an und fragte Nanning ab, die Stimme wieder streng, die Wortwahl wieder knapp: »Was sind die Schwertworte des Jungvolkjungen?«

Wenn Nanning dann auswendig aufsagte, dass Jungvolkjungen hart, schweigsam und treu seien, Kameraden, und des Jungvolkjungens Höchstes die Ehre sei, dann konnte Onkel

Jessen seine wieder aufflammende Verzückung kaum noch verhehlen. Mit gepresster Stimme fragte er dann immer nach den Zeilen des Horst-Wessel-Lieds. Und wenn Nanning die Zeilen herunterbetete, sprach der Onkel jedes Wort tonlos mit, um sich im Anschluss eine Träne vom Auge zu wischen, oder dies zumindest anzudeuten. All das schien erschüttert zu sein, als habe nicht nur in die *Villa Klara* eine Bombe eingeschlagen, sondern auch in Onkel Jessen.

Als Nanning den Rand des Wäldchens erreichte und auf freies Gelände kam, fühlte er sich mit einem Mal nackt und vollkommen ausgeliefert. Er drehte sich langsam einmal um die eigene Achse und beobachtete die Umgebung. Es sah alles wie immer aus, dachte er. Dann aber fiel ihm auf, dass kein Wind ging. Es war ganz und gar windstill. Er hörte keinen einzigen Vogelruf.

So schnell ihn die Beine trugen, rannte er nach Hause.

Die Mutter verbannte Macker augenblicklich ins Kinderzimmer, nachdem Nanning ihr die Nachricht von Onkel Jessen überbracht hatte. Macker protestierte, und sie wies ihn dermaßen schroff zurecht, dass selbst Nanning erschrak und sein kleiner Bruder sofort in Tränen ausbrach, die Tür zuknallte und man ihn in sein Kissen heulen hören konnte.

Die Mutter hatte Nanning genau erklärt, welche Ordner er aus der guten Stube hertragen sollte, während sie den Herd anzündete. Sie teilten sich die Arbeit auf. Sie riss die Blätter aus den Ordnern und übergab sie Nanning, der am Herd stand und sie mit dem Schürhaken in das offene Loch in der Herdplatte stopfte. Seine Frage danach, um was es sich bei den ganzen Unterlagen handelte, überging sie einfach.

Dann waren die Ordner leer, lagen verteilt auf dem Küchentisch. Nanning setzte die Ringe zurück auf das Loch in der Herdplatte. Seine Mutter hatte breite Schatten unter den Augen. Sie schwitzte. Auch Nanning spürte den Schweiß an seinem Haaransatz.

Sie sahen sich an, ausgelaugt und doch ein Stück weit beruhigt, so wie sich Robinson Crusoe und Freitag angesehen haben mussten, dachte Nanning, nachdem sie Freitags Verfolger, die Kannibalen, umgebracht hatten.

Die Mutter sah aus dem Fenster. Dann weiteten sich ihre Augen.

»Hol die Flagge ein.«

Nanning ging zur Haustür, öffnete sie und sah sich in beide Richtungen um, bevor er hinaustrat. Warum, wusste er selbst nicht.

Er löste den Knoten der Schnur und begann, die Flagge einzuholen, die in der Windstille träge herunterhing. Er faltete sie sorgfältig zusammen. So, wie er es gelernt hatte. Dunkle Punkte entstanden auf dem Stoff, noch während Nannings Blick darauf ruhte. Ein Tropfen landete auf seiner Stirn und lief ihm in die Braue. Er sah am Mast hinauf zum Himmel, aus dem es zu regnen begann. Der nun nackte Flaggenmast mit den grauen Regenwolken darüber vermittelte Nanning das Gefühl, als stünde er an Deck eines Segelboots, das auf offener See dümpelte, ohne Wind in den Segeln. Ihm war etwas schwindelig.

9

Vor dem Schulgebäude parkten zwei dunkelgrüne Geländewagen. Nanning fand, dass sie mit ihren Planendächern und den großen Reifen mit tiefem Profil eher wie Traktoren als wie Autos aussahen. Daneben standen zwei Fremde in Uniform, rauchten und unterhielten sich. Sie sahen zum *Hotel Möring* hinüber, dessen Eingangstür offen stand und vor dem zwei weitere Geländewagen parkten.

Das waren also feindliche Soldaten, dachte Nanning. Wenn sie sogar auf Amrum waren, dann ganz bestimmt auch schon in Hamburg. Er dachte an seinen Vater. Hoffentlich ging es ihm gut. Und, dachte er auch, merkwürdig, er fühlte sich noch gar nicht besetzt. Er hatte erwartet, dass man sich anders fühlte, wenn fremde Soldaten ins Land kamen. So wie seine Mutter, die jetzt, wo Ena nicht mehr da war, so viel saß, wie die Schwester es ihr schon immer geraten hatte. Um sich zu schonen. Aber jetzt saß die Mutter nur viel da und starrte vor sich hin. Und das sah beim besten Willen nicht erholsam aus.

Hermann stand vor den Fenstern des Klassenzimmers und winkte Nanning zu sich. Sie beschirmten die Augen mit den Fingern und drückten sich gegen die Scheibe.

Die Schulbänke waren bis auf den letzten Platz besetzt. Jedoch nicht mit Schülern und Schülerinnen. An den Pulten saßen britische Soldaten, die Köpfe in Konzentration geneigt. Sie waren in ihre Arbeit mit Stift und Papier vertieft. Es sah aus, als schrieben sie alle ein Diktat.

Hermann stieß Nanning an und deutete auf ihre eigenen nebeneinanderliegenden Plätze. Dort saßen ein wahrer Hüne, dessen Knie Nannings Pult links und rechts einschlossen, und ein Soldat, dessen feuerrotes Haar sogar durch die eingeschränkte Sicht durchs Fenster hervorstach.

Nanning und Hermann sahen sich an. Es dauerte keine Sekunde, und die beiden brachen in Gelächter aus.

»Hands up!«

Erschrocken drehten sie sich um. Vor ihnen stand ein Soldat, der trotz – oder gerade wegen, Nanning war sich unsicher – seines flaumigen Oberlippenbärtchens selbst noch sehr jung aussah. Er hielt eine kurze schwarze Waffe auf sie gerichtet, von deren Lauf zur linken Seite ein langer eckiger Stiel abstand. Die Jungs hoben die Hände. Nanning hielt die Waffe für eine Maschinenpistole. Er hatte bei den Pimpfen ein wenig darüber gelernt und Bilder der MP 40 gesehen. Und jetzt wurde ihm klar, dass es sich bei dem seitlich abstehenden Stiel um das Magazin der Waffe handelte.

Der Soldat bewegte die Maschinenpistole kurz nach rechts. Hermann drehte sich um und ging los. Nanning folgte seinem Freund.

Die Schultür ging auf. Es war Tante Ena. Sie kam sofort auf die Jungs zu, so als habe sie sie bereits von drinnen gesehen. Zu Nannings Überraschung und Verwirrung lächelte sie, sah amüsiert aus. Als sie aber sprach, hörte Nanning einen Anflug von Nervosität in ihrer Stimme, den, so schätzte er, jemand, der sie weniger gut kannte, wahrscheinlich nicht einmal wahrnehmen würde.

»Private, these are kids.«

»Got my orders.«

Der Lauf der Maschinenpistole war weiterhin auf Hermann und Nanning gerichtet, aber Tante Ena ließ sich davon nicht aus der Ruhe bringen.

»Da guckt ihr, was? Ich bin hier Übersetzerin, Dolmetscherin. Was habt ihr denn gemacht?«

»Nur mal gucken«, sagte Hermann.

»Durchs Fenster.«

»Carry on!«

Nanning spürte eine Hand, die für einen Moment in sein Kreuz drückte, um ihn anzutreiben. Allein das reichte aus, um ihn zusammenzucken zu lassen. Für den Bruchteil einer Sekunde hatte Nanning gedacht, es wäre der Lauf der Waffe. Doch die Berührung eines Fremden, noch dazu eines Feindes, war auch nicht viel besser. Er setzte sich in Bewegung.

»Wie geht's Mutter?«

Die Frage überrumpelte ihn. Erneut blieb er stehen, schluckte, konnte nicht sprechen. Tante Ena nahm ihn bei der Schulter und führte ihn ein, zwei Schritte beiseite.

»Leave him alone!«

Sie schnellte herum und schrie den Soldaten an: *»He's a child! He's my nephew, stupid!«*

Dann kniete sie sich vor Nanning. So wie sie es vor ein paar Tagen in der Waschküche getan hatte. Sobald sie auf Augenhöhe waren, bibberten Nannings Lippen so sehr, dass er es nicht unterdrücken konnte.

Mit den Außenseiten ihrer Finger strich sie ihm über die Wange.

»So schlimm?« Sie sprach in diesem beruhigenden Ton, den sie immer gebrauchte, wenn Mechthilds Weinen zu einem Kreischen wurde oder wenn Macker sich beim Herumtoben so doll wehgetan hatte, dass er nur noch ein Wimmern hervorpressen konnte. »Nach der Geburt wird es wieder besser.«

Nanning schniefte mehrmals. Da war der Gedanke, nicht vor Hermann und schon gar nicht vor einem Soldaten zu weinen. Aber der trieb lediglich in seinem Hinterkopf herum. Seine Tante Ena war da, und allein das öffnete in Nanning sämtliche Schleusen. In dem sicheren Gefühl, sich vor ihr nicht um jeden Preis am Riemen reißen zu müssen, nicht der Mann des Hauses zu sein. Er nickte.

»Leave him alone! That's an order!«

Während sie sich erhob, streichelte sie Nanning ein weiteres Mal. Er zitterte, aber er musste sich jetzt wieder einkriegen. Er schniefte mehrmals schnell hintereinander, hielt kurz die Luft an und streckte die Brust raus. Dann wurden Hermann und er ins Gebäude geführt.

Die Schule war voller Menschen. Hauptsächlich waren es britische Soldaten, aber auch Leute in Zivilkleidung, die für Nanning nicht so aussahen, als kämen sie von Amrum. Und ein paar bekannte Gesichter, vor allem jüngere Frauen aus dem Dorf, die Unterlagen durchsahen und abhefteten und dabei Notizen machten.

Vor dem Direktorzimmer hielt ein weiterer Soldat Wache. Tante Ena wollte an ihm vorbei, aber er trat ihr in den Weg. Sie diskutierte mit den beiden Soldaten auf Englisch. Nanning nahm an, dass sie nicht mit hineindurfte. Seine Hoffnung, sie würde sich durchsetzen, zerschlug sich schnell.

»Wird schon alles gut«, sagte sie leise zu ihm, legte ihm flüchtig die Hand auf den Kopf und ging zu den anderen Frauen.

Im Direktorzimmer saßen zwei Männer, einer uniformiert, der andere in Zivil. Den Mann am Schreibtisch schätzte Nanning ungefähr auf Tante Enas Alter. Er hatte kurz geschorenes Haar und machte ganz allgemein den Eindruck, als sollte man seine Zeit besser nicht verschwenden. Auf beiden Ärmeln seiner Uniformjacke prangten jeweils drei weiße, in V-Form abgeknickte Streifen. Nanning musste der Versuchung widerstehen, mit der Frage herauszuplatzen, welcher Dienstgrad das bei den Briten war.

Der andere Mann, ungefähr im Alter von Nannings Vater, saß mit überschlagenen Beinen im abgewetzten Ohrensessel des Direktors und rauchte eine Zigarre. So wie es in dem Büro roch, nicht die erste. Nanning war in Erinnerung geblieben, dass es sonst in dem Büro nach altem Schrank gerochen hatte. Der Mann trug einen gestreiften, leicht glänzenden Anzug, der nach der großen Stadt aussah, fand Nanning. Er sagte gar nichts, die ganze Zeit über, in der Hermann und Nanning da festgehalten wurden, schwieg er. Nur der uniformierte Mann sprach, und Nanning war erstaunt, wie das Deutsch dieses Mannes klang: So als ob er um einen Gegenstand herumreden musste, dachte Nanning, irgendetwas, das er im Mund hatte und mit der Zunge nicht berühren wollte. Hermann und Nanning wurden gefragt, was sie vor der Schule zu suchen hatten. Kurz sahen sie einander an. Hermann hob leicht die Augenbraue.

Dann sagte Nanning: »Wir wollten nur gucken, wann wieder Schule ist.«

»Und dafür guckt ihr durchs Fenster und zählt Soldaten.«

Der Soldat betonte den Satz überdeutlich als Feststellung, nicht als Frage.

»Die haben wir nicht gezählt.«

Noch bevor Nanning den Satz beendete, ging die Tür auf. Nanning blieb der Mund offen stehen, so als wolle er noch etwas hinzufügen. Da stand Boy Kröger, Pfeife im Mundwinkel. Er drückte die Tür hinter sich zu.

»Ah, Herr Bürgermeister.« Nanning und Hermann warfen sich noch einen Blick zu, und Hermanns Lippen formten stumm das Wort Bürgermeister, während in seinen Augen ein Fragezeichen stand. »Es besteht der Verdacht, dass die Jungs das Amrum-Quartier der British Army ausspähen sollen. Kennen Sie die Jungs?«

»Ganz saubere Familie«, sagte Boy Kröger und wies mit dem Daumen auf Hermann. Dann deutete er mit dem Zeigefinger auf Nanning: »Vater SS-Obersturmführer, Mutter BDM-Führerin.«

Nanning widerstand dem Impuls, vor Boy Krögers Finger zurückzuweichen. Der Blick in dessen Augen – noch nie hatte Nanning diese Abscheu darin gesehen, wenn Boy Kröger mit ihm gesprochen hatte. Oder war es ihm nur nie aufgefallen?

»Danke, Herr Bürgermeister.«

»Bin froh, wenn Sie hier aufräumen.«

Während er dies sagte, blieb Boy Krögers Blick auf Nanning gerichtet. Dann ging er.

»Du bist entlassen«, sagte der Soldat zu Hermann. »Und hüte dich vor falschen Freunden.«

Hermann sah Nanning an. Er wirkte beunruhigt, und Nanning versuchte, den Eindruck zu erwecken, das Ganze treffe ihn nicht, jage ihm keine Angst ein. Was aber am lautesten in ihm nachhallte, waren die Worte des Briten, er, Nanning, wäre ein falscher Freund.

»Nun mal los«, sagte der Soldat und war im Begriff, sich zu erheben.

Nachdem Hermann die Tür zugezogen hatte, nahm der

Soldat ein frisches Blatt Papier und legte es vor sich auf den Schreibtisch.

»So, Name?«

»Nanning.«

»Weiter.«

»Hagener.«

»Flüchtling?«

»Amrumer.«

»Wer hat dir den Befehl erteilt?«

Nanning stutzte, sagte dann: »Keiner. Ich wollte nur wissen, wann wir wieder zur Schule können.«

Bevor der Soldat antwortete, konnte Nanning beobachten, wie diesem die Zornesröte den Hals hoch und weiter ins Gesicht stieg.

»Nie mehr!«, bellte er. »Für Krautkids nie mehr! Und Nazikinder erst recht nie mehr!«

Während er sprach, unterschrieb er das Blatt und stempelte es laut knallend ab.

Dann sagte der Soldat Nanning, er solle abhauen. Als er die Tür schloss, sah er, wie der rauchende Mann in Zivil seinen Sitz verlagerte und sich so vorbeugte, als würde er etwas zu dem Soldaten sagen.

Eine fremde Hand über Nannings auf dem Türknauf. Es war der Wache stehende Soldat vor der Tür. Nanning zog seine Finger unter der Hand hervor und verließ schnurstracks das Schulgebäude. Nicht einmal nach seiner Tante sah er sich noch um. So schnell es ging, wollte er da raus. Nicht dass die sich das noch mal anders überlegten und ihn ins Gefängnis warfen.

Draußen stand Hermann, Hände in den Taschen, und scharrte mit der Fußspitze in der Erde.

»Na.«

»Na.«

Die beiden gingen nach Hause. Langsamer als üblich, sie trödelten fast schon. Nanning dachte noch immer darüber nach, dass dieser Fremde, der ihn nicht mal persönlich kannte, Hermann vor ihm gewarnt hatte – Nanning als falschen Freund bezeichnet hatte.

Die Friesenhäuser links und rechts standen stumm im Wind, wie zusammengekauerte Tiere sahen sie mit ihren Reetdächern aus.

Irgendwas musste er sagen, dachte Nanning.

»Gibt keine Schule für Krautkids, nie mehr, und Nazikinder erst recht nie mehr«, wiederholte er und sah runter auf die Marsch. Drei Rinder grasten, umflattert von hellen geflügelten Punkten. Möwen und Kiebitze.

»Kraut sagen die zu Deutschen«, sagte Hermann und kickte einen Stein den Weg entlang.

Auf dem restlichen Heimweg schwiegen sie.

»Deutsch hat er geredet? Ja, Jude.«

Nannings Mutter verzog angewidert den Mund, während sie Mechthild, die im Kinderstuhl saß, Brei auf den Löffel schob.

»Hille, ich bitte dich«, sagte Ena, die in der Tür zur Waschküche stand.

Sie war gekommen, um sich zu erkundigen, was Sergeant Schmidt, so der Name des Soldaten im Direktorzimmer, gesagt hatte.

»Keine Schule für Krautkids, für Nazikinder erst recht nicht! Das ist der Morgenthau-Plan.«

Die Mutter pfefferte den Kinderlöffel in das Schälchen.

Mechthild hatte das Gesicht weggedreht, als die Mutter ihr den Löffel angeboten hatte.

»Hille, ich bitte dich«, sagte Tante Ena erneut, diesmal mit ein wenig mehr Nachdruck, trotzdem sichtlich darum bemüht, den Ton ruhig zu halten. »Sonst gehen deine Wehen los. Alles halb so schlimm. Wir machen unsere eigene Schule.« Sie wandte sich Nanning zu, der am Tischende neben der Flurtür saß und die Finger in die Hosenbeine grub. »Hol schon mal Hermann. Die Dörnsk wird zu unserem Klassenzimmer.«

Bei diesen Worten hellte sich sein Gemüt augenblicklich auf. Er sprang auf und lief los, Hermann zu holen.

Hermanns Mutter schickte Nanning nach hinten in den Garten. Hermann war gerade dabei, im Beet Klee für die Kaninchen zu rupfen. Auch er war begeistert von Tante Enas Idee und lief ins Haus, um seinen Schulranzen zu holen. Nanning wartete vor der Tür. Er konnte Hermann drinnen hören, der seine Mutter durch das ganze Haus rufend um Erlaubnis für den Privatunterricht fragte.

Plötzlich hörte Nanning ein Tschilpen. Über ihm, im Knick der Dachtraufe, befand sich ein Schwalbennest. Er sah Mutter oder Vater Schwalbe aus dem Nest schauen und lächelte. Wahrscheinlich traute sich der Vogel nicht, das Nest zu verlassen, solange Nanning unmittelbar darunter stand. Er ging um die Hausecke zurück in den Garten. Im Augenwinkel bekam er mit, wie die Schwalbe fortwischte.

Seit er rübergekommen war, um Hermann zu holen, kamen aus Opa Arjans Schuppen hämmernde und sägende Geräusche. In diesem Moment mischte sich Radiomusik hinein, auf Englisch anmoderiert von der gleichen blechern klingenden Stimme, die Nanning auch das erste Mal gehört hatte, als Opa Arjan ihm den Radiosender der amerikanischen Truppen vorgespielt hatte.

»Können.«

Nanning erschrak, als Hermann direkt hinter ihm stand, den Ranzen auf dem Rücken.

»Is' was?«

Nanning schüttelte den Kopf und ging vor zur Straße. Hermann neben ihm.

»Weißt du, was'n Jude ist?«, sagte Nanning.

»Nee, du?«

»Nee.«

Die Tür zur guten Stube stand bereits offen, der Tisch war freigeräumt und mit den drei Stühlen in die Raummitte geschoben worden. Hermann sah sich um, sein Blick blieb am Porträt Nanning Jessens, dem letzten in der Reihe der Kapitäne, hängen. Nanning zog für Hermann einen Stuhl unter dem Tisch hervor. Wie ehrfürchtig der Freund das Bild des Kapitäns ansah, das erfüllte Nanning ein wenig mit Stolz.

»Da kannst sitzen.«

Aber Hermann, der noch nie mehr als in die gute Stube hineingeschaut hatte, achtete nicht auf ihn und trat staunend vor die Bücherwand.

»Das's ja wie beim Pastor. Das sind ja über hundert.«

Offenbar wahllos zog er eines der vielen Bücher heraus.

»Kurt Hildebrandt, *Staat und Rasse*.«

Ein wenig enttäuscht schob er das Buch zurück an seinen Platz.

»Nix für uns.«

»Hier«, aber Hermann blieb vor den Büchern stehen, zog ein dickeres heraus.

»Her-man Mel-vil-le«, las Hermann Silbe für Silbe vor, »*Moby Dick oder Der Wal.* Herman. Mein Name.« Er lächelte und hielt das Buch, damit Nanning es sehen konnte. »Opa Arjan sagt, das's von Walfang, aber da muss er jeden Satz zweimal lesen.«

»*Moby Dick* gibt's auch für uns geschrieben.«

Nanning wusste ganz genau, wo es stand. Er zog das Buch – es war dünner als die Ausgabe in Hermanns Hand – heraus und hielt es dem Freund hin. Der blätterte etwas darin herum und las eine Stelle.

»Das's gut. Kann ich das haben?«

»Du meinst lesen.«

»Sonst hätt' ich wohl gesagt behalten.«

»Lesen, klar. Sind noch mehr Bücher für uns da.«

Nanning nahm ein weiteres Buch heraus.

Hermann las den Titel vom Buchrücken ab: »*Tecumseh.* Dat kenn ich.«

»Denn erst mal *Moby Dick*.«

Als er das Buch gerade zurückstellte, kamen die Mutter und Tante Ena in die Stube, die Mutter bei ihr aufgestützt. Schweiß stand ihr auf den Wangenknochen.

»So, Jungs«, begann sie, sah dann die beiden vor den Büchern. »Ihr lasst die Bücher bitte in Ruh.«

Nanning nahm Hermann schnell das Buch ab und hielt es hoch.

»Aber das hab ich Hermann schon versprochen.«

»Das ist viel zu traurig in dieser Zeit.« Sie wechselte in ihren Befehlston. »Also bitte, Nanning!«

»Jawohl, Mutter.«

Nanning schob das Buch zurück. Er sah noch, wie die Mutter ihre Schwester anguckte und etwas gequält den Kopf schüttelte. Tante Ena geleitete die Mutter gegenüber ins Schlafzimmer und kam kurz darauf wieder.

»So«, sie klatschte in die Hände, lächelte breit, »nu mal los«, und setzte sich zu den Jungs, die ihre Kladden und Stifte rausholten. »Vierte Schulklasse, das große Einmaleins. Mal ganz praktisch.« Sie tippte sich mit dem Zeigefinger ein paarmal ans Kinn, dachte offenbar nach. »Wir haben sieben Hühner, jedes braucht 18 Gramm Futter am Tag. Wie viel Futter brauchst du insgesamt pro Tag?« Nanning versuchte, sich so klein wie nur möglich zu machen. »Nanning?«

Innerlich fiel er in sich zusammen. Äußerlich guckte er Löcher in die Luft.

»Nanning?!«

Er hatte schon wieder vergessen, um wie viel Hühner es überhaupt ging.

»Hermann?«

Der murmelte vor sich hin und sah dabei an die Decke.

Dann sagte er: »126 Gramm jeden Tag. Das wär büschen sehr wenig für Hühner.«

»Hast recht. So 'ne mageren Hühner, nee.« Tante Ena lächelte und schüttelte den Kopf. »Du hast 640 Gramm und acht Hühner«, begann sie von Neuem. »Wie viel kriegt jedes, Nanning?«

Sein Blick fiel auf die Kapitäne an der Wand. Die hatten solche Rechnungen sicher nie lösen müssen. Auf See zählte was anderes als Mathematik.

Diesmal blieb Tante Ena hartnäckig. Nanning spürte ihren Blick auf sich. Schließlich blieb ihm nichts anderes übrig, als zu reagieren.

»Woher soll ich das wissen?«, sagte er etwas gereizt.

Tante Ena stöhnte und sagte: »Blöde Frage. Hermann?«

»Warum soll ich das üben, wenn ich sowieso nicht zur Oberschule will?«, sagte der.

Damit hatte Nanning nicht gerechnet. Plötzlich bekam er Lust, mit Hermann durch die Dünen zu streifen und stundenlang keiner Menschenseele zu begegnen. Als wären die beiden allein auf der Welt, allein auf der Insel. Nur sie und die Vögel.

Tante Ena schien auf Hermanns Frage keine Antwort zu haben, stellte aber auch keine neue Rechenaufgabe. Also saßen die drei wohl oder übel schweigend da. Und als der Druck weg war, eröffnete sich Nanning allmählich der Weg zur Lösung: Er wusste, was 64 durch 8 war. Und weil 640 eine 0 mehr als 64 hatte, musste auch die Lösung eine Null mehr haben.

»Achtzig«, sagte er nach einer kurzen Weile.

Nanning konnte das noch nicht ausgesprochene Lob bereits auf Tante Enas Gesicht sehen, als ein Schmerzensschrei aus dem Schlafzimmer herüberdrang.

Tante Ena war augenblicklich auf den Beinen und stürmte aus der guten Stube. Man konnte hören, wie sie die Hand auf die Klinke der Schlafzimmertür schmetterte.

»'n großen Kessel heißes Wasser!«

Nanning und Hermann sahen sich an und liefen in die Küche.

»Schnell, der Wäschekessel«, schrie Nanning und zeigte auf die Tür zur Waschküche. Er ließ sich vor dem Herd auf die Knie fallen und begann, Holz von darunter im Herd aufzuschichten. Es waren kaum noch Zweige, kaum noch Reisig zum Entzünden da. Dann kam schon Hermann mit dem großen Wäschekessel. Er hatte Schwierigkeiten, daran vorbeizusehen, und krachte gegen die Ecke des Küchentischs.

Dann hob er den Kessel über den Kopf und ließ ihn unter der Pumpe wieder herunter, pumpte Wasser hinein.

Schreie und lautes Wimmern kamen aus dem Schlafzimmer. Nanning riss sich, so gut es ging, zusammen, nicht alles stehen und liegen zu lassen und zur Mutter zu laufen. So hatte er noch nie in seinem Leben jemanden schreien hören. Hermann hatte nicht einmal annähernd so geschrien, als er sich im vorigen Jahr in den Dünen beim Eiersuchen das Bein gebrochen hatte. Nanning hatte eine halbe Ewigkeit gebraucht, den verletzten Freund ins Dorf zu schleppen.

Da schloss sich den Schreien der Mutter ein weiteres Schreien an. Mechthild war aufgewacht und zeterte, begann, sich hineinzusteigern. Nanning sah durch die offene Tür ins Kinderzimmer, während er das Holz anzündete. Seine Schwester hatte sich hingestellt. Sie war inzwischen so groß, dass sie herausfallen konnte, beugte sie sich zu weit vor. Ein Blick zurück in den Herd. Er pustete, sah wieder zurück. Mechthild schreiend, mit rotem Kopf, hielt sich am Rand der Wiege fest und begann, vor und zurück zu wippen. Ein kleines Flämmchen klebte am Holz. Ein Blick zurück. Er hörte die lang gezogenen Schreie der Mutter. Gleichzeitig sah er die Wiege sich leicht bewegen. Nanning hastete ins Kinderzimmer, nahm die Zweijährige unter den Achseln, flüsterte ihr schnell zu, es werde doch alles wieder gut, und setzte sie in ihrem Laufgitter ab. Dann war er wieder vor dem Herd und pustete hinein, legte noch ein Scheit obenauf. Nun hatten sie so gut wie keine dicken Holzscheite mehr, um ein Feuer ordentlich in Gang zu halten.

Hermann stöhnte gepresst, als er versuchte, den gefüllten Kessel vom Handstein auf den Herd zu wuchten. Nanning half ihm, aber sie schafften es nur einige Zentimeter, ließen es dann lieber, bevor der Kessel noch vom Handstein rutschte und die Küche unter Wasser setzte.

Sie sahen nach dem Herd.

»So kriegst du so'n Kessel nie zum Kochen. Hol die Briketts!«

»Haben keine mehr.«

»Was?!«

Beim Losrennen stieß Hermann sich regelrecht von Nannings Schulter ab. Dann eilte er durch die Waschküche in den Stall und war außer Sicht. Nanning hörte nur, wie die alten Scharniere der Hoftür quietschten.

Plötzlich stand Macker in der Küchentür. Er musste durch die Haustür vom Spielen reingekommen sein.

»Mutter weint.«

Tante Ena drückte Macker beiseite, als sie in die Küche kam.

»Mutter weint.«

Auch Tante Ena versuchte sich am Kessel, aber er war einfach zu schwer. Sie wandte sich den Brüdern zu.

»Ihr geht zu Mechthild ins Kinderzimmer.«

Unter normalen Umständen hätte Macker protestiert, sich gewunden, alles getan, um nicht das zu tun, was er sollte, aber diesmal gehorchte er ohne Widerrede. Trotzdem schob Nanning ihn vor sich her ins Kinderzimmer. Er hatte nicht vor, dort zu bleiben. Der Ernährer des Haushalts, Däumchen drehend und Spuckeblasen machend im Kinderzimmer, während die Mutter draußen Hilfe brauchte? Niemals! Er legte das Ohr an die Tür. Tante Ena fluchte. Dann schepperte die Tür des Herds. Nanning wartete einen Moment.

Macker folgte ihm auf dem Fuß, aber Nanning hielt ihn zurück.

»Du sollst im Kinderzimmer bleiben.«

»Und du?«

Macker schlug Nannings Hand weg, die er ihm gegen die Brust drückte, während der versuchte, sich an ihm vorbeizudrängeln.

»Ich muss den Herd machen.«

Nanning stieß Macker weg, der um ein Haar in Mechthilds Laufgitter flog. Dann zog er schnell die Tür von außen zu.

Tante Ena war wieder in die Küche zurückgekehrt, nachdem sie nach der Mutter gesehen hatte. Auf allen vieren kniete sie vor dem Herd und pustete hinein, was das Zeug hielt. Das Feuer kam nicht richtig in Gang.

Nanning war kurz davor, zum Kohlenhändler gegenüber zu rennen und um Briketts zu flehen, obwohl er davon gehört hatte, dass aus dem Ruhrgebiet wegen des Kriegs seit Monaten keine Kohle mehr geliefert worden war. Aber es war gar nicht nötig, denn im nächsten Moment kamen Hermanns Oma Grete und seine Mutter durch die Tür der Waschküche. Ohne Worte verständigten sie sich mit Tante Ena. Blicke, ein Nicken, und dann durchquerten sie die Küche, um zur Quelle der gepressten Schreie zu gelangen.

Hinter ihnen her kamen Hermann und Opa Arjan. Opa Arjan stellte einen Korb mit Reisig und Briketts auf den Tisch. Er wollte vor dem Ofen in die Hocke gehen, allerdings hätte dazu Tante Ena beiseitetreten müssen. Die aber blaffte ihn an, sie mache das schon, er solle ihr nur etwas Reisig und ein paar Briketts geben. Ihm war anzusehen, dass er es nicht gewohnt war, dass jemand so mit ihm sprach. Üblicherweise machte jedermann sofort Platz, wenn Opa Arjan kam.

Im Handumdrehen hatte Tante Ena ein kräftiges Feuer

im Herd entzündet. Mit der Zange hob sie die Ringe von der Herdplatte. Eine Flammenzunge leckte rundherum hervor. Dann war sie mit einem entschlossenen Schritt am Handstein und hatte die Hand an einem Griff des Waschkessels. Zur Überraschung wahrscheinlich aller in der Küche wandte sie sich an Nanning, und nicht an Opa Arjan.

»Mal zusammen.«

Nanning sprang ihr zur Seite, packte den anderen Griff am Kessel, und gemeinsam wuchteten sie das schwere Ding rüber auf den Herd.

Keine Zeit, sich selber zu beglückwünschen, denn Tante Ena eilte bereits aus der Küche und rief den Männern aus dem Flur noch zu, sie sollten ja das Feuer nicht ausgehen lassen. Die Schreie der Mutter aus dem Schlafzimmer waren einem hohen, aber etwas schwächeren Stöhnen gewichen.

Opa Arjan schüttelte seinen verdutzten Gesichtsausdruck ab und warf ein Brikett ins Feuer.

Er schloss das Herdtürchen und richtete sich leise ächzend auf. Dann sah er sich in der Küche um, dem Anschein nach unsicher, was er nun mit sich anfangen sollte. Seine Augen blieben an Nanning hängen.

»'ne ganze Familie, und denn nur noch so'n paar Zweige zum Kochen. Das geht nicht.«

Ein schriller Aufschrei ließ die drei in der Küche herumstehenden Männer zusammenzucken.

Opa Arjan nahm Hermann und Nanning bei den Schultern und schob sie durch die Waschküche in den Hof.

»Kommt, gibt da nix für uns zu tun.«

10

Die beiden Jungs zogen den Wagen mit den großen Fahrradrädern, den Hermann und Opa Arjan im vorigen Frühling gebaut hatten. Er ließ sich um einiges besser durch den Sand ziehen als ein Wagen mit Holzrädern. Darauf lagen zwei Gartenharken und eine langstielige Hacke.

Nanning schob sich die Wollmütze zurecht und sah zum Himmel. Massige Gebilde, wie Stahlwolle, zogen dunkel über sie hinweg, vom Westwind getrieben.

Je näher sie den Dünen kamen, hinter denen sich der Kniepsand ausstreckte, desto lauter wurde das Tosen des Windes.

Opa Arjan, in altem Ölzeug und Südwester, zeigte auf Erk Peters' Haus ein Stück abseits des Wegs. In einem der Fenster flackerte der unverkennbare Schein einer Öllampe.

»Hier müssen wir wieder vorbei sein, bevor das hell wird. Sonst guckt Erk aus'm Fenster und sagt, ›Ich bin der Strandvogt, dat is' meins‹. Und Nanning steckt er noch ins Gefängnis.«

Mit aufgerissenen Augen sah Nanning Opa Arjan an.

»Und warum dich nich'?«

»Weil ich sein Onkel bin«, sagte Opa Arjan grinsend.

Nanning konnte die Zahnlücke in der oberen Reihe sehen.

Bis die Dünen ihm die Sicht nahmen, blickte Nanning sich immer wieder zum Haus des Strandvogts um – in ängstlicher Erwartung, Erks Kopf in einem der Fenster zu sehen.

Opa Arjan half den Jungs, gegen den Wind anzukommen und den Wagen durch die flachen Dünen hinunter zum Strand zu ziehen. An wolkenloseren Tagen strahlte der Kniepsand beinah weiß und wirkte wegen seiner Breite und Länge wie eine dem Meer vorgelagerte Wüste. Zumindest stellte sich Nanning in etwa so die Wüsten vor, die er aus den Abenteuerbüchern kannte. Jetzt aber, im Zwielicht des Abends, mit der fernen, leuchtenden Brandung am Horizont, machte die Landschaft auf Nanning den Eindruck eines Schlachtfelds. Das Gefühl überkam ihn ganz plötzlich, und er schauderte. Möwen suchten immer wieder herabstoßend das Dunkel des Flutsaums ab, hackten nach einander und zankten lautstark um Miesmuscheln oder die Eiballen von Wellhornschnecken. Bei neuerlich anschäumenden Wogen wirbelten sie auseinander, schimpften, um sich bei der gleich darauf folgenden Landung einen noch besseren Platz zu sichern.

Nanning blickte den unendlichen Kniep entlang Richtung Süden und konnte auf Anhieb zwei, nein, drei Objekte im Sand und zwischen den angespülten Algen des Flutsaums ausmachen. Mit hoher Wahrscheinlichkeit war es Wrackholz auf der Nordsee verunglückter und zermalmter Schiffe; ihre Besatzungen auf dem Meeresgrund, ihre stumpfen Augen blind in der Dunkelheit der Tiefsee. Zumindest stellte sich Nanning das in diesem Moment so vor. Erneut lief ihm ein kalter Schauer den Rücken runter.

Opa Arjan und Hermann waren mit dem Wagen bereits weitergegangen. Sein Freund blieb stehen und winkte Nanning ran. Eine lange Nacht lag vor ihnen.

Geduldig sammelten sie über die nächsten Stunden Treibholz zusammen. Nannings Gedanken und Sorgen kreisten um die Mutter, aber er wusste, dass er ihr mehr hier draußen nutzte, wo er Feuerholz sammeln konnte.

Die dunklen Wolkenberge hatten sich inzwischen verzogen, und der Dreiviertelmond erhellte den Kniep geisterhaft, so als wäre der Strand das freigelegte Rückgrat der Insel. Der starke Wind hatte sich gelegt. Aber die Nordsee selbst schlief nie, kannte keine Ruhe, das wusste Nanning.

Still suchte er die Brandung ab, seine Augen immer wieder wie magisch vom Horizont angezogen. In einem sich wiederholenden Rhythmus wischten zwei Lichtarme geisterhaft durch die Nacht. Sie kamen vom Hörnumer Leuchtturm auf Sylt und dem im Amrumer Süden. In dieser Richtung, ganz klein in der Ferne, sah er drei sich bewegende Punkte am Strand. Ebenfalls Strunluper, Strandläufer wie sie, die den Flutsaum nach Treibholz oder anderem absuchten.

Hermann stand auf gleicher Höhe mit Nanning, nicht weit weg von ihm. Die Harke hatte er lässig über die Schulter gelegt. In den Gummistiefeln und der nass glänzenden Regenjacke sah er aus wie ein Wächter auf einsamem Posten, bereit, die Insel gegen alles, was da über das Wasser kommen mochte, zu verteidigen.

Dann stürmte Hermann plötzlich los. Nanning suchte mit seinen Augen fieberhaft das Wasser in dem Bereich ab, auf den Hermann zurannte. Dann sah er es. Es schaukelte auf der abfließenden Gischt. Eine Planke, oder vielleicht ein Balken.

Er verfluchte die eigene Unaufmerksamkeit. Mit zusammengekniffenen Augen spähte er die Wasserlinie entlang, entschlossen, wenn nötig ein Stück Treibgut aus dem Meer heraufzubeschwören. Und tatsächlich meinte er, etwas zu sehen, das in diesem Augenblick herangeschwemmt wurde. Er rannte hin.

Es handelte sich um einen Teil einer zerborstenen Holzkiste. Nanning schwang seine Harke durch. Der Metallkopf knallte aufs Holz. Er drückte es in den Sand, damit es vom ablaufenden Wasser nicht wieder mit hinausgetragen wurde. Bevor die nächste Welle herankam, packte Nanning eine Ecke der Kiste und lief in Richtung des Wagens, den sie ein Stück weiter abgestellt hatten.

Hermann lief mit seinem Fund ein Stück vor ihm. Nanning nahm den Kopf runter und schwang die Arme kraftvoller durch, so gut es mit Harke und Schwemmholz bepackt möglich war. Stück für Stück holte er Hermanns Vorsprung auf. Fast zeitgleich rumpelte ihr Erbeutetes in den Wagen. Beide stützten sich für einen Moment am Wagen ab, um Luft zu holen, schnaubten und grinsten einander an.

Etwas später sah Hermann einen im flachen Wasser treibenden Balken. Er rief Nanning zu sich, ihm zu helfen. Der Balken maß gute zwei Meter. Nanning warf die Harke in den Sand, während er auf Hermann zustürzte und hoffte, sie würde nicht weggespült werden. Immer, wenn sie dachten, sie hätten den Balken, zog die Kraft der Nordsee ihn wieder zurück. Seine Oberfläche war so glitschig, dass sie ihn nicht richtig zu greifen bekamen. Bis ihnen das eiskalte Wasser schließlich bis zur Hüfte reichte und ihnen mit jeder neu hereinbrechenden Woge der Brandungsschaum die Luft und die Sicht nahm.

Hermann wollte etwas rufen, aber genau in dem Moment schwappte die nächste Brandungswelle heran, sodass er Salzwasser schluckte und hustete.

»Rauskommen! Rauskommen!«, drang Opa Arjans tiefe Stimme vom Strand an seine Ohren.

Als Nanning erkannte, wie weit sie sich vom Strand entfernt hatten, wo Opa Arjan mit den Armen ruderte, begriff er, dass sie keinen Schritt weiter raus durften. Er wischte sich über die Augen. Hinter ihm versuchte sich Hermann noch einmal lang zu machen, um den Balken doch noch in die Hände zu bekommen. Er hatte die Rufe seines Opas offensichtlich nicht gehört. Nanning watete mit schweren Schritten auf den Freund zu. Gerade als Hermann sich mit letzter Anstrengung vorwärtswarf, fing Nanning ihn ab und zog ihn zu sich. Hermann sah ihn irritiert an, und es schien, als wollte er sich wieder losreißen. Nanning ruckte mit dem Kopf Richtung Strand, und als Hermann den Großvater sah, verstand er, was los war.

Kurz darauf standen die beiden pitschnass vor Opa Arjan.

»Seid ihr Amrumer, oder wat? Nie gehört, dat dat euch rauszieht? Ende!« Er machte eine Kopf-ab-Geste. »Aus!«

Gemeinsam warfen sie das Treibholz, das Opa Arjan in der Zwischenzeit gesammelt hatte, auf den Wagen. Dessen Räder sackten so weit in den Sand, dass sie ihn nur alle zusammen in Bewegung bringen konnten.

Als das letzte Stück auf dem Wagen landete, sah Opa Arjan nach Osten.

»Wird Zeit. Wenn es hell wird, kommen wir nicht mehr am Strandvogt vorbei. Und wenn er dich sieht, du Strunluper«, sagte er und sah Nanning an, »freut er sich richtig.«

»Warum?«

»Weil er denn ’n kleinen Nazi als Strandräuber bestrafen kann.«

»Du bis’ auch Strandräuber.«

Von Opa Arjan und Nanning unbemerkt, war Hermann ein Stück vorgelaufen. Er schien etwas gesehen zu haben, und jetzt kam er ihnen wieder entgegen.

»Opa, guck mal.«

Hermann zeigte auf den Flutsaum, keine 30 Meter weiter den Strand runter. Ein dicker, langer Balken lag dort, anscheinend zu schwer, um von der Brandung weggetragen zu werden.

»Mann, so 'n Balken kriegen wir nie wieder. Den vergraben wir in den Dünen«, sagte Opa Arjan und zog den Wagen an.

Nanning und Hermann schoben von hinten, mit aller Kraft. Nanning war klatschnass, hatte am ganzen Körper Gänsehaut, hätte aber trotzdem nicht behaupten können, er fröre.

Aus der Nähe stellte sich der Balken als toter Mann heraus. Er trug hohe Stiefel, die fast bis zu den Knien reichten. Überall an ihm klebte Sand. Über der Jacke, die Nanning nur wegen der Streifen auf den Ärmeln als Uniformjacke erkannte, trug der Tote eine Rettungsweste. Selbst in der nur langsam aufziehenden Dämmerung konnte Nanning sehen, dass eine Seite der Weste in Streifen gerissen war. An dem Toten hing Seetang, als wäre es eine Schärpe. Der Mann musste Pilot gewesen sein. Er trug eine Fliegerkappe. Die Schutzbrille war verrutscht und lag ihm quer über der Nase, so als schäme er sich für den Zustand seines Gesichts im Tod und wollte, soviel es ging, verdecken. Nanning konnte kaum hinsehen, so schlimm war es. Die Gesichtshaut sah angefressen aus, sodass sich darunter eine Todesfratze abzeichnete, die zu großen Teilen aus gähnenden Hohlräumen zu bestehen schien.

Nanning hörte Hermann neben ihm würgen, und auch er selbst musste sich abwenden. Aber lange konnte er dem entsetzlichen Anblick dennoch nicht widerstehen, und irgendetwas in ihm zwang ihn, erneut hinzusehen.

»Royal Airforce.«

Opa Arjan seufzte, dann griff er nach der Deichsel des Wagens und zog an, um weiterzugehen.

»Müssen wir den denn nich' mitnehmen, oder so?«

»Nee, das's 'ne Sache für den Strandvogt.«

Nanning sah Opa Arjan ungläubig an. Der bemerkte es allerdings nicht. Da lag ein toter Mensch, und in Nannings Vorstellung, so vage diese auch war, hieß das, man musste etwas tun. Doch anscheinend hatte er sich da geirrt, und das überraschte ihn.

»Nu mal los, sonst laufen wir ihm in die Arme«, rief Opa Arjan, der den Wagen bereits auf den Dünenrand hin ausgerichtet hatte. Ein dünner Streifen bleichen Lichts kroch schon darüber.

Allein über die Kante rüberzukommen war ein schweißtreibender Akt, der eine gefühlte Ewigkeit dauerte, und danach wurde es nicht leichter.

Nanning und Hermann warfen sich gegen den Wagen, während Opa Arjan vorne zog. Der Dünensand war locker und tief, und mit jeder Umdrehung der Fahrradräder schien der Wagen weiter einzusacken.

Sie waren nicht einmal mehr einen Steinwurf vom Strandweg entfernt, aber jeglicher Schutz der Dunkelheit war inzwischen dahin.

Plötzlich ging es nicht mehr voran. Hermann und Nanning brauchten einen Moment, zu begreifen, dass Opa Arjan stehen geblieben war. Er beugte sich vor und sah sich in der

Umgebung um. Sie standen nun vor der letzten nennenswerten Dünenerhebung. Dahinter, in Sichtweite, befand sich die Strandvogtei.

»Nee.« Opa Arjan schüttelte den Kopf. »Der soll man nur aus'm Fenster gucken, denn sieht er uns schon. Bleibt nix anners als das Zeug eingraben.«

Er gab dem Wagen einen Klaps, als wäre er ein Pferd, das er beruhigen wolle.

Hermanns Stöhnen sprach von Erschöpfung und Unmut. Nanning ging es nicht anders, aber er durfte nicht mit leeren Händen nach Hause kommen. Flüchtig ging ihm durch den Kopf, Opa Arjan zu fragen, ob er nicht zumindest ein, zwei kurze Bretter mit nach Hause nehmen könne. Damit er überhaupt etwas hatte, um die Mutter und das neue Geschwisterchen aufzuwärmen, die beide sicher geschwächt waren. Aber was brachte das schon? Und dann fiel ihm der Tote am Flutsaum ein.

»Ich glaub, ich weiß was.«

Nanning stand vor der niedrigen Mauer des Grundstücks, spuckte nervös aus und hielt mit beiden Händen Opa Arjans Gürtel, der ihm schwer auf der Schulter lag. Sie hatten kleineres Schwemmholz, das zusammengenommen nicht mehr als einen Meter ergab, damit zusammengezurrt. Das Bündel hing auf Nannings Rücken.

Auf einem Schild neben der Haustür stand das Wort Strandvogtei. Er griff nach dem Klöppel daneben, schluckte geräuschvoll und klopfte zweimal. Dann trat er schnell zurück. Er hatte sich genau zurechtgelegt, was er sagen wollte, und hoffte, er könne im Eifer des Gefechts auch dabei bleiben.

Knarzend öffnete sich die Tür, deren Rahmen von der dicklichen Gestalt des Strandvogts ausgefüllt wurde. Er beäugte Nanning von oben bis unten.

»Willst du mich aus'm Bett holen?«

»Gud dai. Draußen liegt 'n toter Soldat.«

»Mit so 'n Schnack haben wir als Jungs auch den Strandvogt angeschmiert.«

»Ich glaub 'n Brite. Gesicht ist schon verfault.« Nanning befahl sich innerlich, sich genau jetzt umzudrehen und zu gehen. Und er gehorchte. Im Gehen drehte er sich noch einmal um. »Ich wollt's nur sagen.«

»Komm mal her«, sagte Erk Peters mit einer Stimme, die nur so tief sein konnte, wenn man den passenden Bauch dazu hatte. Nanning gehorchte und kam zurück.

»Dann fahr'n wir beide da mal zusammen raus. Und wenn du mich angeschmiert hast«, er hob den Zeigefinger, »fahr'n wir gleich weiter zum Friedhof. Denn kommst du als Wasserleiche auf'n Friedhof für Namenlose.«

Erk Peters befahl Nanning, er solle am Einstellplatz neben dem Haus warten. Nanning war sich fast sicher, dass Erk nur einen Scherz gemacht hatte. Aber er kannte den Strandvogt nicht gut, und nur sicherheitshalber hielt er sich bereit, sofort loszuspurten und das Weite zu suchen. Unter dem Einstellplatz stand Erks Karren. Und wiederum dahinter, am geschlossenen Ende des Unterstands, lag Strandgut, bis zur Überdachung hin aufgehäuft. Holzbretter, Koffer, Kisten, Balken, Planken hatte der Strandvogt rangeschafft. Und jedes Stück war mit den Initialen E. P. markiert. Wenn der Strandvogt bei seinen Kontrollgängen etwas am Strand fand, dann markierte er es, um es später mit dem Karren abzuholen. Von Erk markiertes Gut mitzunehmen, traute sich niemand, denn da machte der Strandvogt, so hatte Nanning zumindest gehört, nicht viel Federlesens. So etwas wurde als Diebstahl verfolgt und geahndet. Hatte Erk dann genug beisammen, so gab es eine Strandauktion, bei der die Fundstücke versteigert wurden. Und wie es aussah, dachte Nanning, würde es bald wieder zu einer Strandauktion kommen.

Erk kam mit seinem großen dunklen Alt-Oldenburger um die Ecke des Hauses. Nanning half ihm beim Anschirren des Wallachs, ließ Erk dabei nicht aus den Augen. Als sie das Grundstück verließen, beugte Nanning sich unmerklich vor, um den Strandweg abzusuchen. Hermann und Opa Arjan waren nicht zu sehen. Um ganz sicherzugehen, dass sie nicht gerade in diesem Augenblick aus ihrem Versteck kamen, fragte Nanning den Strandvogt so laut, wie er es wagte, ohne unnatürlich rumzuschreien, ob dieser denn nicht sein Bündel Schwemmholz kontrollieren wolle. Der Strandvogt raunzte amüsiert, er brauche das Bündel nicht auseinanderpacken, um zu sehen, dass es sich um weniger als einen Meter Holz handelte. So was sehe er sofort. Habe er ein Auge für entwickelt, sagte er, und zeigte mit dem Finger auf eines seiner Augen.

Die aufsteigende Sonne schien dem Wind neue Kraft verliehen zu haben. Jetzt, da Nanning auf dem Kutschbrett saß, kroch ihm die Kälte Arme und Beine herauf.

»Jung, du zitterst ja.« Erk sah auf ihn herab. »Du bist ja pitschnass!« Nanning bekam die Zügel in die Hand gedrückt, und Erk zog sich die Jacke aus. »Zieh das mal an.«

Nanning drehte sich in die Jacke. Sie war so groß, dass Hermann mit ihm hineingepasst hätte und man sie trotzdem problemlos hätte zumachen können.

Erk nahm die Zügel wieder an sich.

»Besser?«

Nanning nickte. Er hatte nie wirklich etwas mit dem Strandvogt zu tun gehabt. Wenn die Leute über ihn redeten, dann hörte man fast nur Beschwerden, so war es Nanning bislang vorgekommen. Erk verbiete nur alles, habe nichts über für die Nöte seiner Mitbürger, dabei handle man doch nur nach altem Gewohnheitsrecht. Oder er halte sich nicht mal an seine eigenen Regeln und habe ja diesen oder jenen um einiges Holz betrogen.

Und Nanning fand nun, dass die Leute gerne redeten. Sollten sie doch, dachte er. Denn wenn es nach ihm ging, dann war der Strandvogt ganz in Ordnung. Zwar war Nanning bereits der Überzeugung gewesen, dass er an diesem Tag nicht mehr auf dem Namenlosenfriedhof landen würde, aber jetzt erst löste sich auch die letzte Angespanntheit in ihm.

»Da liegt er ja tatsächlich, der arme Kerl«, sagte Erk und zeigte voraus.

Es war inzwischen so hell geworden, dass man die Wasserleiche auch von Weitem nicht mehr mit einem Balken verwechseln konnte. Langsam fuhr der Wagen auf den Toten zu, und Nanning musste daran denken, dass der natürlich nicht immer schon tot und aufgedunsen an ihrem Strand gelegen hatte. »Der arme Kerl«, hatte Erk gesagt, und das ging Nanning durch den Kopf. Der Tote war mal am Leben gewesen, hatte eine Heimat, Eltern, vielleicht Geschwister, vielleicht eine eigene Familie gegründet – Frau und Kinder. Und nun war er fern von alldem, von seinem Zuhause, und würde nie wieder dahin zurückkehren. Das war traurig.

Erk stieg vom Wagen. Er ging um den Toten herum, besah ihn sich und rieb die Hände aneinander, als wäre die Arbeit bereits getan. In der Zwischenzeit versuchte Nanning, vom Kutschbrett runterzukommen, was sich als schwierig herausstellte, weil die Ärmel der geliehenen Jacke viel zu lang waren und er sich so nicht richtig festhalten konnte. Dazu blockierte Erks Leihgabe ihm auch noch die Sicht. Stück für Stück rutschte er herab, streckte die Beine durch und ließ in der Hoffnung los, er würde schon auf den Füßen landen. Tat er auch. Und trotzdem war die Entfernung zum Boden größer, als er gedacht hatte, und so landete er anschließend auf dem Hintern. Schnell sprang er auf und wischte die Jacke ab.

Erk war mit der Leiche beschäftigt und langte mit den Armen unter ihren Achseln hindurch, schloss dann die Hände vor der Brust des Toten.

Nanning, der vermieden hatte, das zerfressene Gesicht unter der Lederkappe anzusehen, musste ein Würgen unterdrücken. Er stellte sich unweigerlich vor, er selbst müsse dem Kopf der Leiche so nah kommen.

»Nimm mal seine Beine.«

Nanning schwankte unmerklich auf den Fußsohlen. Der Ekel und das Mitleid mit dem fremden Toten hielten ihn zurück. Erk wurde ungeduldig: »Nu mach schon!« Nanning griff den Toten auf Knöchelhöhe bei den Stiefeln, da schoss ihm durch den Kopf, dass er noch nie zuvor einen Toten berührt hatte, auch wenn es nur an den Stiefeln war. Doch das Gefühl, in Kontakt mit jemandem zu kommen, der kein jemand mehr war, sondern nur noch leblose Knochen und Fleisch, das sich langsam auflöste, war noch einmal etwas anderes, als nur über diese Tatsache nachzudenken, und das überforderte Nanning in diesem Moment.

Dann fielen ihm die verwaschenen Fuß- und Fahrradreifenspuren im Sand auf, und seine innere Lähmung war für den Augenblick wie weggeweht – die Leiche nicht mehr als ein Gegenstand in seinen Händen. Wenn dem Strandvogt die Spuren auffielen, dann hatte Nanning, der ihn auf den Toten aufmerksam gemacht hatte, sich zu erklären, das war sonnenklar. Obwohl er bis auf die Knochen durchgefroren war, trat ihm nun der Schweiß auf Stirn und Oberlippe.

»Nich' einschlafen!«

Nanning zog die Beine des Toten an sich, sodass er sich zwischen ihnen befand und sie für besseren Halt an sich drücken konnte. Sollte der Blick des Strandvogts in Richtung der Spuren im Sand gehen, nahm sich Nanning vor, die Beine fallen zu lassen und so zu tun, als seien sie ihm weggerutscht oder als müsse er würgen. Schließlich spürte der Tote ja keine Schmerzen mehr, und außerdem roch er tatsächlich stark süßlich nach Fäulnis, wenn man ihm so nah kam wie Nanning.

Mehr stolpernd als gehend schafften sie es, die Leiche zum Wagen hinüberzuschleppen. Offenbar sah Erk die Spuren nicht. Der Tote verlangte seine ganze Aufmerksamkeit. Der Strandvogt hievte ihn mühsam auf die Wagenfläche und stieg über das Kutschbrett hinauf. Nanning hielt weiter die Beine, hob sie hoch, um zu vermeiden, dass der Tote wieder herunterrutschte. Dann zog Erk den leblosen Körper langsam weiter, sodass er schließlich in voller Länge auf dem Wagen lag.

Der Strandvogt wischte sich mit dem Handrücken über die Stirn und den Mund.

»Willst mit?«

»Nee, muss nach Haus«, sagte Nanning.

Er wartete kaum das Nicken des Strandvogts ab und ging los. Bis zur Dünenkante spürte er ein Kribbeln im Nacken, erwartete jeden Moment, zurückgerufen zu werden, um die

Spuren zu erklären, die vom Fundort des toten Piloten wegführten. Als er aber die Dünenkante überschritten hatte und sich sein Gehen durch den abschüssigen Hang ganz natürlich beschleunigte, fiel auch die Last allmählich von ihm ab. Die aufgehende Sonne schien ihm ins Gesicht. Er schloss die Augen, lauschte dem Brausen des Meeres und den Rufen der Vögel. Ein gutes Stück des Weges ging er so. Er musste nicht aufpassen. All diese Wege war er schon tausendmal gegangen.

Hermann war schon schlafen gegangen, als Nanning kam. Opa Arjan war noch dabei, das Holz zuzusägen. Als er Nanning sah, lachte er kurz und laut auf und fragte ihn, ob Erk denn wisse, dass er seine Jacke habe. Nanning erschrak. Ihm war nicht bewusst gewesen, dass er sie nicht zurückgegeben hatte. Opa Arjan meinte, der hole sich die Jacke schon, wenn er sie bräuchte. Dann erzählte er Nanning, dass sie beim Verstecken im Sand eingesunken waren. Sie hatten die halbe Ladung vom Wagen nehmen müssen, um ihn aus der Kuhle zu ziehen, in der eines der Räder gesteckt hatte. Schließlich gab er Nanning den Handwagen mit, den er für ihn bereits mit Holzscheiten gefüllt hatte, und schickte ihn mit den Worten weg, er solle sich denn auch endlich aufs Ohr hauen.

Als Nanning nebenan, im eigenen Hof, die Scheite unter dem dafür vorgesehenen Dach an der Hauswand aufschichtete, kam Tante Ena aus der Stalltür.

»Und schon zurechtgesägt. Mann«, sagte sie mit freudiger Stimme.

Nanning sah kurz auf. Tante Ena hatte Ringe unter den Augen.

»Opa Arjan.«

Nanning unterbrach das Holzstapeln nicht. Er wollte geschäftig wirken.

»Ich hör's. Was ist das denn für 'ne Jacke?«

»Erk seine, weil ich ganz nass war.«

»Kommt mit dem Strandvogt seine Joppe nach Haus. Das soll dir mal einer nachmachen.« Sie nahm sich einen Stapel Holz und ging hinein. Dabei rief sie noch aus der Tür: »Bring man noch büschen was mit.«

Nanning sah nach, ob der Holzstapel fest genug gelegt war. Dann folgte er ihr ins Haus.

Als er durch den Stall ging, schien ihn das Lamm zu begrüßen.

Er hielt Tante Ena an ihrem Rock fest, und als sie sich umdrehte, sagte er, und seine Stimme war voller Sorge: »Alles gut gegangen?«

Ena schenkte ihm ein warmherziges Lächeln.

Sie strich ihm über die Wange und sagte: »Mutter und Kind wohlauf. Du hast noch ein Schwesterchen bekommen.«

Das hohe Fiepen des neugeborenen Lamms verlor sich komplett, als er die Küche betrat und das schrille Babygeschrei von irgendwoher aus dem Haus sich in seine Ohren bohrte.

Tante Ena kniete vor dem Herd und schob die Scheite zum Trocknen darunter. Dann öffnete sie die Backofenklappe, nahm das restliche Holz von Nanning entgegen und legte es hinein.

»Da trocknet es noch schneller, müssen aber aufpassen, dass es nicht anfängt zu kokeln.«

Nanning nickte, konnte ein kräftiges Gähnen nicht unterdrücken. Tante Ena sah ihn an, eine Augenbraue hochgezogen. Dann deutete sie in Richtung des Kinderzimmers.

»Ab mit dir.«

Das Baby schrie und schrie. Nanning wälzte sich im Bett umher, versuchte sogar, mit dem Kissen über den Ohren das Geschrei auszusperren. Nichts half.

Macker war draußen, spielen, kam nur einmal ins Kinderzimmer, um Nanning zu fragen, ob er nicht mitkommen wolle, Frösche fangen. Nanning schmiss sein Kissen nach ihm. Tante Ena war im Laufe des Morgens mit Mechthild im Kinderwagen nach draußen gegangen. Wahrscheinlich brauchte auch sie mal eine Pause. Nur seine Mutter sah oder hörte er nicht ein einziges Mal.

Irgendwann hielt Nanning es im Bett nicht mehr aus. Das Schreien kam aus der guten Stube, wie er feststellte, als er den Flur entlangging. Die Tür zum Erwachsenenschlafzimmer war zu. Seine Hand verharrte kurz vor der Klinke. Er wusste, dass seine Mutter dadrin war, im Bett lag, geschwächt, und sich von der Geburt erholte. Er spürte es so, als wäre die Tür aus Glas und er könne einfach hindurchsehen. Trost war ihm das nicht. Er hatte das starke Bedürfnis, bei der Mutter zu sein, für sie da zu sein. Aber noch mehr, selbst wiederum durch ihre Anwesenheit gestärkt zu werden. Die Hand auf die Klinke zu legen, die Tür zu öffnen, das traute er sich nicht.

Mitten in der guten Stube stand die alte, kleinere Wiege. Mechthild war vor gut einem halben Jahr rausgewachsen. Vor ihr hatte schon Macker darin gelegen. Und auch Nanning selbst. Wenn er sich auch nicht daran erinnerte.

Das Geschrei aus der Wiege war markerschütternd. Ein schreckliches, hemmungsloses Kreischen, das immer wieder abebbte, wahrscheinlich aus Erschöpfung, um dann jedoch mit gleicher Kraft von Neuem zu beginnen.

Nanning stellte sich an die Wiege und sah hinein. Unglaublich, dachte er, dass so ein winziges, schwächliches Menschlein so einen Krach veranstalten konnte. Das Haar auf dem Kopf des Geschwisterchens war nicht mehr als ein paar dunkler Flusen. Darunter sah Nanning, wie die Haut sich hob und senkte, so als läge das Herz des Kinds nicht unter seiner Brust, sondern unter seiner Schädeldecke. Vor Erstaunen weiteten sich seine Augen. Irgendwie wurde ihm von dem Anblick schlecht, also sah er schnell weg. Nur flüchtig schaute er nach: Er hatte also ein zweites Schwesterchen bekommen. Dann sah er ihr ins Gesicht. Halb erwartete er, dass seine neue Schwester ihm aus der Wiege entgegenblickte, dabei wusste er es besser. Die Mutter hatte ihm einmal erzählt, dass Babys die Augen meist erst nach dem ersten Lebensmonat öffneten, um sich umzuschauen. Bei ihm war es allerdings ein paar Tage davor passiert, hatte sie gesagt. So, als ob er es gar nicht abwarten konnte, seine Welt zu erkunden. Und nun hoffte er – auch wenn es viel zu früh dafür war –, dass seine Schwester ihn noch übertraf. Und das Erste, was sie sehen würde, das sollte ihr großer Bruder sein, der immer für sie sorgen würde.

Erst als sich Stille über den Raum senkte, registrierte er, dass er eine Hand an die Kante der Wiege gelegt hatte und diese schaukelte – es war ganz automatisch passiert. Ohne, dass er sich dazu entschieden hatte. Sein verschrumpeltes Schwesterchen schien mit ihrem klitzekleinen Mund zu schmatzen, erleichtert, endlich mit dem Schreien aufhören zu können, und drehte sich etwas zur Seite. Wie um bequemer zu liegen.

»Loslassen, Jung«, raunte Tante Ena und kam mit schnellem Schritt in die Dörnsk.

»Dann schreit sie wieder.«

»Aber wenn sie nicht schreit, wacht Mutter auf«, sagte Tante Ena und verzog das Gesicht so, als gebe sie eine Nachricht weiter, von der sie selbst nichts hielt.

»Was?«

»Ja, verrückte Welt. Die Stille weckt sie. Mutter und ihre Parteigenossen glauben, das Baby muss die ersten 24 Stunden in seinem Leben allein sein und schreien.«

»Was?«, sagte Nanning nun noch lauter.

»Dass es hart wird.«

»Ich denk, Krieg is' vorbei.«

»Germane muss immer hart sein«, sagte Tante Ena und blickte bedauernd auf das Baby hinab.

Nanning zögerte, aber was konnte er schon tun? Er folgte seiner Tante, blieb dann aber kurz vor der Türschwelle stehen. Im Umdrehen war ihm ein Buchtitel an der Bücherwand ins Auge gesprungen. Er nahm sich das Buch.

Tante Ena zog die Tür der guten Stube hinter ihm etwas weiter zu und versuchte zu erkennen, was er da in der Hand hatte.

»Was ist das denn?«

Nanning hielt das Buch hoch. Auf dem Buchrücken stand in dicken Lettern *Moby Dick oder Der Wal.*

»Als Belohnung für Hermann. Wegen dem Holz. Zum Lesen.«

»Ja, verdient hätt' er's«, sagte Tante Ena und schien abzuwägen, ob sie es Nanning erlauben sollte, Hermann das Buch auszuleihen.

Dann nickte sie, und Nanning lief los, sprintete durch die Küche und nach draußen. Dort nahm er den leeren Handwagen und zog ihn nach nebenan.

Er klopfte und drückte die Tür auf. Hermanns Mutter

saß in der Küche und schälte Kartoffeln. Zu ihren Füßen stand ein Bottich, in den sie die Schalen fallen ließ. Der Geruch nach frischem Brennnesseltee hing in der dunstigen Luft.

Nanning reichte Hermanns Mutter das Buch.

»Wegen dem Holz. Dass er sich freut.«

»Moby Dick«, las sie leise. »Da freut er sich bestimmt. Aber er schläft.«

Nanning gab sich einen Ruck und fragte: »Kann ich auch bei euch schlafen?«

»Wegen dem Baby?«

Nanning nickte.

»Dann komm man«, sagte sie und führte Nanning in Hermanns Zimmer.

Dort machte sie ihm am Boden ein Lager zurecht. Hermann drehte sich im Bett um und machte die Augen ein wenig auf, nur gerade so weit, um erkennen zu können, wer da in seinem Zimmer war. Dann schloss er sie wieder und drehte sich mit dem Gesicht zur Wand zurück, die Decke über der Schulter.

Nanning zog die Decke bis unters Kinn und schlief sofort ein.

Die Marsch zu beiden Seiten des Wegs war voller Blumen in Blau, Violett, Rosa und Gelb, getragen von einem saftigen Grün, das Nanning fast wünschen ließ, ein Rind zu sein. Sowieso, dachte er, und sah einer Gruppe Kühen beim Weiden zu, was das nur für ein sorgenfreies Leben als Rind sein musste. Den lieben langen Tag den Kopf gesenkt halten, Maul und Gedanken nur beim grünen Gras. Sich nicht um Kriege und Parteien, Reichsmark, Dollar oder Amrumgeld kümmern müssen. Oder ob irgendwer nun Amerikaner, Deutscher, Amrumer oder Sylter, Friese, Däne oder Germane war.

Nanning pflückte Glockenblumen. Dieses Jahr kamen sie ihm ungewöhnlich blau vor, und gerade an diesem strahlenden Nachmittag wirkte dieses Blau, als habe jemand dort, wo vereinzelte Wolkensprengsel schwebten, schirmförmige Stücke aus dem Himmel geschnitten, um sie anschließend über den Wiesen auszustreuen.

Aus dem vielstimmigen Konzert um Nanning herum trat ein helles Solo hervor – erst schnarrend, wie um sich aufzuwärmen, dann aber perlend und sich selbst überschlagend. Nanning legte den Kopf in den Nacken und sah hinauf ins Blau. Er suchte den Himmel ab, beschirmte die Augen gegen die Maisonne. Da war er, senkrecht über Nanning stehend, von hektisch flatternden Flügeln getragen: ein Wiesenpieper. Stück für Stück ließ er sich herabsinken, ohne sein Lied zu unterbrechen. Nanning konnte nun fast die Hand nach ihm ausstrecken. Dann aber stieg er wieder ein Stück, um sich gleich darauf erneut fallen zu lassen, gefolgt von einer jähen Wende, und schon war er im Heidekraut und im Gras verschwunden, verstummt.

Tante Ena hatte Nanning geholfen, eine besonders schöne Vase für den Strauß auszusuchen. Im Stile von Friesenfliesen sah man da, umgeben von Schnörkeln und dekorativen Blumenblüten, einen Leuchtturm und ein Segelboot. Alles in Blau gehalten, auf weißer Grundierung.

Diese Vase hielt Nanning nun vorsichtig hinter seinem Rücken, als seine Tante ihm die Schlafzimmertür öffnete.

Der Raum war abgedunkelt. Es herrschte eine merkwürdige Art von Wärme, die Nanning eher drückend als wohlig vorkam. Dazu lag ein leicht beißender Geruch in der Luft.

Die Mutter saß halb aufgerichtet im Bett, von Kissen gestützt. Nanning hatte damit gerechnet, dass sie erschöpft aussehen würde, aber es war noch etwas anderes. Trotz ihres Zustands hatte sie sich die Mühe gemacht, ihr Haar herzurichten. Eng anliegend war es um den Kopf geflochten, sodass kein einziges Haar dem Kranz entkam. Ihr Gesicht war dünner geworden, als hätte sie über Nacht an Gewicht verloren. Die Augen, dick umrandet, sahen nur umso dunkler aus gegen ihre fahlen Wangen. Das kraftlose Lächeln, das sie Nanning zuwarf, als er den Glockenblumenstrauß in der Vase hinter seinem Rücken hervorholte, wirkte geradezu gespenstisch.

»Hast du die gepflückt?«

Ihre Stimme war ein heiseres Wispern, die Worte kaum zu verstehen.

Er stellte den Strauß auf den kleinen Beistelltisch vors Fenster. Für eine Sekunde überlegte Nanning, die Vorhänge aufzuziehen. Schließlich brauchten Blumen Sonnenlicht. Aber er traute sich nicht und trat einen Schritt zurück.

Die Mutter legte den Kopf zur Seite. Der Stoff des Kissens raschelte leise. Ihr Blick war Nannings Bewegung gefolgt und ruhte nun auf der Vase. Er hatte etwas Abwesendes. So als nähme sie das Zimmer nicht wirklich wahr, spiele es nur vor. Das beunruhigte Nanning.

Sie hob den Arm von unter der Bettdecke, die Hand zu den Blumen. Die Spitze ihres Mittelfingers streifte eine der Blüten.

»Die armen Blumen, sie sterben.«

Nanning hörte Tante Ena hinter sich leise schnauben.

Dann ging sie an ihm vorbei, nahm die Vase und führte ihn sanft, aber bestimmt auf den Flur hinaus.

»Mutter ist sehr erschöpft. Lassen wir sie mal 'n bisschen zur Ruhe kommen.«

Im kleiner werdenden Ausschnitt der Tür sah Nanning seine Mutter, ihr Gesicht weiterhin zur Seite gewandt, die Augen auf das leere Tischchen gerichtet.

Tante Ena stellte die Blumen in der Küche auf den Tisch. Sie setzten sich. Eine lange Zeit saßen sie da und starrten aneinander vorbei, ohne etwas zu sagen. Zwischen ihnen der Strauß.

Irgendwann sagte Nanning: »Wegen dem Baby.«

»Glaub ich, ja. Kann man sich gar nicht vorstellen, was so 'ne Geburt für Kraft kostet. Auch für die Seele.« Tante Enas Hand ging zur Vase und drehte sie langsam auf dem Tisch. »Schenkst du mir die Blumen?«

»Ja. Wo sind Dankwart und Mechthild?«

»Drüben bei Grete und Anne, dass Mutter mal 'n bisschen Ruhe hat.«

Die Frage, die Nanning nun stellte, war schon da gewesen, bevor sie sich an den Tisch gesetzt hatten.

»Ist Mutter nicht ganz normal?«

»Muss man sagen, ja.« Tante Ena antwortete überraschend zügig. Nanning hatte erwartet, dass sie länger überlegen müsste. Aber vielleicht, dachte er dann, war auch die Antwort schon länger da gewesen. »Bisschen verrückt war sie schon immer.«

»Wie kommst du darauf?«

»Sie will nichts mehr essen.«

Mit einem schnellen Ruck schob sich Nanning vor an die Tischkante, hielt sich daran fest.

»Sie will verhungern?«

»Sie sagt, sie will nur noch Weißbrot mit Butter und Honig, sonst gar nichts. Bring ich ihr Suppe, würgt sie, als würd' ich sie vergiften wollen.«

»Und Weißbrot, das gibt's nich', oder?«

»Nee«, Tante Ena verschluckte das nächste Wort, machte eine kurze Pause, um aus dem Fenster zu sehen, und setzte dann neu an, »manchmal glaub ich, dass die Briten die Einheimischen verhungern lassen wollen.«

Während sie das sagte, änderte sich ihr Ton so, als glaubte sie selbst nicht, was sie gerade sagte, fände es vielleicht sogar albern, wolle aber der Vollständigkeit halber den Satz beenden. Dann schrie das Baby in der guten Stube. Tante Ena stand auf und verließ die Küche.

Nanning blieb regungslos sitzen. Sein Blick war starr auf den Blumenstrauß gerichtet.

11

Nanning ging die Dorfstraße entlang, tief in Gedanken. Wo konnte er für die Mutter, so schnell es ging, Weißbrot mit Butter und Honig herkriegen? Plötzlich hupte es hinter ihm mehrmals, sodass ihm vor Schreck der Atem stockte. Er sprang zur Seite.

Es waren die zwei Geländewagen der British Army, die er schon vor seiner Schule gesehen hatte. In den Autos, die Reifen wie Traktoren hatten, saßen jeweils vier Soldaten. Diejenigen, die herübersahen, während die Wagen langsam an ihm vorbeirollten, nickten Nanning aus verschlafenen Gesichtern freundlich zu. Einer der britischen Soldaten führte zwei Finger an den Helm und machte eine salutierende Geste, so als wäre Nanning einer ihrer Kameraden.

Da Tante Enas Worte noch immer in ihm nachwirkten, schob Nanning schnell seine Überraschung beiseite und setzte sein finsterstes Gesicht auf. Die Augen feindselig zusammengekniffen, blieb er stehen und funkelte die Feinde böse an, bis sie um die nächste Kurve waren. Nur drehte sich keiner der Soldaten mehr zu ihm um. Entschlossen ging er weiter.

Auf Tessas Hof kam Nanning gerade rechtzeitig an. Die Bäuerin und ihre Mutter Inge zogen und schoben sichtlich angestrengt und an der Grenze ihrer Kräfte den Pflug hinten auf den Pferdewagen. Selbst vom Hofeingang aus konnte er Mutter Inge ächzen hören. Schnell lief er ihnen zu Hilfe.

Als Tessa aufsah, verfinsterte sich ihre verschwitzte Miene augenblicklich so sehr, dass Nanning scharf abbremste und stehen blieb.

»Du hast mir grad noch gefehlt. Mach, dass du wegkommst!«

So einfach wollte Nanning sich aber nicht vertreiben lassen. Und außerdem war die Bäuerin gerade mit dem Pflug beschäftigt. Ließe sie ihn los, um Nanning wegzujagen, konnte das Gerät womöglich noch ihre Mutter überrollen. Nanning machte ein paar vorsichtige Schritte.

»Ich wollt' nur sagen, dass ich dat nicht gewollt hab.«

»Nu ist zu spät«, sagte Tessa mit hochrotem Gesicht und aufgeplusterten Wangen.

»Ich hatte nur gefragt, ob Vater nu nach Haus kommt.«

»Kannst du dir überhaupt vorstellen, was mit mir los war, wenn so'n Nazi, so'n«, Tessa biss die Zähne zusammen und stöhnte vor letzter Anstrengung, doch dann stand der Pflug endlich auf dem Wagen, »Ortsgruppenleiter sagt, ich stell dich an die Wand?«

»Nee.«

Die Bendixen-Frauen keuchten, stützten sich am Wagen auf.

Durch die Nase schnaubend sagte Tessa: »Willst wieder bei mir arbeiten?«

»Die Kinder können doch nichts dafür«, sagte ihre Mutter und tupfte sich die Stirn mit einem Stofftaschentuch ab.

»Ach, plötzlich sind's wieder nur Kinder, was? Willst das wiedergutmachen?«

»Ja.«

Als hätte sie Schnupftabak auf dem Zeigefinger, wischte sie in einer schnellen Bewegung unter ihrer Nase weg und atmete dabei in einem lauten Zug ein.

»Da steht 'n Bulle für uns in Wittdün am Anleger. Guck ma, ob du mir den raufbringen kannst.«

»Bist du verrückt? Der trampelt ihn tot!«

Tessa winkte ab.

»Eher lässt er den Bullen stehn.«

»Ich frag Hermann.«

»Nee, das lässt du, den brauch ich auf'm Acker«, sagte Tessa und setzte sich vorne aufs Kutschbrett. Sie trieb die Pferde an, wendete den Wagen und schickte sich an, vom Hof zu fahren. Nanning stand unverändert da. Er dachte bereits darüber nach, wie er das mit dem Bullen wohl am besten anstellte. Tessa hielt neben ihm, sah auf ihn herab.

»Nu ma los!«

Mit einer Handbewegung trieb sie Nanning vom Hof.

Eigentlich war Wittdün trotz des Anlegers, der zumindest die Möglichkeit bot, per Schiff auf die Insel zu kommen, ein ziemlich verschlafener Ort. Mehr eine Ansammlung von Häusern denn ein richtiges Dorf. Rein zufälligerweise hatte die Südspitze Amrums, auf der Wittdün lag, nun mal die günstigsten Bedingungen für einen Hafen. Aber wenn Nanning dort war, fühlte es sich nicht wie daheim in Norddorf oder in Nebel an. Durch die Straßen Wittdüns wehte ein Hauch Künstlichkeit, so schien es Nanning. Dort lebte man nicht, man verlud und entlud, man holte ab oder schickte weg. Und die Fremden, die Kurgäste, die erholten sich hier und atmeten die gesunde, salzige Seeluft. Mehr nicht. Nach ein paar Wochen bestiegen sie dann wieder einen Dampfer und waren weg. In den vergangenen zwei, drei Kriegsjahren aber waren sowieso kaum noch welche gekommen.

Heute wusste Nanning gar nicht, wo er zuerst hinsehen sollte. Überall waren Soldaten, viel mehr als oben in Norddorf. Aber im Gegensatz zu den verbissenen Männern, die Nanning dort am liebsten als Nazispitzel an die Wand gestellt hätten, zumindest vermutete er das, wirkten die Soldaten in Wittdün ganz entspannt, als befänden sie sich auf Urlaub. Die einzigen Soldaten, die etwas für Nanning halbwegs erkennbar Soldatenhaftes taten, waren drei Männer, die Essensrationen an erschöpft aussehende Leute verteilten, die sich in einer Schlange angestellt hatten. Hinter den Soldaten flatterte die britische Flagge im Wind.

Vor dem zweiflügligen Kurhaus, dem größten Gebäude der ganzen Insel, wandte sich Nanning nach links. Soeben hatte er noch zu dem imposanten Bauwerk hinaufgesehen. Sämtliche Fenster waren geöffnet, so als habe irgendjemand beschlossen, dass der Geruch der vergangenen Jahre komplett hinausgeweht gehörte. Als Nanning runter zur Dampferbrücke sah, blieb er so unvermittelt stehen, als wäre er mit den Zehen gegen einen großen Stein gestoßen.

Auf dem Platz vor der Landungsbrücke, am einzigen Laternenpfahl festgebunden, stand er.

Ein Bulle, so groß wie ein Haus, der allein mit seinem Schnauben jeden Menschen umwerfen konnte. Sein kurzes dunkelbraunes, ins Schwarze gehende Fell glänzte im Licht der Morgensonne und ließ die Muskulatur unter der Haut erahnen.

Während sich Nanning dem Tier mit weichen Knien näherte, band er die Enden des prall gefüllten Tuchs zusammen, das er mitgebracht hatte. Auf diese Weise konnte er es sich so umbinden, dass es vor seinem Bauch wie eine Tasche hing, in die er nur hineingreifen musste. Er leckte sich nervös über die Lippen. Eine Hand war bereits in der Tuchtasche und spielte mit dem Schrot und dem Gras darin.

Dann sah der Bulle ihn auf sich zukommen. Er starrte auf Nanning, der stockte und sich zum Weitergehen zwingen musste. Der Bulle gab – zumindest noch – keinerlei Drohgebärden von sich, beobachtete den näher kommenden Jungen lediglich mit der Gelassenheit des körperlich weit überlegenen Tiers. Eines überlegenen Tiers, dessen Hörner zu allem Überfluss auch noch nach vorn gebogen waren, sodass die Spitzen ziemlich gerade voran und damit auf jeden Trottel zeigten, der dumm genug war, sich mit ihm anzulegen.

Nanning achtete darauf, dass der Pfahl stets zwischen ihnen blieb, während er Schritt für Schritt auf den Bullen zuging. Der große metallisch glänzende Nasenring, an dem das Tier mit einem Seil am Laternenpfahl festgebunden war, verstärkte den einschüchternden Eindruck nur noch weiter. Und so plapperte Nanning jetzt drauflos. Er begrüßte den Bullen, stellte sich ihm vor, redete über das Wetter und sagte, er hoffe, der Bulle habe eine ruhige Überfahrt gehabt. Woraufhin das massige Tier anfing, zu schnaufen und mit den Klauen zu scharren. Nanning lief es kalt den Rücken runter. Das Schnaufen des Bullen klang hohl, als blase jemand über die Öffnung einer Flasche. Allerdings so tief, als handelte es sich um eine Flasche von der Größe einer Regentonne.

Am liebsten hätte Nanning dem Bullen das Tuch voll Futter hingeschmissen, auf dem Absatz kehrtgemacht und Fersengeld gegeben. Er war kurz davor. Seine schweißnasse Hand zog bereits am umgehängten Tuch. Aber was dann?

Nanning riss sich zusammen, ignorierte das Scharren und Schnaufen, steuerte weiterhin langsam den Laternenpfahl an. Ohne den Bullen brauchte Nanning sich auf dem Bendixenhof nicht mehr blicken lassen, daran hatte er keinen Zweifel. Jedwede Aussicht auf Butter wäre dahin. Und seine Mutter brauchte Butter. Sonst würde sie verhungern, fürchtete Nanning.

Die Tränen traten ihm in die Augen. Halb bei dem Gedanken an die verhungernde Mutter und Schwester, zur Hälfte aber auch deshalb, weil es schon ein hartes Los war, wenn die Mutter ein bisschen verrückt war. Und doch liebte er sie so, wie sie war, sagte er sich. Er zog den Schnodder hoch, blinzelte die Tränen weg und nahm die Hand von der Tasche.

»Wir beide sollen nach Norddorf. Den ganzen Weg. Du und ich.«

Der Bulle hörte auf zu scharren. Nanning sah die tiefen Spuren, die die Klauen im Erdboden hinterlassen hatten. Wie die Furchen zweier eng nebeneinanderliegender Pflugscharen.

»Is 'n weiter Weg, nützt nix. Ich muss dich hinkriegen. Sonst bleibt meine Mutter verrückt, wenn sie kein Weißbrot mit Butter und Honig kriegt. Und dann kriegt meine neue Schwester keine Milch und bleibt tot.«

Er langte in die Tasche und griff sich eine Handvoll des Hühnerfutters. Dann schob er die Hand am Pfahl vorbei auf den gesenkten Bullenkopf zu. Sie zitterte, als packte ihn jemand am Handgelenk und zöge daran herum.

»Ich hab auch was für dich.«

Er öffnete die Hand, hielt den Atem an, um weniger zu zittern.

Langsam bewegte sich die breite Schnauze des Bullen auf die Hand zu und verharrte über ihr. Dann schnupperte das Tier daran. Der Sog war so stark, dass Nanning es auf der Haut spürte. Die Härchen auf seinem Arm stellten sich auf, als würden auch sie vom Atem des großen Tiers angesogen. Dann prustete der Bulle. Ein paar Schrotkörner stoben davon. Es war ganz warm an Nannings Hand. Er schloss die Augen, presste die Lippen aufeinander, spürte, wie die Schnauze des Bullen sich gegen seine Hand drückte. Er presste ein wenig dagegen, um die Körner nicht fallen zu lassen, sah sich aber schon selbst, wie er den blutigen Stumpf hielt, da wo seine Hand mal gewesen war, und nach einem Arzt schrie. Der Bulle öffnete das Maul. Die riesige, raue Zunge fuhr heraus und strich in einem einzigen gründlichen Schlecken sämtlichen Schrot von Nannings Hand. Eine Welle wogte von seiner Hand den Arm hoch, verteilte sich von da über seinen ganzen Körper und hinterließ überall Gänsehaut.

Nanning öffnete die Augen und blickte geradewegs in die des Tiers. Hätte er es nicht besser gewusst, er hätte in diesen Augen, die ihn durch die langen, geraden Wimpern hindurch ansahen, so etwas wie Traurigkeit zu erkennen geglaubt. Vorsichtig zog er die Hand zurück. Der riesige, gehörnte Kopf folgte ihr so weit, dass der Bulle noch einen Schritt auf den Pfahl und damit auch auf Nanning zumachte. Er wollte wegrennen, aber er blieb stehen. Seine Hand glänzte glitschig vor Bullenspeichel. Er tauchte sie erneut in die Tasche und griff sich ein Büschel Gras.

»Muss 'ne Mischung sein, sagt Opa Arjan, nur Schrot ist ungesund für dich.«

Der Bulle streckte den Kopf nach dem Gras aus. Nanning wollte etwas probieren und zog die Hand ein kleines Stück zurück. Der Bulle machte noch einen Schritt, um an das Grünzeug zu kommen. Bullenkopf und Laternenpfahl waren nun auf einer Höhe. Nanning hielt dem Bullen das Gras hin und lehnte sich vor, gegen den Pfahl. Seine freie Hand führte er zur Stirn des Bullen, so, dass das Tier den Weg der Hand verfolgen konnte. Dann begann Nanning, den Bullen am Kopf zu kraulen. Das überraschend geschmeidige Fell konnte nicht über die Härte des Schädels darunter hinwegtäuschen. Nanning bildete sich ein, dass dem Bullen die Streicheleinheiten gefielen.

Er stellte sich vor, wie er den Bullen losband, die Seilenden des Nasenrings festhielt, sich auf die wuchtigen Schultern des Bullen schwang und wie ein Cowboy – wie Sam Gangsters damals über die Prärie von Montana – über die Insel ritt. Nein, dachte er dann, nein, nicht wie ein Cowboy. Wenn, dann wollte er reiten wie ein stolzer Häuptling der amerikanischen Ureinwohner. Reiten wie Sitting Bull auf seinem treuen Mustang.

Mit einem weiteren Blick auf den Bullen verwarf er den Gedanken.

»Du kriegst auch einen Namen«, sagte er. »Du heißt Onkel Theo. Er hat mich Sitting Bull genannt, darum heißt du Onkel Theo.«

Als Nächstes galt es, den Knoten am Pfahl zu lösen. Nanning wechselte die Hände, benutzte nun die Linke, um den Bullen anzufüttern, während er mit der Rechten am Knoten herumzupfte. Am Ende schmerzten ihm die Fingerkuppen vom rauen, fest zusammengeknoteten Strick, aber es gelang ihm, das massige Tier loszumachen. Bevor er aber auch nur eins der Strickenden zu fassen bekam, rutschten sie weg, und der Strick hing nur noch im Nasenring des Bullen. Die Enden lagen am Boden vor seinen Vorderbeinen. Nanning griff in die Tasche und hielt dem Bullen das Schrot hin. Gleichzeitig, weiterhin gegen den Pfahl gelehnt, ging er in die Hocke. Den freien Arm, so weit er konnte, ausgestreckt, rückte Nanning ein wenig um den Pfahl herum, die Augen stets auf den Bullen gerichtet. Eine letzte Anstrengung, der Pfahl drückte ihm gegen das Schlüsselbein – und dann hatte er den Strick in der Hand.

Er richtete sich wieder auf. Der Bulle leckte an seiner Hand herum. Es klang wie ein trockener Lappen, der über grobes Holz fuhr. Erneut kraulte Nanning die Stirn, direkt oberhalb der Augen, ließ das Seil dabei nicht los.

»So, nu müssen wir los.«

Und während er das sagte, schoss sein Blick über den Bullen hinweg, am Dampfer vorbei, der noch immer an der Landungsbrücke lag, und weiter nach Norden. Bis er auf die flache Küstenlinie Föhrs traf.

Eigentlich hatte Nanning vorgehabt, wegen des Honigs für seine Mutter zu Hinne Storm zu gehen. Der aber war nicht gerade für seine Großzügigkeit bekannt. Sein Onkel Jessen, der auf Föhr wohnte, dagegen hatte schon immer besonders viel für Nanning übrig gehabt. Vielleicht lag es am gleichen Vornamen. Oder daran, dass sein Onkel selbst keine Kinder hatte, aber immer ganz stolz schaute, wenn er Nanning in seiner Pimpfenuniform sah. Zwar war der Führer nicht mehr, und die Briten waren da, aber, dachte Nanning, das hieß doch nicht zwangsläufig, dass es die Partei nicht mehr gab, dass so ein Parteivorstand wie Onkel Jessen keinen Einfluss mehr hatte. Wenn Nanning nur stramm vor ihm stand und mit soldatischer Miene die Schwertworte aufsagte, da würde der Onkel ihm doch bestimmt ein kleines Glas Honig besorgen.

Aber erst einmal musste Nanning Onkel Theo bei Tessa abliefern. Also griff er ins Futtertuch und hielt die Hand hinter seinen Rücken, Handfläche nach oben. Er musste einiges an Mut aufbieten, um dem Bullen den Rücken zuzuwenden. Schwer atmend drehte er sich um und setzte sich langsam, ganz langsam in Bewegung. Bevor der Strick in seiner Rechten zu spannen begann, hörte er die schweren Schritte hinter sich. Der Bulle folgte ihm, er folgte ihm tatsächlich! Nanning versuchte, sich ganz auf die Freude darüber zu konzentrieren, damit sie das Bild von Hornspitzen, die sich in seinen Rücken bohrten, verdrängte. Und trotz dieses ersten kleinen Erfolgs wünschte sich Nanning, Hermann wäre jetzt bei ihm. Aber Hermann war nicht da.

Kurz bevor sie den Platz vor der Landungsbrücke verlassen hatten, stieß der Bulle seine Schnauze in einem verhältnismäßig sachten Knuff gegen Nannings schon wieder leer geleckte Hand. Und trotzdem reichte die Berührung aus, um Nanning ins Stolpern zu bringen. Der Junge klammerte sich an dem Seil fest, um nicht hinzufallen, und zerrte damit unabsichtlich am Nasenring von Onkel Theo.

Der Bulle blieb stehen. Nanning wandte langsam den Kopf. Er traute sich kaum, Onkel Theo anzusehen, befürchtete, der Bulle könne auf ihn losstürmen. Onkel Theo aber stand nur da, leckte sich über die glänzende Schnauze und warf den Kopf, wie in einer Aufforderung, hoch.

Nanning trat auf ihn zu, hielt ihm zur Wiedergutmachung nacheinander gleich zwei Hände voll Körner hin. Während vorn die Schnauze mampfte, schlug am anderen Ende des dunklen Tiers der Schwanz um die Hinterbacken.

»So kommen wir nie nach Norddorf, Onkel Theo.«

Auf diese Weise würde Nanning das Futter ausgehen, noch bevor sie Wittdün verlassen hatten. Er biss die Zähne zusammen und ließ den Blick umherwandern, so als läge die Lösung des Problems irgendwo in der Gegend herum.

Am Ende landete Nannings Blick wieder auf dem Kopf des Bullen. Er schnalzte mit der Zunge, schätzte seine Chancen ab, und bevor er es sich anders überlegen konnte, nahm er das Seil kurz, sodass kein halber Meter zwischen seiner Hand und der Schnauze des Bullen blieb. Dann stellte er sich neben Onkel Theos wuchtigen Schädel, die Hörner stets im Blick, nahm Futter aus dem Tuch und hielt es dem Bullen hin, während er vorwärtsging. Der Bulle fraß. Gleichzeitig passte er sich Nannings Bewegung an. Nanning blieb stehen, Onkel Theo blieb stehen. Und noch einmal das Ganze. Anfüttern, losgehen, stehen bleiben. Beim nächsten Mal ließ Nanning das Futter weg, ging einfach los. Und Onkel Theo mit ihm.

Als sie die Hauptstraße Wittdüns betraten, versuchte Nanning, ganz ruhig dreinzublicken, aber innerlich war er auf der Hut und wappnete sich, falls irgendetwas passierte. Etwa, dass irgendwo ein Soldat ein Gewehr abfeuerte und Onkel Theo damit so erschreckte, dass er Nanning weglief und durch das Dorf rannte. Er war angespannt bis ins letzte Härchen. Es dauerte allerdings länger, als er befürchtet hatte, dass ihn die Leute bemerkten. Bis sie begriffen, dass der Junge, der da die Straße entlangging, keine harmlose Milchkuh mit sich führte, sondern einen ausgewachsenen, vor Kraft strotzenden Bullen. Einen Stier, wie die Leute ihn etwa auf Bildern aus andalusischen Stierkampfarenen erwartet hätten. Von dem Moment an, in dem die Wittdüner, die Soldaten und die Flüchtlinge Nanning und Onkel Theo sahen, bis zu jenem, an dem die beiden wieder von der Straße abbogen, schien eine Welle ehrfürchtiger Sprachlosigkeit vor ihnen herzurollen. Alle Gespräche, alles Gelächter verstummte, während der Junge und der Stier vorüberschritten. Nanning und Onkel Theo gingen durch das Schweigen wie durch einen Tunnel.

Als sie am Kniepsand ankamen, der auf der Seeseite Wittdüns einen kilometerbreiten Haken beschrieb, um sich in Richtung Norden der Länge nach an die gesamte Insel zu legen, zögerte Onkel Theo kurz. Mit einer Extrahand Futter und gutem Zureden gelang es Nanning aber, ihn davon zu überzeugen, dass der neue Untergrund nichts Schlechtes bedeutete. Das Risiko, dass ein Tuch voll Hühnerfutter und Gras nicht mit den Kühen auf den Weiden entlang des Wegs über den Inselrücken mithalten konnte, wollte Nanning nicht auf sich nehmen. Seine stolzgeschwellte Brust würde ganz schnell wieder in sich zusammenfallen, sollte Nanning vom lüsternen Onkel Theo quer über das Weideland geschleift werden. Somit blieb nur der Weg über den Kniepsand.

Schon nach kurzer Zeit, Onkel Theo hatte sich an den sandigen Untergrund gewöhnt, kamen sie an mehreren Grüppchen von Leuten vorbei, die sich auf Handtüchern liegend sonnten oder Ball spielten. Irgendjemand rief etwas, und alle blieben stehen und sahen zu Nanning und dem Bullen herüber.

Eine Frau in einem rot-weiß gestreiften Badeanzug, zwei Männer in Badehosen und einer in Uniformhose, der auf seiner Jacke gelegen und aufgesehen hatte, näherten sich vorsichtig.

»I must be dreaming! Is this Texas? Are you a junior bull-

fighter?«, sagte einer der beiden Männer, die sich vorher einen Ball zugeköpft hatten.

Nanning verstand rein gar nichts, war sich nicht einmal sicher, ob er in all den fremden englischen Wörtern das Wort *Bull* richtig gehört hatte.

Die Frau fragte Nanning: »Wo wollt ihr denn hin?«

»Norddorf.«

»Und wie heißt du?«, wollte der andere Mann in Badehose wissen.

»Nanning Hagener.«

»Kennt ihr ein'n Hagener?«

Sie sahen sich fragend an.

»Nee, gibt's nicht auf Amrum«, sagte der Mann in Uniformhose und machte ein Gesicht, als schätze er etwas ab. »Und deine Mutter?«

»Hille Jessen.«

Der Soldat lächelte Nanning jetzt an und sagte: »Hille Jessen ihrer, ja, dann kennst du Antonius Paulsen.«

»Ja, mein Großonkel Antonius.«

Woher kannte der Mann seinen Großonkel, und, was Nanning jetzt auffiel, woher wollte der Mann, der offenbar auch Soldat der Feindmächte war, wissen, wen es auf Amrum gab und nicht gab?

Nun kam auch die Gruppe, die zuvor Abstand gehalten hatte, näher. Als wäre Onkel Theo, dem Bullen, nicht völlig egal, wer wen kenne. Er schnaubte und schüttelte den Kopf. Nanning hob die Hand.

»Keep off«, sagte der Mann, der Englisch gesprochen hatte, und sie blieben wieder stehen, beobachteten nervös Onkel Theo.

»Ja, Vorsicht«, sagte der in der Uniformhose und grinste,

»sieht aus, als ob du mit deinem Hund spazieren gehst.« Er drückte sich den Daumen gegen die Brust. »Ja, dann bin ich dein Onkel Martin.«

Jetzt wurde Nanning mit einem Mal hellhörig.

»Seid ihr von New York?«

»Ja, US Navy.«

»Von Klein-Amrum, so nennen wir Flushing. Musst mal rüberkommen. Nur Amrumer.«

Die Idee eines anderen Orts, der voller Amrumer war, irgendwo hinter der Nordsee, ja, hinter dem Ozean sogar, kam Nanning eigenartig vor. Auch, weil er sich keinerlei Vorstellung zu machen vermochte, was Flushing war.

»Und wo seid ihr in Deutschland?«

»Wir liegen in Bremerhaven«, sagte jetzt wieder der Mann, der Nannings Onkel Martin sein sollte, und lachte. »Sind hier auf Heimaturlaub.«

Nanning bekam einen Schubs mit der Schnauze in die Seite, der die Erwachsenen die Luft anhalten ließ. Onkel Theo hatte recht: Sie mussten weiter. Nanning hatte noch viel vor. Er hielt dem Bullen Futter hin. Auf dem weiteren Weg würde er neues Gras rupfen müssen, und er hoffte, dass Onkel Theo auch Strandhafer oder Sand-Segge mochte.

»Denn ma los, Onkel Theo.«

Die Gruppe lachte, und die Soldaten riefen: »*Good bye*, Onkel Theo.«

»Tschüss«, sagte Nanning und hob flüchtig die Hand.

Nach wenigen Schritten rief Onkel Martin ihnen hinterher: »Wart mal, Nanning!«

Nanning drehte sich um.

»Wenn du Hille Jessen ihrer bist, dann hast du auch ’n echten Onkel Theo, nicht?«

»Ja, kennst du ihn?«

»Klar, das's mein Vetter zweiten Grades – Theo Stettiner.«

Nanning wiederholte den Nachnamen mehrere Male im Kopf, um ihn nicht zu vergessen.

»Weißt du, wo er ist?«

»Auch irgendwo in Bremerhaven. Aber nicht auf unserm Schiff.«

»Wenn du ihn siehst, denn sag ihm mal, dass Sitting Bull immer an ihn denken muss«, rief Nanning.

Es sah so aus, als müsse Onkel Martin darüber erst einmal kurz nachdenken.

»Wenn ich ihn mal seh, ja. Aber erst mal bin ich auf der Insel. *See you later, Alligator.*«

Er formte die Hand zu einer Pistole und drückte ab, doch anstatt das Geräusch des Schusses nachzuahmen, zwinkerte er Nanning zu. Der drehte sich um, und Onkel Theo und er setzten ihren Weg fort.

Der Weg den Strand entlang war weit, aber Nanning genoss das sanfte Rauschen der Brandung, das an den breitesten Stellen des Knieps kaum mehr als eine schwache Erinnerung war. Bei ruhigem Wellengang sah man die See nicht mehr wirklich, und so konnte man das Gefühl bekommen, man stapfe durch eine Welt aus Sand. Auch Onkel Theo, dem Nanning auf ihrem Weg alles erzählte, was er von dessen Namensgeber erinnerte, schien damit zufrieden, Nanning zuzuhören und neben ihm herzutrotten und immer mal wieder ein wenig Futter zu bekommen. Nanning atmete tief ein, der Geruch von nassem Sand und Salzwasser fühlte sich beruhigend an. Er wünschte fast, er könne für immer mit Onkel Theo über einen nie endenden Kniep laufen.

Als sie weit genug nach Norden gegangen waren, durchquerten sie die Dünentäler. Dort begegneten sie ausgerechnet Richard Peters. Der bekam den Mund gar nicht mehr zu, als Nanning und der Bulle an ihm vorbeigingen. Er war so erstaunt, dass er nicht darauf achtete, den kleinen Korb in seiner Hand gerade zu halten. Ein paar eingesammelter Möweneier rutschten ihm raus und zerditschten auf dem Boden. Schade um die Eier, dachte Nanning, lachte aber gleich darauf in sich hinein und war in diesem Augenblick ganz allgemein recht zufrieden mit sich selbst. Dankbar kraulte er Onkel Theo zwischen den Ohren und blickte sich nicht noch einmal nach Richard Peters um.

Bei Bendixens war niemand zu sehen, außer den Hühnern, die sich über den Hof verteilt hatten und im Boden herumscharrten. Nanning band Onkel Theo an einem Pfosten des Schweinegatters fest und flüsterte ihm zu, er sei gleich wieder da, gehe nur kurz Tessa, seine neue Besitzerin, holen.

Aber als Nanning sich umdrehte, stand Tessa in der Haustür und sah ihn auf ihre typische skeptische Weise an, bei der er immer sofort nervös wurde und befürchtete, etwas falsch gemacht zu haben.

»Mann, Nanning Hagener. Weißt, warum du –, warum ich gesagt hab, bring mir den Bullen her? Weil ich gedacht hab, das wagt er nie, und dann bin ich ihn für immer los.« Sie war näher gekommen und beugte sich vor, die Handrücken in die Hüfte gestellt. »Wie hast du den hergekriegt?« Sie deutete auf Onkel Theo.

»Ich hab gesagt, du heißt Onkel Theo, und dann ist er mitgegangen. Ich hab immer mit ihm geredet.« Nanning drehte den Oberkörper halb, sodass er den Bullen sehen konnte, der Nanning nicht aus den Augen zu lassen schien. »Nich', Onkel Theo?«

Onkel Theos Antwort bestand darin, dass er zu Nanning hinwollte. Das ganze Gestell des Gatters begann bei dem Zug des Bullen gefährlich zu klappern und sich zu neigen. Schnell ging Nanning hin und gab Onkel Theo den letzten Rest des Tuchinhalts zu fressen. Dabei kraulte er Onkel Theos breite Stirn.

»Was's das denn?«

»Hühnerfutter und Gras.«

Tessa sah Nanning einen Moment lang ungläubig an und sagte dann: »Hast du etwa alle paar Schritte …?« Tessa hielt die Hand so, wie Nanning sie dem Bullen hingehalten hatte.

Nanning nickte.

»Da steh'n ja hundert Kühe zwischen Wittdün und Norddorf. Wie hast du 'n Bullen durch die ganzen Kühe gekriegt?«

»Über'n Kniep.«

Es dauerte ein, zwei Sekunden, und dann brach Tessa auf einmal in lautes Gelächter aus. Die Belustigung hielt sie so lange gefangen, dass sie schon ihren Bauch hielt, und Nanning begann, sich veräppelt zu fühlen.

Dann konnte sie endlich, von vereinzelten nachbebenden Lachern unterbrochen, wieder sprechen: »Über'n Kniep. Mit'm Bullen über'n Strand. Nee!« Sie winkte ab und ging rüber zur Scheune. »Denn sollst du ma 'n Sack Hühnerfutter kriegen.«

Nanning lief zu ihr hin.

»Soll ich bitte 'n Stück Butter haben?«

Jetzt blieb sie stehen, sah auf ihn herunter. Jedwedes Anzeichen von Heiterkeit war verschwunden. Der skeptische Tessa-Blick war zurückgekehrt. Doch da, im letzten Bruchteil einer Sekunde, meinte Nanning, etwas Sanftes in ihren Augen gesehen zu haben. Nur eine Idee. Und dann war es schon wieder fort.

»Nu komm mal mit.«

In der kühlen Melkkammer öffnete Tessa den Eisschrank. Ihr Kopf verschwand hinter der Tür. Da fiel Nanning ein, dass er ja noch etwas vorhatte.

»Kann das noch was hierbleiben?«

Tessas Kopf tauchte auf. Sie verzog den Mundwinkel und sagte in gereiztem Ton: »Was nu?«

»Dass es nich' ranzig wird.«

Das in Wachspapier gehüllte Stück Butter, das sie schon in der Hand hielt, landete wieder im Eisschrank. Sie schloss den Schrank und sah Nanning an. Wie so oft reagierte er auf ihren Blick mit einem verlegenen Grinsen.

»Und Hühnerfutter kriegst du extra.«

12

Auf seinem Weg hoch zur Amrumer Nordspitze, zur Odde, wurde Nanning von einer Gruppe Sanderlinge begleitet. Wie er hielten sie sich an den Flutsaum, tippelten in einigem Abstand vor, hinter und neben ihm her und pickten im Sand und im liegen gebliebenen Seegras nach Nahrung. Die stärksten Böen, die auf der anderen Seite des abflachenden Dünengürtels zu seiner Linken von der offenen See heranwehten, ließen hin und wieder einen glitzernden Sandregen über Nanning niederrieseln. Aus den Dünen kam das wie ein Miauen klingende Geschrei einer Heringsmöwenkolonie. Er wusste, dass es sich um Heringsmöwen handelte, weil deren Stimme tiefer war als die ihr ähnelnde Stimme der Silbermöwe.

Sobald Nanning am Hang der letzten Düne vorbei war, musste er sich gegen den Wind stemmen, der ungehindert über den nördlichsten Zipfel der Odde sauste und Sandwehen mit sich brachte. Vom nahebei wachsenden Strauch einer Strandquecke zwackte Nanning sich einen Halm ab, schob sich ein Ende in den Mundwinkel, kaute darauf herum und ließ ihn im Mund umherwandern. Vor ihm, auf der Kiesspitze, hinter der das Watt begann, hatte sich ein größerer Trupp Zwergseeschwalben niedergelassen. Die brütenden, kleinen Vögel gaben kirrende Alarmrufe von sich und bewegten nervös die Flügel. Nanning rief ihnen über den Wind zu, dass sie keinen Bammel zu haben brauchten, er sei nicht hier, um ihre Eier zu klauen. Er wolle nur da rüber, sagte er und zeigte auf den dünnen Landstrich, der jenseits des grauen Watts und der in der Sonne schimmernden Adern der Priele lag: die Insel Föhr.

Direkt hinter der Odde durchschritt Nanning den ersten, flacheren Priel. Das Wasser reichte ihm gerade bis zu den Knien. In der Mitte des breiten Priels blieb er stehen. Am Grund des Wassers prickte eine kleine Strandkrabbe an seiner nackten Ferse. Er schüttelte sie weg. Dann beschirmte er die Augen, eines zugekniffen, und sah voraus. Der schmalere, jedoch bedeutend tiefere Priel machte ihm wegen des auflandigen Winds ein wenig Sorgen. Aber er entschied sich dafür, es drauf ankommen zu lassen. Er blickte sich um. In weiter Entfernung, auf Höhe der Salzwiesen vor Norddorf, sah er ganz klein ein paar Gestalten. Wahrscheinlich sammelten sie im Watt Muscheln, und was sich sonst noch an Nützlichem finden ließ.

Am zweiten Priel angekommen, zog er die Hose aus. Niemand weit und breit, er war der einzige Wattwanderer hier oben. So war es meistens, und genau deshalb ging Nanning normalerweise gern ins Watt raus – um allein zu sein. Allein mit der Welt, wie es ihm schien. Denn der Untergrund unter den Füßen lebte, flirrte regelrecht vor Leben. Kleine Schlickkrebse, die aus ihren Röhren heraus mit ihren langen Fühlern nach Nahrung suchten, Heerscharen winziger Wattschnecken, die praktisch überall waren, vereinzelt in Klumpen herumliegende oder entlang der Priele in ganzen Bänken wachsende Miesmuscheln. Und natürlich die Wattwürmer, die aus dem Boden heraus ihre Sandhäufchen ausschieden. Gleichzeitig über ihm Schwärme von Vögeln,

Tausende, die im Watt ihr Schlaraffenland fanden. Heringsmöwen, Seeschwalben, Austernfischer, Silbermöwen, Alpenstrandläufer, Brachvögel und, und, und. Nanning liebte es hier draußen. Natürlich wusste er auch um die Gefahren der Tide. Die hatten ihm Tante Ena, Mutter und Opa Arjan zur Genüge eingetrichtert.

Er hielt seine Hose in die Höhe und stieg langsam in den Priel. Die kalte Strömung, die an seinen Beinen ruckte, und der glitschige Untergrund machten das Durchwaten schwierig. Man durfte nicht übermütig oder ungeduldig werden. Jeder Schritt musste mit Bedacht gesetzt sein. Am tiefsten Punkt des Priels stieg ihm das Wasser bis über den Bauchnabel. Im ersten Moment blieb Nanning die Luft weg, aber dann hatte sein Körper sich auch daran gewöhnt, für den Augenblick. Er meinte zu spüren, wie ein neugieriger Aal seine Beine umspielte, riskierte allerdings nicht, genau nachzusehen. Die Tide wartete auf niemanden, und Nanning wollte wieder auf Amrum sein, bevor das Wasser zurückkam.

Nachdem er den Priel durchquert hatte, ließ er sich noch eine Zeit lang bibbernd die Beine vom Wind trocknen, bevor er sich die Hose wieder anzog. Bald änderte sich die Oberfläche des Watts vor ihm. Die wie sanft dahingetuscht aussehenden wellenförmigen Sandanhäufungen flachten in eine wasserglänzende Ebene aus Schlick ab. Nanning bog im rechten Winkel ab, um etwas weiter nördlich die Insel Föhr erreichen zu können. Das trügerische Schlickwatt vor ihm saugte sich gierig an den Fußknöcheln fest und zog daran, sodass man im Nu bis zu den Knien oder noch tiefer einsank. Ohne Hilfe in Sicht gab es dann nichts mehr zu tun, als im Anblick der heranrückenden Flut ein letztes Gebet zu sprechen.

Nachdem er das Schlickfeld umgangen war, hatte er nur noch ein paar Kilometer geradewegs zum Strand zu laufen.

Es war wohltuend, wieder Sand unter den Füßen zu spüren. Von dort war es praktisch nur noch ein Katzensprung ins Inselinnere, nach Oldsum. Aber jetzt, wo Nanning die Küste erreicht hatte, spürte er die Kilometer, die er an diesem Tag schon in den Beinen hatte, und erlaubte sich, für fünf Minuten im saftigen Föhrer Gras zu liegen.

Mit seiner Windmühle und einigen Kapitänshäusern, die die Straße säumten, erinnerte Oldsum Nanning immer an Nebel. Es war nur deutlich kleiner. Während die Straßen von Nebel nie gänzlich verwaist waren, wirkte Oldsum an diesem Tag wie ein Geisterdorf. Dass die Sonne vor einem strahlend blauen Himmel stand, machte das Ganze nur umso befremdlicher. Nanning war froh, als er zum Haus von Onkel Jessen kam, dessen Gartenzaun stets so schneeweiß war, dass man hätte meinen können, der Onkel frische ihn jeden Morgen nach dem Aufstehen mit neuer Farbe auf.

Onkel Jessens rotbraunes Auto stand auf dem Hof. Er war also wahrscheinlich zu Hause. Nanning schloss das Gartentor hinter sich. Dann stutzte er. Auch hier, bei Onkel Jessen, war etwas anders. Er hörte es, ehe er es sah. Der Fahnenmast ragte nackt und weiß in die Höhe. Normalerweise war dort die mit Abstand größte Hakenkreuzflagge gehisst, die Nanning je gesehen hatte. Selbst im Haus hörte man ihr Flappen im Wind noch – wie der Flügelschlag eines riesigen Urzeitvogels. Jetzt aber war da nur der nackte Mast, an den die Leinen schlugen.

An der Haustür rief Nanning, anstatt zu klopfen, erst einmal: »Onkel Jessen?«

Keine Antwort. Er wartete, aber es schien sich nichts zu regen. Also klopfte er an die Tür unter dem Rundbogen. Noch immer keine Antwort. Nanning ging an der Hausfront entlang. Hinter den Fenstern war alles still. Aber die Fensterläden waren unverschlossen. Und als er um die Hausecke blickte, sah er, dass Onkel Jessens Fahrrad an der Wand lehnte.

Zurück an der Haustür, drückte er nun doch den Knauf. Weil er instinktiv mit einem Widerstand gerechnet hatte, stieß er sich an der unteren Hälfte der Klöntür, als er nach vorn kippte. Nanning schob den Riegel auf und betrat das Haus.

»Onkel Jessen?! Ich bin's! Nanning!«

Eigentlich wirkte alles wie immer, aber irgendwie beschlich Nanning, während er durch den Flur ging und in die offen stehenden Zimmer guckte, trotzdem das unbestimmte Gefühl, als wäre etwas anders, nicht wie üblich.

»Onkel Jessen?«

Er drückte die Küchentür auf. Sein Onkel hing an einem Deckenbalken. Küchentisch und -stühle waren ordentlich beiseitegeschoben. Einer der Stühle lag umgekippt unter Onkel Jessen, dessen Zunge aus dem Mund hing, wie bei einem Hund. Mit dem Unterschied, dass Onkel Jessens Zunge blau angelaufen war. Als Nanning bemerkte, dass eins von Onkel Jessens Augen geöffnet war und starr ins Nichts blickte, machte er auf dem Absatz kehrt und stürmte aus dem Haus, sodass die Klöntür hinter ihm nachschwang. Er rannte geradeaus über den Weg auf ein Feld. Erst in dessen Mitte kam er zum Halten. Heftig atmend, beugte er sich vor und stützte sich auf seine durchgedrückten Knie. Spuckefäden flossen zu Boden.

»Die, die noch übrig sind.« Der beiläufige Satz, den Onkel Jessen in dem kleinen Waldstück fallen gelassen hatte, kam Nanning jetzt wieder in den Sinn. Danach hatte der Onkel ihn heimgeschickt.

Wie festgewurzelt stand Nanning da. Er erlaubte sich nicht weiterzudenken. Nicht einmal, sich ins Gras zu setzen, erlaubte er sich.

Irgendwann – seine Atmung hatte sich wieder normalisiert – blickte er auf, um zu sehen, wie viel weiter die Sonne schon gewandert war. Dann richtete er sich auf, atmete einmal tief ein und pustete die Luft mit aufgeblähten Wangen wieder aus.

Er spürte die Küchentür an den Fingerspitzen, drückte sie auf und schob sich mit fest verschlossenen Augen in die Küche. Seine Fußsohlen verließen dabei nicht den Boden. Das gesamte Haus war stumm. Alles, was er hörte, war das Schlurfen seiner Füße. Er war ab und an mit der Mutter bei Onkel Jessen zu Besuch gewesen und wusste, wo sich die Speisekammer befand. Er musste sich einfach an die Wand halten. Nach ein paar Metern würde er auf die Tür zur Speisekammer stoßen, ohne mit dem von der Decke baumelnden Onkel Jessen ins Gehege zu kommen. Schon bei dem Gedanken daran wurden seine Knie weich.

Auf halbem Weg machte er kurz ein Auge auf, um sich zu orientieren. Onkel Jessen trug seine Uniform. Nanning sah die braune Hose und schwarzen Stiefel keine zwei Meter von sich entfernt. Er hielt den Atem an, drückte sich an die Wand und schob sich weiter zur Speisekammer.

Mit durchdringendem Quietschen schwang die Holztür nach innen. Nanning schreckte zusammen. Dann wagte er, die Augen zu öffnen. Die Kammer war mehr als nur ordentlich gefüllt. Da gab es unbeschriftete Dosen, Kartoffeln und Rüben, Kaffee, etwas Schwarzbrot, zwei Gläser eingelegten Sauerkrauts, Pökelfleisch war da, selbstgemachte Zwetschgenmarmelade – und dann sah Nanning, worauf er sehnlichst gehofft hatte: ein wenn auch kleines Glas Honig! Eine Sekunde überlegte er, noch mehr einzupacken. Onkel Jessen würde die Sachen ganz sicher nicht mehr brauchen, und besser wurden sie auch nicht. Aber Nanning brachte es nicht über sich, mehr als den Honig zu nehmen.

Rückwärts schob er sich aus der kühlen, kleinen Speisekammer, das Glas Honig in der Hand. Er suchte nach Worten, konnte doch nicht einfach so wie ein Dieb abziehen.

»Du, Onkel Jessen«, begann er, ohne sich umzudrehen. Als jedoch die nächsten Worte seinen Mund verlassen sollten, knallte ein Windstoß Ober- und Unterteil der Haustür auf. Auf der Rückseite der Küche klapperten die Fensterflügel, und der plötzliche Windzug brachte Onkel Jessen am Deckenbalken ein wenig zum Schaukeln, sodass das Seil am Balken knirschte. Es klang, als rede jemand mit tiefer, heiserer Stimme in einer unbekannten Sprache mit ihm. Der Sprache der Toten, schoss es Nanning durch den Kopf. Noch bevor der Gedanke ganz da war, preschte er los. Das Herz schlug ihm bis unters Kinn. Trotz Seitenstechen rannte er den ganzen Weg bis zum Strand, ohne sich auch nur einmal umzublicken.

Weder die einsetzende Flut noch ein brusttiefer Priel konnten Nanning jetzt noch Angst einjagen. Zumindest hatte er das gedacht. Bis er das Wasser kommen sah. Da hatte er gerade die Hälfte des Wegs hinter sich gebracht. Im Nu waren seine Zehen, seine Fußknöchel und dann seine Waden von Wasser umspült. Er wusste es eigentlich besser, schoss es ihm durch den Kopf. Aber er wollte die Insel unbedingt hinter sich lassen und mit ihr das Bild des in seiner eigenen Küche am Deckenbalken hängenden Onkel Jessen. Nanning rannte. Er rannte gegen den glitschigen Untergrund, gegen das Stechen in seinen Lungen und den eigenen ausgedörrten Hals und gegen die Nordsee an.

Als er den tieferen der beiden Priele vor Amrum erreichte, war es fast schon zu spät. Die Strömung war bereits so stark, dass er ein gutes Stück mitgerissen wurde. Das Honigglas hielt er fest umklammert. Nichts würde es ihm entreißen, nahm er sich vor, nicht einmal die Nordsee. Schwimmend erreichte er die andere Seite.

Wahnsinnig erschöpft und bis hinter die Ohren durchnässt, aber erleichtert, kam er schließlich an der Odde an. Dort ließ er sich erst einmal mit ausgebreiteten Armen in den Sand fallen, fern von Föhr und dem Toten am Seil. Für ein paar Minuten erlaubte er sich, die Augen zu schließen.

Butter und Honig hatte er schon mal, brauchte er also nur noch Weißbrot, und seine Mutter, dachte Nanning, würde sich ordentlich satt essen können und wieder normal werden, und das Baby würde überleben. Alles käme in Ordnung. Er stand auf und machte sich auf den Weg nach Norddorf.

Er war von der Odde noch nicht einmal herunter, als ihm vier Jungs den Weg abschnitten. Sie hatten ihn wahrscheinlich schon von Weitem kommen sehen und hatten ihm dann im Schutz der Dünen und des Dünengrases aufgelauert. Ein wenig ungeschickt kamen sie einen Hang herabgeschlittert.

»Stehen bleiben«, rief einer von ihnen.

Nanning hatte ihn wiedererkannt, noch bevor sie sich vor ihm aufgebaut hatten. Es war wieder dieser Junge! Dessen Blick sich vom Wagen herunter mit Nannings gekreuzt hatte. Der ganz vorn bei der Schulhofbalgerei mitgemischt hatte. Dieser Junge, der mit seinen Kumpels, die ihn auch jetzt flankierten, Hermann und ihm die Schollen abgeknöpft hatte. Den vierten, sehr viel kleineren Jungen kannte Nanning nicht.

»Was ist'n da in dem Glas?«

Nanning machte Anstalten, das Glas hochzuheben, damit die Jungen es sehen konnten. Kurz bevor es so weit war, drehte er sich allerdings schnell um und rannte los.

»Schnappt ihn euch!«

Es dauerte nicht lange, bis der Anführer Nanning so gut wie eingeholt hatte. Das Seitenstechen setzte schnell ein, und seine Beine waren von den Strapazen dieses Tages sowieso schon schwer. Aber er war so nah dran, der Mutter ihr Honigbrot mit Butter bringen zu können.

»Wenn ich dich erwische!«

Nanning meinte, den Atem des Jungen schon im Nacken spüren zu können. Dabei war er, Nanning sah es mit einem kurzen Schulterblick, noch ein paar Schritte hinter ihm.

Während sein Blick nach hinten gerichtet war, trat Nanning auf einen mit Sand-Thymian bewachsenen Vorsprung, der unter seinem Fuß nachgab und ihn ins Stolpern brachte. Mit rudernden Armen schaffte er es aber, sich gerade noch abzufangen und wieder ins Gleichgewicht zu kommen. Dann hörte er hinter sich das Geräusch von rutschenden Sandmassen.

»Hilfe, Hilfe, Hilfe!«, rief sein Verfolger.

Der Dünenhang aus feinem Sand stürzte so plötzlich auf den anderen herunter, dass er keine Chance hatte, noch auszuweichen. Nur um die Arme in die Luft zu reißen, reichte es noch.

Die anderen Jungen blieben abrupt stehen. Auch Nanning hielt an. Der Schock stand ihnen in den Gesichtern. Die zwei größeren nahmen die Beine in die Hand. Ohne ihn eines weiteren Blicks zu würdigen, rannten sie an Nanning vorbei und davon.

Nanning sah ihnen bestürzt nach. Die beiden Jungs liefen auf Norddorf zu. Er haderte mit sich. Jemand schrie um Hilfe. Aber seine Mutter brauchte ihn. Und er brauchte noch Weißbrot. Er machte einen Schritt.

»Mein Bruder! Das ist mein Bruder!«, rief der Kleinste der vier.

Er war so durcheinander, wirkte so hilflos, dass er nicht mal auf die Idee kam, damit anzufangen, seinen Bruder auszubuddeln.

Nanning kaute auf seiner Unterlippe herum. Sah nach Norddorf, sah zurück. Dann lief er hinüber.

Das werd' ich bestimmt noch bereuen, dachte er, legte sein Glas Honig beiseite und fing vorsichtig an zu graben. Der rutschende Sand war dem Jungen schon bis zur Brust emporgestiegen. Und solange Sand nachrutschte, war es schwer, ihn da rauszubekommen. Man konnte es sogar schlimmer machen, indem man rumstrampelte.

Sich hin und her renkend, versuchte der Junge, sich zu befreien, bewirkte damit aber nur, dass weiterer Sand von oben nachrutschte. Nanning fuhr ihn an, stillzuhalten, und jetzt gab sich auch sein kleiner Bruder einen Ruck und kam Nanning zu Hilfe. Mit vereinten Kräften gelang es ihnen, den Oberkörper des Jungen freizubekommen, sodass er selbst mehr Spielraum hatte, um ebenfalls zu buddeln.

Nanning warf einen Blick nach oben und fand, jetzt war der richtige Augenblick. Er trat hinter den Jungen und schob die Arme unter dessen Achseln hindurch. Vor der Brust des Jungen legte er die Hände zusammen. Mit aller Kraft zog er, biss die Zähne zusammen und stampfte rückwärts in den Sand. Erst schien sich rein gar nichts zu tun, aber dann, ganz allmählich löste sich der Widerstand. Der kleine Junge kam dazu und riss seinen Bruder unsanft am Arm. Sobald auch die Beine des Älteren frei waren, fielen sie zu dritt nach hinten. Nur sachte rieselte weiter Sand nach. Sie hatten es geschafft.

Eine ganze Weile war neben dem Rauschen der fernen Brandung und dem schrillen Rufen der Möwen nur das Keuchen der drei Jungen zu hören, die da nebeneinander im Sand lagen und in den grenzenlosen Himmel hinaufschauten.

Irgendwann standen die Brüder auf und gingen. Der jüngere nahm die Hand des älteren. Nanning lag auf die Ellbogen gestützt da. Bevor sie hinter einem Hügelkamm verschwanden, drehten sie sich noch einmal kurz zu ihm um.

Als sie außer Sicht waren, stand auch Nanning auf und klopfte sich den Sand von den Klamotten. Plötzlich fiel ihm das Glas Honig wieder ein. Es durchzuckte ihn wie ein Stromschlag. Die Stelle, an der er das Glas beiseitegelegt hatte, um den Flüchtlingsjungen freizubuddeln, war natürlich von dem herabgerutschten und beiseitegeschaufelten Sand bedeckt.

»Scheiße!«

Mit klopfendem Herzen sprang er hinüber und schaufelte wie wild geworden den Sand weg. Er war so nah dran gewesen, rasten seine Gedanken, so nah dran, seiner Mutter das verzweifelt ersehnte Weißbrot mit Honig und Butter servieren zu können. Er buddelte, als ginge es um sein Leben, buddelte, bis ihm die Fingerkuppen wehtaten. Aber das Glas Honig blieb verschollen. Vom Dünensand geschluckt, lag es jetzt, stellte er sich vor, auf ewig im Bauch der Insel. Nachdem Nanning an verschiedenen Stellen gegraben, den Sand irgendwann nur noch von einem zum anderen Ort geschaufelt hatte, gab er auf. Mit hängenden Schultern rappelte er sich hoch. Er sah sich um, fühlte sich ohnmächtig. Dann trottete er los.

Ein Großer Kohlweißling landete auf der dichten blassrosafarbenen Rispe eines Baldrians. Nanning ging in die Hocke und beobachtete den Schmetterling beim Trinken von Nektar. Eine Hummel trudelte brummend vorüber. Nanning lehnte sich zurück, stand wieder auf. Ganz in seiner Nähe tanzten zwei Zitronenfalter, schraubten sich umeinander in die Höhe. Und über den sattgrünen Pflanzungsreihen und Büscheln aus Blumen flog eine Vielzahl von Bienen zielbewusst und emsig hin und her.

»He, Jung!«

Er stellte sich auf die Zehenspitzen. Hinter den Beeten befanden sich die Bienenstöcke, und daneben stand, etwas untersetzt und mit lichtem weißen Haar, in dem die Reste eines ehemaligen Blondschopfs noch erkennbar waren, Hinne Storm.

Nanning ging hinüber.

»Heil Hitler.«

»Der Führer ist tot. Da is' nix mehr heil«, sagte Hinrich

Storm. Er nahm den Deckel von einem Stock und begutachtete das Innere eingehend.

Bienen liefen darauf herum.

»Um was kommst du zu mir?«

»Um 'n Glas Honig.«

»Und was krieg ich dafür?«

Er steckte die Wabe zurück in den Stock.

»Was kost' das denn?«

»Ein Dollar.«

»Aber hier gibt's doch nur Reichsmark.«

Hinne Storm atmete hörbar aus, als fände er etwas amüsant.

»Für Reichsmark kriegst nix mehr für.«

»Aber wir haben nix anderes«, sagte Nanning, ging einen Schritt auf Hinne zu und öffnete die Hände nach außen, wie um zu verdeutlichen, dass er auch wirklich nichts hatte.

»Denn müsst ihr mal eure Leute in Amerika Bescheid sagen.«

Bei Amerika musste Nanning daran denken, was Sam Gangsters ihm gesagt hatte.

»Nimmst auch Amrumgeld?«

Hinne Storm sah ihn verdutzt an.

»Schollen.«

Mit hochgezogenem Mundwinkel sah er Nanning an, als hätte dieser sie nicht mehr alle. Hinne schüttelte den Kopf und entnahm dem Stock eine Honigwabe. Er bürstete mit sanftem Schwung ein paar Bienen herunter. Die schienen ihm das nicht krummzunehmen und flogen einfach weg. Nanning sah ihnen nach, dann wandte er sich wieder Hinne zu.

»Meine Mutter hat gerad 'n Kind gekriegt.«

»Weiß ich, und nu is' sie verrückt nach Honig, dat gibt

dat«, nickte Hinne Storm, als handele es sich dabei um eine weithin bekannte Tatsache.

Er drehte Nanning den Rücken zu. Nanning ging um ihn herum, hielt etwas Abstand zum geöffneten Bienenstock.

»Du bist doch Parteigenosse.«

Bei diesem Satz meinte Nanning ein Aufflackern von Nervosität bei Hinne erkennen zu können. Aber so fix es kam, war es auch schon wieder weg.

»Nee, eigentlich nie. Außerdem hat das mit Honig nix zu tun.«

Nanning wusste nicht, was er noch sagen sollte. Was er tun konnte, damit Hinne ihm zumindest ein wenig Honig überließ. Er spürte, wie die Verzweiflung sich hinter seinen Augen ausbreitete, Tränen zu lösen versuchte, aber weinen – und das noch vor Hinrich Storm –, das wollte er nicht. Eher hätte er sich kopfüber in einen Bienenstock gestürzt.

»Aber wo krieg ich Honig her?«

»Muss' du inne Heide«, sagte Hinne, ohne von seinen Bienen aufzuschauen, »und gucken, ob du 'n Nest findest.«

Warum war er da nicht selbst draufgekommen, dachte Nanning.

Zu Hause lief er wortlos an Tante Ena vorbei, die im Garten die Wäsche aufhängte. Daneben stand Mechthild in ihrem Laufstall.

Im Kinderzimmer zog er sein Laken ab und rollte es sich um den Arm. Aus der Waschküche nahm er einen Besen und einen Eimer mit. Schon ging er wieder seiner Wege und war froh, dass Tante Ena ihn nicht aufhielt und mit Fragen löcherte. Auch wenn er sich seine Tante nicht als Kind vorstellen konnte, oft schien sie zu verstehen oder zumindest eine Vorstellung davon zu haben, was ihn umtrieb. Und ließ ihn machen. Nanning mochte das an seiner Tante.

Südlich von Norddorf durchwanderte er die noch vorwiegend braune Feldmark. Vereinzelte kleine Bäume, schon vom Westwind gebeugt, stachen aus der Landschaft heraus, die im Westen am Dünenrand endete und im Osten in den Salzwiesen, die schließlich ins Watt übergingen.

Ein Schoof Enten flog über Nanning hinweg. Er sah ihnen nach, die Augen leicht zugekniffen, für den Fall, eine der Enten käme auf die Idee, sich genau über ihm zu erleichtern. Er hatte mal gehört, jemand sei von einem Möwenschiss ins Auge erblindet. Nun war eine Ente zwar keine Möwe, aber die Gefahr wollte er trotzdem nicht eingehen.

Sobald die näselnden Rufe nicht mehr zu hören waren, hielt Nanning inne und lauschte. Kein Zweifel, von irgendwoher summte es verdächtig. Er verließ den Trampelpfad, den er entlanggegangen war, und folgte dem Geräusch querfeldein. Alle paar Schritte blieb er stehen und horchte.

Mitten in der Heide, der Untergrund wurde zusehends morastiger, hielt Nanning vor einem umgeknickten Baumstamm an, aus dem das Summen zu kommen schien. Ein Blitz hatte eine Wunde in die Erle gerissen, wodurch der rissige Stamm des Baums abgeknickt und umgestürzt war. Die harsche Inselwitterung hatte das entblößte Innere des Stamms abgetragen und so Platz geschaffen, damit sich ein Bienenvolk dort ansiedeln konnte.

Einen Moment lang stand Nanning still und beobachtete die Szene vor ihm. Am Totholz herrschte reger Flugverkehr, also näherte er sich behutsam, während er das Laken entrollte. Die Honigwaben mussten im Inneren des hohlen Stammes sein. Nun musste er sie nur an sich bringen, ohne den Zorn des gesamten Bienenvolks auf sich zu ziehen.

Er zog sich das Laken über den Kopf. Der Stoff war so dünn gewaschen, dass Nanning seine Umwelt weiterhin sehen konnte, wenn auch verschleiert. Mit dem Ende des Besenstiels versuchte er jetzt, die Honigwaben aus dem aufgebrochenen Baumstamm zu schieben, aber das ging nicht. Er hätte nicht gedacht, dass die Waben so fest im Baum verankert sein würden.

Je länger Nanning mit dem Besenstiel im Baum herumstocherte, umso wütender kam ihm das Summen vor. Immer mehr Bienen sammelten sich an der Öffnung, wie um den Besenstiel mit vereinten Kräften am Eindringen in den Stamm zu hindern.

Er erschrak, als eine Biene vor ihm auftauchte. Sie war auf seinem Kopf gelandet und vor seinem Gesicht über das Laken gekrabbelt. Er zog den Besenstiel zurück und stieß damit seitlich gegen den Baumstamm.

Wenn er eine andere Lösung gewusst hätte, an Honig zu kommen, wäre er nie auf den Gedanken gekommen, das Zuhause dieses Bienenvolks so anzugreifen. Aber was sollte er tun? Er brauchte den Honig.

Nanning schlug etwas härter zu. Ein großes Stück trockener Rinde fiel von dem ausgehöhlten Stamm ab. Als Antwort darauf brummte es erneut angsteinflößend. Wenn er nur einen Teil der Rinde abschlagen könnte, sodass er mit ein oder zwei Waben davonkam, Nanning wäre schon mehr als zufrieden gewesen. Also stieß er mit dem Besen in einer Aufwärtsbewegung zu. Wenn es ihm gelang, eine Lücke in die Rinde zu reißen, sodass die Waben oben keinen Halt mehr hatten, konnte er sie vielleicht herausziehen. Rindestückchen flogen davon. Nanning schloss einen Moment die Augen und holte noch einmal aus. Dabei rutschte das Laken von seinem Arm. Der erste Stich ließ nicht lange auf sich warten. Er schrie auf. Es folgte ein weiterer Stich, bevor er den Arm wieder unter das Laken bekam. Ein ganzes Geschwader Bienen war nun hinter ihm her, und Nanning stolperte rückwärts. Er spürte, wie die Bienen auf dem Laken landeten, sich daran festkrallten und darauf herumliefen. Panik stieg in ihm auf, und er fuchtelte mit dem Besen herum, um sie zu verjagen, doch vergebens. Die Stiche auf seinem Arm brannten. Von einer Wolke summender Bienen umgeben, stürzte er davon. Einige Meter stolperte er dahin, konnte sich mehrmals noch gerade so abfangen. Aber dann trat er auf das Laken und fiel vornüber. Die ersten Bienen schienen sich im Sturzflug auf ihn zu stürzen. Das Brennen der Stiche ließ ihn aufjaulen und trieb ihn wieder hoch und weiter. Immer schwerer fielen ihm die Schritte. Der Boden war tief und feucht, und der Bienenschwarm verfolgte ihn unerbittlich. Nanning fühlte sich vom Summen eingekesselt. Da fiel sein Blick auf den Moorteich, und er traf eine Entscheidung. Er schmiss Besen und Eimer von sich, schlug mit den Händen um sich und rannte mit zugepressten Augen auf den Teich zu. Kurz vorher öffnete er die Augen – Arme und Beine brannten fürchterlich – und sprang ab. Klatschend tauchte er in das Wasser des modrigen Teichs, dessen dickflüssige Dunkelheit ihn sofort umfing und ihm Schutz vor den Bienen bot.

»Mensch, Jung, wie siehst du denn aus?« Hinne Storm kam auf ihn zu, blieb dann aber abrupt stehen, verzog das Gesicht und wedelte mit der Hand vor seiner Nase. »Und wat du erst stinkst.«

»Ich wollte Honig holen …«

Hinne musterte Nanning einmal von oben bis unten. Nanning hoffte, dass er nur halb so schlimm aussah, wie er roch oder wie er sich fühlte. Vielleicht aber auch ganz genau so. Womöglich bekam Hinne Storm dann ja doch so etwas wie Mitleid mit ihm.

Und tatsächlich veränderte sich da etwas in Hinnes Gesicht. Nur war Nanning sich nicht sicher, ob der Ausdruck auf dem Gesicht des Alten eine Form des Mitgefühls war oder ob Hinne sich gerade überlegte, wie er den ungebetenen Gast am besten loswerden konnte.

Schließlich bedeutete Hinne ihm, zu folgen. Sie gingen rüber zu den Bienenstöcken. Nannings Schritte wurden zunehmend zaghafter, doch zu seiner Erleichterung blieb auch Hinne einige Meter vor den Kästen stehen. Er zeigte auf ein paar große Emailleschüsseln, die vor einer Hecke auf niedrigen Tischen standen. Einzelne Bienen fanden ihren Weg zu den Schüsseln, die mit Wasser gefüllt waren. Die Bienen landeten auf Holzstückchen und Korken, die in den Schüsseln schwammen. Nanning konnte sehen, wie die Bienen ihre Rüssel ins Wasser hielten. Hatten sie genug, flogen sie zurück zum Stock.

»Das ist Zuckerwasser. Bis die Heide blüht, brauch ich Zuckerwasser, und Zucker krieg ich nur für Dollar oder für Honig.«

Nanning starrte sekundenlang auf die Schüsseln, sah abwesend den Bienen zu, die wie schiffbrüchig auf den Zuckerwasserseen dümpelten.

»Tewe«, sagte er dann und sah auf zu Hinne, der mit den Schultern zuckte.

»Kannst den ja fragen, ob der dein Amrumgeld will.« Er

gluckste, schüttelte den Kopf und murmelte: »Schollenkuchen.«

Von dem Moment an, in dem Nanning die Bäckerei betrat und die Glocke über der Tür bimmelte, wanderte sein Blick immer wieder zu der rechteckigen, hellen Stelle an der Wand. Tewe, ein in Mehl gehüllter Hüne mit einem Kinn wie ein Brotlaib, stellte augenblicklich auf stur, sobald Nanning nach Weißbrot und Zucker fragte. Er erkundigte sich nicht einmal, ob Nanning vielleicht Dollars zum Bezahlen hatte. Ob Tewe eventuell gegen Schollen tauschen würde, traute Nanning sich nicht einmal zu fragen. Er stand nur da, sog den mild säuerlichen und würzigen Duft frisch gebackenen Brots ein und überlegte, was er sagen könne, was den Bäcker doch noch einlenken ließ.

Der zog seinen Brotschieber aus dem Ofen und sah sich flüchtig um.

»Stehst du noch immer da? Hast das nicht verstanden? Ich hab kein Weißbrot.«

Er prügelte auf einem Klumpen Teig herum.

»Aber meine Mutter wird verrückt, dann muss sie in die Idiotenanstalt in Leck.«

Tewe zuckte mit den Schultern und sagte nur: »Ja, Jung, da kannst nix machen.«

So als wäre das etwas ganz Alltägliches, das man eben in Kauf nehmen müsse.

Er sah wieder hinab auf seinen Teig, aber die Knetbewegungen seiner Arme wurden immer langsamer. Bis er innehielt und zu Nanning aufsah.

»Ihr habt doch Hühner?«

Ab Körpermitte aufwärts steckte Nanning im Hühnerstall. Zwei Eier hatte er bereits eingesammelt und hielt sie behutsam in der Hand. Die andere schob er unter eine gluckende Henne in einem weiteren Nest. Unter ihr war es tatsächlich angenehm warm. Er ertastete die ovale Form eines Eis.

»Was soll das denn werden?«, kam es plötzlich von draußen und direkt neben ihm.

Nanning erschrak so sehr, dass er sich den Kopf an der Sitzstange für die Hühner stieß.

»Was willst du mit den Eiern?«

Er legte die Eier zurück in die Nester, streckte die Arme, so gut es ging, aus und zwängte sich durch den Hühnereingang heraus.

Tante Ena strich ihm Stroh aus dem Haar.

»Die sind für Tewe. Braucht er für seine Kuchen. Dass er mir ein Weißbrot backt.«

»Was? Der will unsere Eier?«, sagte Ena und ballte die Faust. »Dem geh ich an seine! Dem zünd ich … Was sollen wir tauschen, wenn wir keine Eier haben?«

Nanning zuckte die Schultern. Er wollte schon »Schollen« sagen, ließ es aber bleiben und stieß nur ein wenig Luft aus. Ein Krächzen über ihnen ließ ihn aufschauen. Er traute seinen Augen kaum. Rosafarbene Beine. Der kräftige gelbe Schnabel. Und als die Möwe, die dort oben am Perlmutthimmel ihre Kreise zog, sich im Segelflug neigte, sah Nanning die unverkennbar dunklen, fast schwarzen Federn auf der Flügeloberseite. Eine Mantelmöwe, und ein besonders stolzes Exemplar noch dazu. Er fragte sich, was die jetzt schon auf Amrum tat. Aber Tante Ena unterbrach seinen Gedankengang, indem sie ihm auf die Schulter klopfte, sich, bei ihm aufgestützt, hochstemmte und die Hände aneinander abklopfte.

»Nu gibt's erst mal Suppe.«

Den ganzen Abend über bekam die Familie die Mutter nicht zu Gesicht. Tante Ena war bemüht, andere Gesprächsthemen zu finden, aber die Abwesenheit der Mutter vom gemeinsamen Abendessen war so erdrückend, dass sowohl Nanning als auch Macker einsilbig und niedergeschlagen ihre Suppe löffelten und sich gleich im Anschluss an das Essen bereitwillig bettfertig machten. Einzig der Silberstreif, dass er bald alle Zutaten für das ersehnte Mahl der Mutter beisammenhaben würde, ließ seine Sorge um sie für den Moment in den Hintergrund treten, sodass er bald einschlief.

13

Bevor Nanning sich früh am nächsten Morgen aufmachte, stand er lange vor dem Schlafzimmerfenster der Mutter und sah hinein. Dass man so was eigentlich nicht machte, war ihm egal. Er wollte nach ihr und dem Baby sehen. Und wenn es eben nur von draußen durch das Fenster war. Zumindest wissen wollte er, dass sie sich nicht inzwischen in Luft aufgelöst hatten.

Einmal stand seine Mutter auf. Sie war im Nachthemd. Sie ging zur Wiege, legte eine Hand an den Wiegenrand und sah hinein. Eine Minute, vielleicht zwei, dauerte es. Dann schlüpfte sie zurück ins Bett und zog die Decke übers Gesicht.

Als Nanning um die Ecke bog, sah er Hermann aus seinem Elternhaus kommen, Hermann bemerkte ihn aber nicht. Gerade wollte Nanning winken und rüberrufen, als die Tür hinter Hermann aufging und seine Mutter Anne herauskam. Nanning zog sich hinter die Hausecke zurück und behielt die Szene im Auge. Hermanns Mutter ging vor ihm in die Hocke, eine Hand lag auf seinem Schopf. Was Anne zu Hermann sagte, konnte Nanning nicht verstehen, sie sprach sehr leise. Aber beide lächelten sie. Dann streichelte Annes Hand von Hermanns Haaren über seine Wange bis zu seinem Oberarm hinunter. Sie hielt ihn fest, zog ihn an sich und gab ihm einen Schmatzer auf die Stirn. Hermann schloss dabei die Augen.

Nanning schämte sich, dass er sie so beobachtete. Warum er das tat, wusste er selber nicht mal. Mutter und Sohn umarmten sich für einen langen Augenblick. Dann ließ sie ihn gehen. Nanning sah seinem besten Freund hinterher. Ihm fiel die Sache mit Hamburg ein. Zwar wollte Nanning sowieso nicht nach Hamburg, um auf die Oberschule zu gehen, aber mit Hermann wäre es zumindest zu ertragen. Jetzt, in diesem Moment, wo er ihm nachsah, fragte sich Nanning aber, ob er Hermann überhaupt einmal gefragt – richtig gefragt – hatte, ob der das denn eigentlich wirklich wollte. Schließlich wollte Hermann, das wusste Nanning ja, am allerliebsten auf Amrum bleiben, so wie er selbst. Und Hermann wollte auf die Kapitänsschule nach Föhr. Auch das wusste Nanning. War er ganz ehrlich zu sich selbst, war es auch jetzt noch eine schreckliche Vorstellung, ohne den besten Freund nach Hamburg in die Fremde zu gehen. Ihn aber einfach mitzuschleifen … Das war auch keine gute Idee.

So gut es ging, versuchte er, die Frage abzuschütteln. Schließlich galt es, eine Mission zu erfüllen. Er ließ Hermann einen Vorsprung, dann ging auch er los.

Vom Übergang des Knieps in die Dünen hinein folgte Nanning den Eiderenten. In seiner Hand ein kleiner Korb. Der böige Wind trieb ihn zur Eile an, und er stemmte sich mit dem Rücken dagegen. Wenn er es jetzt überhastete und die Enten verjagte, bevor sie bei ihren Nistplätzen waren, würde es nur umso länger dauern, bis er sie fand. Er musste schlau vorgehen. Daher hielt er großen Abstand zu den über die Dünenhänge watschelnden Vögeln. Es überraschte ihn, wie tief die Eiderentenpaare sich zum Brüten in die Dünen zurückgezogen hatten. Er fand die Kolonie so weit vom Strand entfernt, dass der sandige Boden dort von Vegetation bedeckt war. Borstige Gräser, Kraut und Flechten, die unter den dahinrasenden Wolken wie versteinerte Schatten in ausgeblichenen Grün- und Brauntönen dalagen.

Nannings Erscheinen wurde von den nistenden Enten mit tuckernden Rufen kommentiert. Je näher er kam, desto nervöser wurde die Brutkolonie. Bis die Vögel es schließlich nicht mehr aushielten, sich schwerfällig in die Lüfte erhoben und das Weite suchten.

Nanning bahnte sich mit bedächtig gewählten Schritten seinen Weg zwischen die Gelege. Sie waren mit einem Teppich aus Halmen, Daunenfedern und Jauche bedeckt. Er hockte sich hin. Der saure Gestank stach so stark in der Nase, dass sie sogar zu jucken begann und Nanning sich wieder aufrichten musste. Er japste wie ein Fisch nach Luft und schüttelte den Kopf, als könnte er damit den stechenden Geruch loswerden. Er musste das jetzt aushalten, dachte er und zwang sich wieder in die Knie. Während er sich die Nase zuhielt, rupfte er mit der freien Hand großzügig Stängel und Halme. Mit diesem dürftigen Handschutz schob er die verklebten Daunen auseinander. Drei große Eier in blassem Grünbraun kamen zum Vorschein. Er legte sie in seinen Korb und suchte die Daunenschicht nach dem nächsten Nest ab.

Nanning kehrte mit vollem Korb nach Hause zurück. In der Küche füllte er einen Eimer mit Wasser. Dann machte er unter der Kolbenpumpe eines der Wischtücher nass und wrang es sacht aus, sodass es zumindest noch gut durchfeuchtet, aber nicht mehr triefend nass war.

Draußen auf dem Hof band er sich das Tuch um Mund

und Nase, nahm sich das erste Ei aus dem kleinen Korb und schrubbte die daran klebenden gräulichen Daunen mit einer Bürste ab, die er sich auf dem Weg nach draußen in der Waschküche geschnappt hatte.

Der Moment der Wahrheit: Nanning legte das Ei in den Wassereimer. Es blieb oben und schwamm. Er hatte damit gerechnet, dass es Ausschuss geben würde. An der Eimerkante schlug Nanning das Ei auf. Dann entfernte er ein wenig der zerbrochenen, nach innen gedrückten Schale und legte damit den Blick auf einen winzigen schwarzen Kopf mit unausgebildeten Glupschaugen und auf einen kleinen Schnabel frei. Das Ei kam an die Seite, ins Gras.

Das nächste Ei, das er prüfte, sank im Eimer hinab. Nanning legte es auf die andere Seite. So prüfte er sämtliche gesammelten Eiderenteneier durch, bis alle in zwei Grüppchen aufgeteilt waren.

Er schüttete dem Schwein die angebrüteten Eier hin. Begeistert stieß es die Schnauze in den Trog und verschlang die Eier. Nanning war sich natürlich bewusst, dass ein Schwein ein Schwein war und dass nichts etwas daran änderte, aber irgendwie ärgerte ihn diese Hemmungslosigkeit. Er wog das erste geprüfte Ei in seiner Hand und zögerte einen Moment. Der Schnabel des Entenkükens war gerade mal so groß wie der Fingernagel am kleinen Finger.

Mit dem Handspaten bewaffnet ging er in den Garten zurück, suchte sich ein nettes Plätzchen vor dem Rosenbusch seiner Mutter und beerdigte das Küken in seinem Eiersarg.

Nachdem er die Erde aufgeschüttet hatte, stellte sich Nanning vor das Grab, die Hände vor dem Schritt übereinandergelegt. Macker, der ihm von der anderen Hofseite zugesehen hatte, gesellte sich zu ihm. Mit ernsthaften Mienen standen sie da und gedachten wortlos des Kükens.

Dann nahm Nanning den Korb mit den Eiern, die im Wasser gesunken waren, und ging zu Tewe Bäcker. Der war ganz begeistert von dem Anblick der Eier, machte schnell Platz auf der Arbeitsfläche und füllte eine Schüssel mit Wasser. Die Eier bestanden auch den Test des Bäckers. Er lachte und steckte damit auch Nanning an.

»Nich' schlecht, mein Jung«, sagte Tewe und strubbelte Nanning grob durchs Haar. Nanning war so erleichtert, dass er nicht protestierte.

Ohne Umschweife gab Tewe ihm eine Tüte Zucker für Hinrich Storm mit und machte sich daran, Nannings Weißbrot zu backen.

Mit der Tüte lief Nanning zu Hinne Storm. Der wollte seinen Augen kaum trauen, dass Nanning es tatsächlich gelungen war, Tewe etwas abzuluchsen. Bevor er ihn annahm, sah er Nanning in die Augen und fragte ihn, ob er den Zucker auch wirklich rechtmäßig erworben hatte oder ob Tewe Bäcker in einer halben Stunde bei ihm auftauchen und ihm eins mit dem Brotschieber überziehen würde. Nanning schwor bei seiner Ehre, dass er den Zucker rechtmäßig erworben hatte.

Wieder zu Hause, stieg Nanning im Stall auf die Wand des Schweinekobens und stellte das Glas Honig, das er von Hinne bekommen hatte, vorsichtig in den Winkel des Kopfbands eines der Stützbalken, sodass man es – zumindest von Mackers Augenhöhe aus – nicht sehen konnte. Dann schnappte er sich eine Sichel und einen Sack und lief quer durch Norddorf und zum Bendixenhof.

Schon als er sich dem Weidezaun näherte, bebte die

Erde. Mit dumpfem Trommeln galoppierte Onkel Theo auf Nanning zu. Einen Moment lang hielt der Junge den Atem an. Doch das riesige Tier bremste rechtzeitig vor dem Zaun und trabte ein paarmal vor Nanning auf und ab.

Nanning begrüßte Onkel Theo und ging den Stacheldraht entlang zum hölzernen Gatter. Der Bulle folgte auf dem Fuße. Er legte seine Schnauze auf das oberste Brett des Gatters. Aus erwartungsvollen Augen sah er Nanning an. Der sichelte ein dickes Büschel Gras ab, das vor einem der Zaunpfähle aus der Erde sprießte, und hielt es Onkel Theo hin. Der Stier streckte seine muskulöse Zunge vor und schlang es herunter. Und wie Nanning den Bullen eine Zeit lang so fütterte und ihm dabei die Stirn kraulte, fing er, wie auf ihrem Weg über den Kniepsand, an, dem stummen Tier von seinen neuesten Erlebnissen zu erzählen. Und auch davon, dass er, Nanning, es nicht abwarten könne, bis Tewe das Weißbrot für seine Mutter fertig gebacken habe. Das Baby würde leben, und die Mutter müsse nun nicht nach Leck, in die Anstalt. Er war so froh, er hätte platzen können.

Nachdem er in Gesellschaft von Onkel Theo Gras für die Kaninchen daheim geschnitten hatte, holte Nanning bei Inge das Stück Butter ab, das Tessa, die gerade auf dem Feld war, für ihn zurückgelegt hatte.

Auf dem Nachhauseweg machte Nanning wieder bei Tewe Bäcker halt. Sein Weißbrot war fertig, Tewe war gerade dabei, es in Papier einzupacken, als Nanning die Backstube betrat. Es roch wunderbar, fand Nanning.

Zurück zu Hause, verfütterte Nanning das Gras an die Kaninchen, den Rest gab er dem Schwein zu fressen. Dann stieg er auf die Kobenwand und wollte sich den Honig herunternehmen. Als seine Fingerspitzen das Glas nicht sofort ertasteten, hielt er in plötzlicher Panik schon die Luft an. Dann aber spürte er den Deckel des Glases. Er ging auf die Zehenspitzen und streckte die Finger aus. Behutsam schob er das Glas auf den Rand des Kopfbandholzes zu, bis er es fassen konnte.

Mit Honig, Weißbrot und dem in Wachspapier gepackten Stück Butter im Arm betrat er die Küche. Tante Ena saß am Tisch, die Beine übergeschlagen, wippte mit dem Fuß und schälte summend Rüben. Nanning stellte die Sachen mittig auf den Tisch. Tante Ena sah auf, dann hielt sie inne, legte Messer und Rübe beiseite und lehnte sich vor.

Sie zeigte auf das Glas Honig und sagte: »Woher hast du denn Dollars? Der Hinrich verschenkt doch nichts.«

»Aber er braucht Zucker.«

»Zucker?«

»Ja, Zuckerwasser«, Nanning zog sich einen Stuhl ran und setzte sich, »weil die Heide noch nicht blüht. Und Tewe Bäcker gibt Zucker für Enteneier.«

»Mann!« Ena schlug sich auf den Oberschenkel. »Du bist ja ein Händler. Endlich was Vernünftiges in der Familie.«

Sie sprang auf, wusch sich die Hände und schob die Rüben beiseite. Dann half sie Nanning dabei, die Honigbutterbrote für die Mutter zu schmieren. Sie legten die fertigen Scheiben auf einem großen, fein verzierten Teller. Tante Ena zeigte Nanning, wie er ihn auf den Fingerspitzen einer Hand tragen konnte. So wie die Kellner in den feinen Restaurants der Großstadt. Er war unsicher, wollte nicht, dass jetzt, auf den letzten Metern, noch etwas schiefging. Zumal er beim Üben gegen ein Stuhlbein stieß und fast ins Stolpern kam, aber seine Tante ermutigte ihn, und Nanning trug den Teller ins Schlafzimmer der Mutter. Tante Ena öffnete ihm die Tür und kam dann hinter ihm her.

»Nein, so was«, sagte die Mutter, als Nanning den Teller senkte, sodass sie die Brote darauf sehen konnte, »mein Prinz.«

Ächzend rutschte sie Richtung Kopfteil des Betts und saß jetzt aufrecht. Ihre Wangen glänzten feucht, was Nanning an umspülte Steine im Watt erinnerte.

Er stellte den Teller auf das Tischchen neben dem Bett und zog es mit Tante Enas Hilfe näher zur Mutter.

»Nein, Händler«, sagte Ena, »unser Handelsmann.«

Seine Mutter bedeutete Nanning, er möge zu ihr kommen. Sie nahm seinen Kopf in die Hände, drückte ihn an sich, legte ihn sich auf die Brust und küsste seinen Hinterkopf. Nanning legte einen Arm über die Mutter. Für die Dauer der Umarmung schloss er die Augen. Dabei atmete er lang und erleichtert durch die Nase aus. Es war, als habe er über Tage die Luft anhalten müssen und könne nun endlich wieder atmen.

»Gibt es wieder was zu kaufen?«

»Tauschwirtschaft. Wie deine alten Germanen«, sagte Ena.

»Du lässt keine Gelegenheit aus«, sagte die Mutter und ließ Nanning los. Sie nahm nacheinander drei Scheiben Brot. Die erste gab sie Nanning, die zweite Ena, und die dritte behielt sie selbst. Genüsslich biss sie ab.

»Über so was hast du doch deine Doktorarbeit geschrieben.«

»Ach, Ena, irgendwann muss dir was Neues einfallen.«

Nannings Mutter schüttelte den Kopf und musterte ihre Schwester mit einem flüchtigen Ausdruck des Bedauerns.

Die winkte ab und biss in ihre Stulle. Jedes weitere Wort, das noch hätte folgen können, blieb im Honig kleben, den sich Mutter, Tante und Nanning in stiller Eintracht auf den Zungen zergehen ließen.

Dann verließen Ena und Nanning das Schlafzimmer, um der Mutter Ruhe zu gönnen. Sie trug den beiden auf, den Geschwistern jeweils ebenfalls ein Honigbrot mitzunehmen.

In der Küche räumte Nanning das benutzte Geschirr in den Abwaschkessel im Handstein und pumpte Wasser hinein. Zusammen mit Tante Ena stellte er es auf den Herd.

»Habt ihr auch schon gezankt, als ihr so alt wart wie ich?«

Tante Ena verzog einen Mundwinkel.

»Denk mal an Dankwart und dich.«

Nanning zögerte mit der Frage, aber er dachte sich, dass wohl nie ein besserer Zeitpunkt kommen würde, um sie zu stellen: »Und bist du darum für Amerika?«

»Ich hab in Amerika gearbeitet, als Mutter Nationalsozialistin wurde. Und nun frag mich bitte nicht, was das ist, Nationalsozialismus.«

Er war kurz davor, etwas zu sagen. Dass er selbstverständlich wusste, was Nationalsozialismus war. Obwohl, dachte er, so richtig stimmte das gar nicht. Aber er lebte darin. Es hatte auf jeden Fall etwas mit Politik zu tun, also mit Männern, die Sachen für andere entschieden, Männer im Alter von Opa Arjan und Sam Gangsters, aber eine ganz andere Art von Männern. Und außerdem ging es darum, wer man war, also, dachte Nanning, wo man herstammte. Dann fiel ihm plötzlich Onkel Martin ein, den er auf dem Kniep getroffen hatte.

»Weißt du, dass in der US Army mehr Amrumer gekämpft haben als in der Wehrmacht?«

»Ja.«

»Und weißt du, dass Onkel Theo ein amerikanischer Soldat in Bremerhaven ist?«

Tante Ena unterbrach ihr Abwaschen. Sie sah Nanning mit hochgezogener Braue an.

»Hatte mich schon gefragt, worauf du hinauswillst. Woher weißt du das?«

»Von Onkel Martin.«

»Onkel Martin aus Nebel?«

Nanning nickte, obwohl er sich nur halb sicher war, ob sie denselben Onkel Martin meinten. Aber wie viele Onkel Martins, die bei den amerikanischen Streitkräften kämpften und ursprünglich aus Nebel kamen, konnte es schon geben?

»Der ist auch in Bremerhaven. Ich hab ihm gesagt, er soll Onkel Theo von Sitting Bull grüßen.«

»Theo ist auch in Bremerhaven?!« Mit gerunzelter Stirn schaute sie zum Fenster raus. »Der nimmt mich in Sippenhaft.«

»Der nimmt mich in Sippenhaft«, wiederholte Nanning zu sich selbst flüsternd. »Warum ist Mutter so wütend auf Onkel Theo?«

»Das kann sie dir irgendwann mal selber erzählen.«

»Wird sie aber nicht.«

»Wenn ich's dir erzähle, wird sie böse auf mich.«

»Ich verrat es nicht.«

»Die Tessa hast du auch in Schwierigkeiten gebracht.«

»Großes Indianerehrenwort«, sagte Nanning, erhob die linke Hand und legte die Rechte auf die Brust.

Tante Ena sah ihn an, die Brauen zusammengezogen, mit sich ringend.

»Bitte.« Nanning zog das Ende des Wortes lang.

Ena schnaubte und sah erneut aus dem Fenster.

Leise sagte sie: »Dein Onkel war vor dem Krieg in Schwierigkeiten. Und deine Mutter, die, wie ich auch, die Cousine von Onkel Theo ist, hätte ihm helfen können, weil sie einflussreich in der Partei war. Hat sie aber nicht getan. Und von da an wollte Theo nie wieder was mit deiner Mutter zu tun haben.«

Es war, als wollten sämtliche Fragen, die da auf einmal auftauchten, zugleich durch eine zu schmale Tür.

Heraus kam nur eine: »Was hatte er für Schwierigkeiten?«

In diesem Moment schrie das Baby im Schlafzimmer. Tante Ena drehte sich um, als wüsste sie, was folgte. In das Schreien hinein rief Nannings Mutter nach ihr.

»Egal.« Sie trocknete sich schnell die Hände ab. »Aber der kriegt was zu hören, der Mistkerl.«

Nanning merkte, dass sie zwar in den Hausflur schaute, ihr Blick aber in eine Ferne wanderte, die weit jenseits des Schlafzimmers seiner Mutter lag.

»Was willst du ihm denn sagen?«

»Ena!«

Das Baby schrie noch immer, und während Tante Ena in den Flur eilte, sagte sie nur beiläufig: »Gar nichts. Hol mal Gras für deine Kaninchen.«

Dann war sie im Schlafzimmer verschwunden.

Nanning sah ihr nach und sagte leise: »Hab ich schon.«

Dann wandte er sich um und wusch das Geschirr ab.

14

An diesem Morgen hatte Nanning wieder bei Tessa auf dem Feld geholfen. Hermann und er hatten hinten auf dem Fuhrwerk im Stallmist gestanden und ihn mit Mistgabeln auf das Feld geworfen, während sie sich von Tessa, die den Wagen lenkte, alle halbe Minute anhören mussten, dass sie das schön gleichmäßig tun mussten. Nanning war nie froher gewesen, sich anmeckern zu lassen und knöcheltief im Mist zu stehen. Ihm pfiff der Wind um die Nase, während die Sonne ihm die Ohren wärmte, wenn sie sich mal durch die vorüberziehenden Wolken gekämpft hatte. Dazu ließen sich bei der Arbeit wunderbar die Vögel beobachten, die auf Nahrungssuche auf den Feldern landeten. Und man musste über rein gar nichts nachdenken, brauchte einfach nur Mist zu schippen. Kein Grübeln, kein Hadern. Und das Schönste an alldem war, dass er es mit Hermann teilen konnte.

Jetzt, nach getaner Arbeit, saß er mit einem großen Glas frischer Milch am heimischen Küchentisch, blätterte in einem Buch herum und wartete auf das Mittagessen.

Seine Mutter schüttete das Wasser aus dem Kochtopf in den Handstein. Der warme Wasserdampf fing sich an der Küchendecke und verflog. Sie legte die Kartoffeln, die dabei herausgefallen waren, zurück in den Topf und stellte ihn auf den Küchentisch.

»Willst du die Kartoffeln stampfen?«

»Ja«, sagte Nanning und schob das Buch zur Seite.

Macker malte etwas. Er wirkte dabei höchst konzentriert, fast schon angestrengt. Er unterbrach das Malen, um den Titel von Nannings Buch zu lesen: »Bengt Berg. *Mein Freund der Regenpfeifer.*«

Als er bemerkte, dass Nanning zu ihm herüberschaute, verdeckte er sein Bild mit den Armen.

»Nicht gucken!«

Die Mutter reichte Nanning den Stampfer, und er begann, die geschälten Kartoffeln zu zermanschen.

»Wenn ich nach Hamburg zur Schule soll, darf Hermann denn mit?« Als er am Morgen neben Hermann geackert hatte, war ihm plötzlich eingefallen, dass es ja noch immer der Plan der Mutter war, ihn auf die Oberschule nach Hamburg zu schicken. »Und bei Opa wohnen?«

Das war auch so eine Sache, die ihn an Hamburg störte. Er kannte seinen Opa praktisch gar nicht. Die Male, die er ihn gesehen hatte, konnte er an den Fingern einer Hand abzählen. Opa Arjan war ihm mehr Opa als sonst irgendjemand. Und vielleicht, dachte Nanning, war ja egal, ob verwandt oder nicht. Opa war vielleicht, wer einem das meiste beibrachte.

»Eigentlich 'ne fabelhafte Idee«, sagte sie und lächelte. »Müssen wir nur noch Vater überzeugen.«

Ihre Haut hatte wieder Farbe bekommen. Sie sah weniger fahl aus, wirkte ganz allgemein so fröhlich wie seit der Geburt des Babys nicht mehr. Oder seit Hitler tot war, dachte Nanning dann.

Er nickte langsam. Die vergangenen Tage hatte er so viel über Onkel Theo – den Menschen, nicht den Bullen – nachgedacht, und nicht etwa über den Vater, der nun, da der

Krieg zu Ende war, ja eigentlich heimkommen musste, wenn er noch lebte. Nanning hatte ein schlechtes Gewissen, weil er so wenig an den Vater gedacht hatte. Aber was konnte man schon für seine Gedanken, dachte er. Doch das schlechte Gewissen dem Vater gegenüber war da, ob es nun etwas änderte, dass Nanning an ihn dachte oder nicht. Und da fiel ihm erst Tante Ena ein, die er nicht mehr gesehen hatte, seit Hermann ihn früh am Morgen zur Feldarbeit bei Tessa abgeholt hatte.

»Wo ist eigentlich Tante Ena?«

Er bekam keine Antwort. Macker malte wieder. Seine freie Hand lag flach auf dem Großteil seiner Zeichnung.

Ohne aufzuschauen, sagte er: »Die haben sich wieder angeschrien.«

Weit und breit war kein Mensch zu sehen.

Die Ebbe hatte mehrere große Tidenteiche auf dem Kniepsand hinterlassen. Durch die Spiegelungen in den Wasserflächen konnte man fast auf die Idee kommen, der weite Strand sei eine schwebende durchlässige Ebene, zu allen Seiten umgeben von blauem Himmel.

Nanning watete aufmerksam in einer geraden Linie durch das kühle, wadenhohe Wasser. Bis er spürte, dass unter seinem Fuß etwas zuckte. Er bückte sich schnell und stieß die Hand ins Wasser. Gerade noch bekam er die Schwanzflosse zu fassen, packte zu und zog die zappelnde Scholle aus dem Wasser. Dann ging er hinüber zum Rand des Teichs und warf sie in den Eimer. Augenblicklich brodelte das Wasser wieder auf. Die um sich schlagenden Plattfische versuchten, aus dem Eimer zu entkommen. Es war noch Platz für eine Scholle mehr.

Während er den nächsten Teich langsam mit den Füßen tastend ablief, hörte Nanning unter dem Geräusch des Winds noch etwas anderes. Er strengte sich an, zu lauschen, aber seine Augen machten die Geräuschquelle zuerst ausfindig. Eine Geschwistergruppe tschiepender Sandregenpfeiferküken, die sich farblich kaum vom Sand abhoben, trippelte emsig an einem nahen Teich entlang. Flankiert wurden sie von den beiden Eltern, die, dachte Nanning, ihn mit Sicherheit nicht eine Sekunde aus den Augen ließen.

Er musste lächeln und blieb stehen. Die Vogelfamilie sollte in Ruhe ihres Weges gehen können. Nanning sah ihnen nach, wie die Küken entdeckungsfreudig mal hierhin, mal dorthin tippelten, stets bewacht von den Eltern.

Und dann war er wieder alleine, kilometerweit nichts als der feine Sand des Knieps. Über ihm zogen ganze Wolkenkontinente über den endlosen Himmel – samt Gebirgen, Tälern, Ebenen und Schluchten. Nanning stand da und staunte. Es kam ihm vor, als begreife er zum ersten Mal in seinem Leben wahrhaftig, wie groß und weit die Welt doch war, und wie klein dagegen er selbst. Angst machte ihm dies nicht, vielmehr war es eine Unruhe, eine Aufregung, die ihn erfasste. Den Heimweg ging er in schnellem Schritt. Irgendetwas in ihm wünschte sich, ganz schnell im Kreis und in der Vertrautheit der Familie zu sein.

Dieses Gefühl legte sich erst, als er nach Hause kam und durch den Stall ging. In der Waschküche blieb er wie angewurzelt stehen.

»Hopp, hopp, hopp, Pferdchen lauf Galopp!«

Da saß er – am Tischende, wo sonst die Mutter immer saß – und ließ Macker auf dem einen, Mechthild auf dem anderen Bein galoppieren. Er trug eine gestreifte Anzughose,

Hemd mit fliederfarbenem Schlips und darüber eine schwarze Weste. Das Jackett hatte er über die Rückenlehne gehängt. Zwei tiefe Stirnbuchten zogen sich in das wolfsgraue, pomadierte Haar. Sein Lächeln, eingerahmt von zwei Paar senkrechter Falten. Falten, die aus den schmalen, lächelnden Augen um sich griffen. Große Ohren. Sonst hatte niemand in der Familie so große Ohren. Nur Nannings waren auf dem besten Weg dahin.

»Vater?«, sagte Nanning atemlos.

Der Vater sah ihn an. Als brauchte auch er etwas Zeit, zu begreifen, dass sein ältester Sohn da in der Tür zur Waschküche stand. Dann legte sich langsam ein Lächeln über seine Züge. Er setzte Mechthild auf dem Boden ab und stand auf. Macker rutschte vom Knie des Vaters auf die Füße. Der Vater machte einen Schritt auf Nanning zu und war im Begriff, die Arme zu einer Umarmung auszubreiten, ließ sie jedoch direkt wieder sinken und blieb stehen. Er stützte die Hände in die Hüften und strahlte Nanning an.

»Jetzt wollt ich dich auf'n Schoß nehmen. Bin ich dumm.« Amüsiert schüttelte er über sich selbst den Kopf. »Du bist ja schon ein junger Herr. Mein Nanning. Mein Stammhalter. Mutter ist so stolz auf dich«, seine Augen deuteten zur Mutter, die mit dem Baby im Arm am Tisch saß, »denkst nur an die Familie, an den Stamm. Ich bin auch stolz auf dich. Du bist ein echter Hagener.«

»Jessen«, wäre es Nanning um ein Haar herausgerutscht, hätte Macker nicht »Auf mich auch« eingeworfen. So schnell herausgerutscht etwa, wie Nanning stets den Familiennamen seiner Mutter bemühte oder den eigenen friesischen Vornamen herausstellte, wenn zur Debatte stand, ob er wohl ein richtiger Amrumer war.

Der Vater klopfte Macker mit der flachen Hand auf den Kopf.

»Auf dich auch, mein Kleiner.«

Nanning legte den Käse auf den Tisch, den er im Dorfladen die Straße rauf gekauft hatte.

»Käse? Und so ein großes Stück? Kriegst du in ganz Hamburg nicht.«

»Hat er gekauft«, sagte die Mutter und legte das Baby an.

»Gekauft?« Erstaunt sah der Vater wieder zu Nanning. »Habt ihr Dollar?«

»Nein, Amrumer Währung. Zeig's Vater mal.«

Nanning hob den Eimer an, der nun nicht mehr so schwer war. Etwas Wasser schwappte auf den Küchenboden.

»Schollen?«

»Schollen«, bestätigte die Mutter, und Nanning meinte, den gleichen Stolz in ihrer Stimme mitschwingen zu hören, den auch er in diesem Moment verspürte. »Dafür kannst du hier fast alles kaufen. Dafür hat der Jung stundenlang im kalten Wasser gestanden. Schollen und Kaninchen. Für Kaninchen hat sich sein Freund sogar die Lippe aufgeschlagen, als er sich auf eines gestürzt hat.«

Auf diese Geschichte ihren Müttern gegenüber hatten sich Hermann und Nanning geeinigt. Dass ihnen die anderen Jungen ihre Beute abgeknöpft und Hermann eine blutige Lippe verpasst hatten, wollten sie auf gar keinen Fall zugeben.

»Hohes, hartes Friesengewächs, wie der Dichter sagt.« Dazu klopfte der Vater auf den Tisch. »Schollen und Bratkartoffeln, dafür musst du in Hamburg deinen goldenen Ehering auf den Tisch legen.«

Während der Vater sprach, hatte sich Macker an Nanning vorbeigestohlen und war jetzt auf der Schwelle zur Waschküche.

»Dankwart!«, rief die Mutter.

Das Baby erschrak und begann zu weinen. Sie gab beruhigende Laute von sich.

»Schsch, schsch.«

Ihr leises Zischen klang wie entferntes Meeresrauschen.

»Ich kann auch was holen.«

»So?«

»Hühnereier.«

Nanning rollte mit den Augen, wandte das Gesicht dabei aber von den Eltern ab, um nicht gemaßregelt zu werden.

»Ja, aber erst morgen, mein Kleiner.«

Macker zog eine enttäuschte Schnute und schloss die Tür.

»Es riecht ein wenig.«

Dazu rümpfte der Vater die Nase und schnupperte hörbar. Seine Nasenflügel, die für seine große Nase verhältnismäßig klein waren, bewegten sich dabei.

»Ja, das Schwein«, sagte Nanning.

Ihm fiel ein, dass sein Vater ja noch gar nicht wusste, dass sie inzwischen ein Schwein hielten. Es sei denn, die Mutter hatte es ihm irgendwann in einem Brief mitgeteilt.

»Ihr haltet ein Schwein?«

Hatte sie also nicht. Nannings Vater schien ebenso überrascht wie belustigt.

»Nanning mistet morgen aus.«

Die Mutter hatte, während sie das sagte, Nannings Blick aufgefangen. Ihre Augen sagten, dass sie keine Widerrede gegen diese soeben neu gestellte Aufgabe hinnehmen würde, also nickte Nanning.

»Mein Sohn mistet einen Schweinestall aus.«

Sein Vater schnalzte mehrmals kurz mit der Zunge, schüttelte dabei langsam den Kopf und fuhr sich dann über das Kinn, als hätte er einen Bart. Er war wie immer, in jeder Erinnerung Nannings, auf jedem Foto im ganzen Haus, glatt rasiert.

»Ja, die Not, die Not. Aber aufgeschlagene Lippen und erfrorene Beine, das ist ein zu hoher Preis.« Jetzt wirkte er wieder ernst und nachdenklich.

Nanning wollte schon einwerfen, dass ihm so ein Paar kalte Beine überhaupt nichts ausmache, aber sein Vater fuhr fort: »Morgen werd ich mal die Versorgung der Truppe übernehmen.«

»Hier gibt es nichts mehr. Die siebzig Prozent Amrumer, die Hitler gewählt haben, sind alle Amerikaner geworden.«

Mit jedem Wort wurde die Stimme der Mutter bitterer, fast konnte man es schmecken. So wie sie das Wort »Amerikaner« sagte, klang es wie ein Schimpfwort.

»Keine Angst, Hillebill«, der Vater legte ihr die Hand auf die Schulter, »das Netzwerk funktioniert. Ich hab internationale Währung.«

Er fasste sich in die Westentasche. Es knisterte, und er holte eine Packung Zigaretten heraus. Darauf das Bild eines Kamels.

Am nächsten Tag erzählte Nanning Hermann davon, als der ihm half, den Schweinekoben auszumisten.

»'n Kamel auf 'ner Zigarettenpackung, wirklich?«, sagte Hermann.

»Hab ich auch noch nie gesehen.«

Dann widmeten sie sich wieder dem Ausmisten und unterhielten sich über die Oberschule, über Hamburg und

New York. Obwohl Amerika ein fernes Land war, wäre es ihnen wahrscheinlich vertrauter, mutmaßten sie, weil da mehr Amrumer waren. Und sie unterhielten sich über das Festland, wie das Leben da wohl war. Speziell in einer Hafenstadt wie Hamburg oder New York, mit all diesem weiten, ununterbrochenen Land im Rücken, wie Hermann es ausdrückte.

Dann kam Nannings Vater von der Waschküche in den Stall.

»Guten Morgen, meine Herren.«

Wieder trug er einen Anzug mit Weste und Schlips. Aber soweit Nanning mit einem knappen Blick erkennen konnte, war es ein anderer Anzug als der, den der Vater am Tag zuvor getragen hatte.

»Vater, das ist mein Freund Hermann.«

Hermann sah kurz auf, bevor seine Augen sofort wieder beim Schwein waren. Die Kobentür stand offen. Sonst wären Hermann und Nanning nicht an die Karre gekommen, in die sie Mist und altes Stroh warfen. Das Schwein versuchte, jede noch so kleine Ablenkung auszunutzen, um zu flüchten.

Nannings Vater deutete eine Verbeugung an.

»Guten Morgen, Hermann. Schöner Vorname. So heißt Nannings Großvater. Deshalb heißt Nanning mit vollem Vornamen auch Nanning Hermann.« Er steckte die Hände in die Hosentaschen. »Lasst euch nicht stören.«

Nanning wagte noch einmal, die Augen vom Schwein zu nehmen. Sein Vater, in Anzug und Weste, wie er so mit den Händen in der Hose dastand, wirkte im Staub des Stalls fehl am Platz.

»Vater, wenn ich nach Hamburg muss, kann Hermann dann mit?«

»Als eine Art Adjutant, gute Idee.«

Nanning wusste nicht, was ein Adjutant war, erinnerte sich aber, das Wort mal aus dem Mund seines Jungenschaftsführers gehört zu haben. Auch Hermann schien mit dem Wort nicht mehr anfangen zu können als er. Der Freund hatte eine Augenbraue hochgezogen, als er die nächste Forke voll Mist in die Karre in der Kobentür schippte.

»Nanning, ich fahr nachher nach Nebel.«

»Fahren? Hast du'n Rad?«

Tante Ena war die Einzige in der Familie, die zu dieser Zeit ein Rad besaß. Sie hatte es Nanning ein paar Mal geliehen. Bis er damit durchs Watt nach Föhr gefahren war, um Onkel Jessen zu besuchen. Beziehungsweise versucht hatte, durchs Watt zu fahren. Denn Nanning war stecken geblieben und hatte das Fahrrad um ein Haar gar nicht mehr aus dem Schlick ziehen können. Zwar hatte er es später in einem Priel abgewaschen, man hatte dem Rad aber trotzdem angesehen, was damit passiert war. Das war das letzte Mal gewesen, dass Tante Ena ihm, oder irgendjemandem, ihr Rad geliehen hatte. Und Nannings Vater, zu dem sie ein äußerst kühles Verhältnis pflegte, hätte sie ihr Fahrrad wahrscheinlich am allerwenigsten gegeben. Außer Dr. Schneider, dachte Nanning, dem hätte sie es sicher noch weniger geliehen.

Auf seine Frage hin lachte sein Vater laut auf, was Nanning überraschte, war die Frage doch vollkommen ernst gemeint.

»Nein, ich kann gar nicht Fahrrad fahren.«

Hermann unterbrach, was er tat, und sah Nannings Vater ungläubig an. Nanning drehte sich um, der Mund stand ihm offen.

»Nicht Rad fahren?«

Sein Vater setzte gerade an, etwas darauf zu antworten, als das Schwein seine Chance ergriff. Es lief an Hermann vorbei, dessen Forkenstiel zu spät herabsauste, und zwischen Nanning und der Kobenwand hindurch. Dann war es an der Schubkarre und Nannings Vater vorbei und durch die offene Tür nach draußen.

Nanning brauchte eine Sekunde, um sich zu sammeln. Dann setzte er dem Schwein nach.

»Nanning«, rief Hermann, als Nanning gerade aus der Tür war.

Er warf ihm ein Seil zu, das über einem Balken gehangen hatte.

Das Schwein fanden sie unten am Weg. Seelenruhig rupfte es dort das Gras am Wegrand.

Nanning – Hermann nicht weit hinter ihm – näherte sich dem Schwein mit langsamen Schritten, das Seil in beiden Händen.

»Nun bleib mal schön stehen«, redete er dem Tier in freundlichem Ton gut zu. »Kriegst auch 'ne ganze Portion Hühnerfutter extra.«

Keine drei Schritte mehr war Nanning vom Schwein entfernt, als es plötzlich loslief, um nach gerade einmal fünf Metern wieder anzuhalten und weiter Gras zu fressen.

Beim Kohlenhändler standen Leute auf dem Hof, die bereits herüberschauten. Nanning schnaubte und sah sich um. Sein Vater stand ans Haus gelehnt da, die Arme vor der Brust verschränkt, und beobachtete lächelnd das Geschehen.

Vorsichtig näherten Nanning und Hermann sich erneut dem Schwein. Um die beiden auf Abstand zu halten, rannte es diesmal bedeutend früher los. Wieder hielt es nach nur ein paar Metern seines hoppelnden Galopps an, um Kraut und Blumen zu rupfen, als wäre nichts passiert.

Hermann, der noch immer die Forke in den Händen hatte, lief einen Bogen, um dem Schwein den Weg auf Sam Gangsters Grundstück abzuschneiden. Die Mistforke hielt er ausgestreckt, um sich breiter zu machen.

Dann versuchte Nanning erneut sein Glück. Diesmal fing er langsam an, begann jedoch innerhalb von ein paar Schritten zu rennen. Als er glaubte, nah genug zu sein, sprang er ab. Sein Plan war es, sich auf das Schwein zu werfen, irgendwie den Strick um dessen Hals zu bekommen. Aber es wich rechtzeitig aus, trabte weiter den Weg hinauf, und Nanning landete mit einem Bauchklatscher hart auf dem Boden. Vom Kohlenhändler her kam Gelächter. Er tat so, als hörte er es nicht, und sah dem Schwein nach. Es war schon wieder stehen geblieben. Hermann war nach wie vor bereit, ihm den Weg abzuschneiden. Nanning schüttelte den Kopf, aber so zurückhaltend, dass niemand, der nicht unmittelbar neben ihm stand, es sehen würde.

Dann lief er ein Stück zurück und rief vom Weg aus: »Zu dritt können wir das Schwein einkesseln, Vater.«

»Nein, da fehlt mir jede Erfahrung.« Sein Vater hielt die Hände hoch, als bedrohe Nanning ihn mit einer Pistole. »Bitte doch ein paar von deinen Bauernfreunden.«

»Die sind auf'm Feld.«

Noch im Umdrehen bekam Nanning ein komisches Gefühl. Die Worte seines Vaters hallten auf eine Art und Weise in ihm nach, die er nicht genau greifen konnte, ihm aber irgendwie ein ähnliches Gefühl gab, wie wenn Richard Peters mal wieder vor der gesamten Klasse herausposaunen musste, dass Nanning ja eigentlich aus Hamburg kam.

Nanning wandte sich ab und beschloss auf der Stelle, dieses verschwommene Gefühl abzuschütteln. Schließlich musste er sich darauf konzentrieren, das Schwein einzufangen.

Hermann hatte indes sein Glück versucht, war allein aber ebenso gescheitert wie mit Nanning zusammen. Die Lage hatte sich nur insoweit verändert, dass Hermann und das Schwein auf dem Weg vor Sam Gangsters' Haus standen. Hinter Hermann kamen weitere Leute vom Krämer den Weg herunter, wahrscheinlich, um zu schauen, was los war.

Nanning, der die Blicke der Dorfbewohner wie Nähnadeln im Nacken spürte, signalisierte Hermann, er solle ihm die Forke zuwerfen. Beide behielten das Schwein im Auge. Hermann schmiss die Mistgabel in Richtung Nanning, der hinlief und sie aufhob. Er packte den Forkenstiel mit beiden Händen. Seine Zunge fuhr über Ober- und Unterlippe, und dann rannte er los, auf das Schwein zu, senkte die Spitzen der Gabel. Er hoffte, es so nach Hause treiben zu können. Quiekend lief es los. Nanning hinterher. Hermann versperrte den Weg Richtung Dorfladen. Anstatt aus Angst vor Nannings Mistgabel schnurstracks nach Hause zu laufen, vollführte das Schwein an der Mauer zum Kohlehandel eine Drehung, tauchte unter Nannings Mistgabel ab und lief zurück, die leichte Steigung zu Sam Gangsters' Haus hinauf. Da Nanning natürlich nicht vorhatte, das Schwein tatsächlich aufzuspießen, hielt er die Mistgabel hoch, was es dem Tier erst ermöglichte, darunter wegzutauchen. Die Schaulustigen ermutigte das Manöver nur zu weiterem Gelächter und Zwischenrufen.

»Hör mal zu, du dumme Sau«, sagte Nanning, als er sich aufs Neue anpirschte. »Wenn du jetzt nicht stehen bleibst, dann holt Sam sein Gewehr.«

Nanning schwor sich, dass er, sollte es jetzt nicht klappen, die Mistforke hinschmeißen, runter durch die Salzwiesen laufen würde und vor Scham den Kopf ins Watt, zu den Würmern und Krabben, stecken würde.

Er stürmte los. Das Schwein wich ihm aus, lief zurück zum Weg. Sein Quieken kam Nanning inzwischen genauso höhnisch vor wie die Rufe der Umstehenden. Jetzt rannte es den Weg hinauf, Nanning ihm nach.

»Nanning! Bliew stahn!«

Er blickte auf. Dort, wo die sanfte Steigung des Wegs ihre Kuppe erreichte, stand Sam Gangsters. Er hielt die Hand hoch. Nanning seufzte erleichtert. Als hätte er Sam herbeigerufen, so kam es ihm vor.

Sam Gangsters kam langsamen Schritts den Weg herunter. Nanning machte sich für den Fall bereit, dass das Schwein seine Richtung wieder ändern sollte, vor Sam Gangsters flüchten wollte. Vorsichtig ging auch Nanning auf das Schwein zu, das sich nun zwischen ihm und Sam Gangsters befand. Der hatte sein Lasso in den Händen. Die Schlinge ließ er knapp über der rechten Hand rotieren.

»Bleib mal stehen«, rief er Nanning zu. »Und wenn es raufwill, jagst du es zurück.«

Die Kreisbewegungen des Lassos wurden raumgreifender. Sam Gangsters gab mehr und mehr Seil. Plötzlich ließ er einen Schrei los, der so kräftig und druckvoll war, dass man ihn, dachte Nanning, auch über Orkanböen der Nordsee hinweg hätte hören können.

Das Schwein hatte gerade den Kopf aus dem Löwenzahn gehoben, da flog ihm auch schon die Lassoschlinge über den Kopf und schloss sich mit einem Ruck um seinen Hals. Es warf den Kopf hin und her, schlug aus wie ein sturer Gaul und quiekte, als würde es abgestochen. Wahrscheinlich verstand es in seinem kleinen Schweinehirn nicht, was gerade passiert war, glaubte Nanning. Er ließ erleichtert die Forke sinken und ging zu Sam Gangsters hinüber, der das Schwein zu sich zog. Es musste dem Zug des Lassos folgen, wollte es nicht gewürgt werden. Hinter Nanning jubelte Hermann und reckte triumphierend die Fäuste in die Luft. Einige der Leute, die alles mit angesehen hatten, klatschten Beifall.

»Mann, danke«, sagte Nanning, als er Sam dabei half, das Schwein zurück in den Koben zu führen.

»Da nich' für.«

Nannings Vater stand noch immer an der Hauswand und klatschte ebenfalls Beifall. Er zog anerkennend die Mundwinkel nach unten und nickte.

»Donnerwetter. Danke schön.«

Sam beachtete ihn nicht.

Im Stall befreite er das Schwein vom Lasso und trieb es mit einem knallenden Klaps auf den Schweinehintern in den Koben zurück. Nanning machte die Tür zu und schob den Riegel vor.

Sein Vater, der hinter ihnen hergegangen war, zückte ein silbernes Etui.

»Was schulde ich Ihnen?«

Ein Lacher wie ein leises Grunzen entfuhr Sam Gangsters.

»Das war nicht für'n Jahrmarkt, Herr Obersturmführer. Das war für Nanning.«

Seine Hand landete auf Nannings Schulter. Dann tippte er sich mit dem Finger an die Stirn und verließ den Stall.

Nanning und sein Vater sahen dem alten Cowboy nach.

»Du hast bemerkenswerte Freunde.«

»Er hat mich mitgenommen auf die Bänke zur Seehundsjagd.«

»Draußen auf die Bänke? Da ist Vater stolz auf dich, Junior. Aber das erzählst du besser nicht deiner Mutter.«

»Darf ich mit nach Nebel, Vater?«

»Ja, wie gern würd ich den Kameraden meinen Junior vorstellen. Aber ich will ja nur einkaufen.«

»Und mit Zigaretten bezahlen, und das ist verboten«, sagte Nanning, um zu zeigen, dass er verstand, wie die Dinge liefen, jetzt, wo die Alliierten da waren.

Sein Vater lachte und wuschelte ihm durchs Haar.

»Und ich muss ein paar ernste Gespräche mit den Kameraden führen. Da sollen Kinder nicht dabei sein.«

Mit einem Augenzwinkern ließ er Nanning stehen und ging und gab damit den Blick nach draußen frei. Auf Hermann, der vor der Tür stand und ihn mit einem vielsagenden, ernsten Ausdruck ansah.

»Ich weiß genau, was du jetzt denkst.«

»Was denn?«

»Dass mein Vater dumm rumsteht und Opa Arjan das Schwein ruckzuck bei Ohren und Schwanz wieder im Stall gehabt hätte. Denkst du, nich'?«

Hermann verzog keine Miene.

»Mein Vater kann ganz andere Sachen. Mein Vater schreibt Bücher«, sagte Nanning, wobei er das Wort Bücher besonders betonte.

Jetzt sah Hermann erstaunt aus.

»Der auch?! Auch für Kinder?«

Nanning dachte nach. Ganz genau wusste er eigentlich nicht, was sein Vater für Bücher schrieb, denn die Mutter ließ sie Nanning nicht lesen. Immer hieß es: Wenn du alt genug bist. Das bedeutete wohl, dass unter den Büchern seines Vaters keine Kinderbücher waren.

»Glaub nicht.«

»Kann ich mal eins sehen?«

»Muss ich mal gucken, wenn er den Einspänner holt.«

»Wo das denn für?«

»Nach Nebel.«

»Mit'm Rad würd's viel schneller gehen.«

Nanning war sich durchaus bewusst, dass Hermann damit nochmals durch die Blume zur Sprache bringen wollte, dass Nannings Vater nicht Rad fahren konnte. Ganz kurz rang er mit sich, ob er Hermann darauf etwas Patziges antworten sollte, aber er entschied sich dagegen. Er wollte jetzt nicht mit dem Freund streiten.

»Ja, aber er ist Rittmeister. Der braucht immer 'n Pferd.«

Dann machten sie sich daran, ihre Arbeit im Koben zu beenden; diesmal mit geschlossener Tür. So mussten sie kleinere Schippen Mist, und anschließend frisches Stroh auf dem Rückweg, auf die Forken nehmen, um sie über die Kobenwand zu kriegen.

Als sie damit fertig waren, den Stall verließen und zur Vorderseite ums Haus herumgingen, hatte Nannings Vater gerade mit Macker an der Hand das Haus verlassen. Sie gingen zur Straße hinunter. Macker bemerkte die beiden und schickte Nanning einen herausfordernd stolzen Blick herüber. Nannings erster Impuls war, dem Bruder die Zunge rauszustrecken. Er wollte sich vor Hermann aber nicht kindisch geben, also verzog er bloß den Mund und machte ein Gesicht, das Macker zeigen sollte, dass es Nanning ganz egal war, ob er mit dem Vater den Einspänner holen ging oder nicht.

Er bedeutete Hermann, zu warten, bis Vater und Bruder außer Sicht waren. Dann ruckte er mit dem Kopf in Richtung der nächsten Hausecke.

Vor dem Schlafzimmerfenster hielt er Hermann die Hand vor die Brust und machte: »Pscht.«

Auf Zehenspitzen schlich Nanning ans Fenster und spähte hinein.

Seine Mutter lag im Bett und schlief. Vor dem Fußende stand die Babywiege.

Nanning winkte Hermann heran. Die Luft war rein.

Sie betraten das Haus und bogen sofort in die Dörnsk ab. Mit einer Hand an der heruntergedrückten Klinke, die andere am Türblatt, schloss Nanning, so leise er konnte, die Tür hinter sich.

Als er sich umdrehte, stieß er mit Hermann zusammen, der wie erstarrt das letzte in der Reihe der Kapitänsbilder anschaute.

»Wie der ein'n anguckt! Als wär der echt.«

Nanning stellte sich neben Hermann und sah sich seinen Vorfahren an. Der Ausschnitt seines Kopfes und der Schultern reichte vollkommen aus, um den Stolz seiner Haltung darzustellen. Wie er aus dem Gemälde herausblickte, fand Nanning, strahlte er eine große Selbstsicherheit aus. Ein bisschen hoffte Nanning ja, er würde nicht nur den Namen seines Vorfahren erben, sondern auch sein Aussehen, die Kühnheit, die aus dem Bild sprach.

»Nach dem heiß ich, Nanning Jessen.«

»Ich denk Hagener.«

»Aber der da heißt Jessen.«

»Auch egal.«

»Eigentlich nicht.«

Nanning ging hinüber zur Bücherwand. Er wusste genau, wo die Bücher seines Vaters standen.

»Hauptsache, du hast 'n Namen.«

Nanning zog eines der Bücher heraus und hielt es Hermann hin.

»Wilhelm Hagener«, las Hermann vor. »*Der Baltische Schwur*. Wovon ist das?«

»Ich glaub von Krieg.« Nanning ließ seine Finger über die Reihe Bücher wandern, aus der er das Buch gezogen hatte. »Alles von ihm.«

Hermann zog ein weiteres Buch heraus. Vorne auf dem Buchdeckel sah man eine Bauernfamilie, die vor einem Traktor stand und mit ernsten Gesichtern in die Kamera guckte. Alle, die Eltern und die drei Kinder, waren hellblond, mit blauen Augen. Über der Familie stand groß: Wilhelm Hagener. *Der Bauer*.

»Dein Vater kann nicht mal 'n Schwein fangen, und denn schreibt er so was?«

Nanning hatte sich schon gedacht, dass die Sache mit dem Schwein noch mal zur Sprache kommen würde.

»Weil er das studiert hat. Er ist Diplomlandwirt.«

Er betonte das Wort Diplom so, dass jedem, dachte er, eigentlich klar sein musste, dass man dann auch kein Schwein fangen können musste.

»Studiert, aber kann kein Schwein fangen.«

Hermann reichte Nanning das Buch, der es zurück an seinen Platz in der Bücherwand schob. Indes hatte Hermann ein weiteres rausgezogen: Wilhelm Hagener. *Die Hageners – 500 Jahre Sippengeschichte*. Unter dem Titel war eine prunkvolle Villa mit großem Eingangstor, gesäumt von zwei Säulen, abgebildet.

»Mann, 500 Jahre Hageners, da sind die paar Jessens ja gar nix! Und denn so'n Haus. Was willst du denn noch auf Amrum?«

Nanning tippte auf die Hamburger Villa seines Opas.

»Is' zerbombt.« Das hatte sein Vater am Tag zuvor bei Tisch erzählt. Über Nannings Opa hatte er dabei kein einziges Wort verloren, fiel Nanning erst jetzt auf. »Und was soll ich in so'm Haus, wenn ich da kein' kenn?«

Er nahm Hermann das Buch aus der Hand und schob es zurück. Hermann zog ein weiteres aus der Reihe.

»Biologischer Hochverrat«, las er mit gerunzelter Stirn vor. »Was soll das wohl sein?« Er gab Nanning das Buch. »Mann, was der alles schreibt, und nix für uns.«

Nanning drehte das Buch, sodass es aus seiner Sicht nicht mehr auf dem Kopf stand.

In der Dämmerung, nachdem er seine häuslichen Pflichten erledigt hatte, kümmerte sich Nanning um die Bohnen. Er lockerte den Boden rundherum auf und rupfte Unkraut. Morgen, nahm er sich vor, würde er dem Vater sein Bohnenbeet zeigen und ihm beweisen, dass er nicht nur Fisch und Fleisch auf die Teller der Familie brachte, sondern auch nahrhaftes Gemüse.

Er richtete sich auf und sah hinauf. Der Horizont wirkte, als hätte jemand gleichmäßig schwelende Glut darauf verteilt, deren Glimmen sich nun ganz langsam über die gesamte Himmelsdecke ausbreitete.

Er nahm das Unkraut und brachte es rüber zu den Kaninchenställen. Als er gerade damit begonnen hatte, es durch die Löcher im Draht zu stecken, es auf die Kaninchen aufzuteilen, hörte er die tiefe Stimme des Vaters rufen. Schnell stopfte Nanning das Kraut wahllos in die Ställe und rannte zur Straße.

Sein Vater lief neben dem Pferd her, das den Einspänner zog. Wahrscheinlich hatte er es vor dem Haus durchpariert, und nachdem er abgestiegen war, war es von Neuem losgelaufen. Er stoppte es und drängte es rückwärts.

»Nanning!«, rief er erneut.

Nanning lief hinüber.

»Halt das Pferd«, sagte er und drückte Nanning grob die Zügel in die Hand. »Die Pferde hier taugen nichts.«

Er sah wütend aus. Weshalb, traute sich Nanning nicht zu fragen. Er hätte auch keine Gelegenheit dazu gehabt, denn der Vater schulterte einen Sack und trug ihn ins Haus.

Nanning kraulte dem Pferd über den langen Nasenrücken. Es sah ihn an.

»Hast gehört? Du taugst auch nichts. Is' 'n Diplomlandwirt. Hat das studiert. Aber er kann Säcke tragen, hätt' ich nicht gedacht.«

»Nanning!«

Der Schreck durchfuhr Nanning so stark und plötzlich, dass sich seine Nackenmuskeln schmerzhaft zusammenzogen.

Sein Vater stieg aufs Kutschbrett und riss ihm die Zügel weg.

»Ist keine Zeit für Träumer«, sagte er, schnalzte mit der Zunge und sah sich nicht noch einmal um. Dann war er vor dem Dorfladen um die Kurve und außer Sicht. Nanning sah zum Himmel. Ein tiefes Blau hatte die Glut am Horizont gelöscht und sich über die Insel gelegt.

Schauer liefen Nanning über Rücken und Schultern. Die

ganze Umgebung schien ungewöhnlich schnell dunkler zu werden. Es war nicht so, dass er fror, eher hatte er so etwas wie eine Ahnung, die ihm eine Gänsehaut bereitete. Eine kurze Weile noch blickte er den Weg herunter. Er kreuzte die Arme vor der Brust und rieb sie sich warm. Ein neuerlicher Schauer. Dann ging er ins Haus.

15

Es war schon nach acht, und der Vater war noch immer nicht aufgestanden. Nanning hatte ihn in der Nacht nach Hause und in die Küche kommen hören, wo er sich noch etwas zu essen machte. Während er aß, schnaufte er, als wäre er aus der Puste. Das hatte Nanning sogar durch die geschlossene Kinderzimmertür und über das Fiepen von Mackers Nase gehört.

Er war mit der Mutter im Garten, und sie legten ein Betttuch zusammen. Jeder fasste ein Ende des Stoffs an, sie zogen es glatt, falteten es einmal. Dann kamen sie aufeinander zu. Die Mutter lächelte. Seit Nannings Vater wieder da war, lächelte sie öfter. Nanning übergab sein Ende des Betttuchs der Mutter, die es zusammenfaltete.

»Hands up!«

Ein Soldat kam mit vorgehaltenem Gewehr um die Hausecke. Ein Auge zugekniffen, zielte er über Kimme und Korn. Nannings Mutter ließ das Betttuch los und hob die Hände. Das Betttuch landete auf dem Boden, ihr zu Füßen.

Der Schreck, den der plötzliche Anblick des britischen Soldaten und des Gewehrs ihm einjagte, löste in Nanning einen ungeahnten Fluchtinstinkt aus. Sein Körper schaltete von einer auf die andere Sekunde um, wollte nur weg, so schnell es ging, egal wie. Er wirbelte herum und versuchte, sich durch den Rosenbusch zu drängen. Hinter ihm bellten weitere Stimmen Kommandos auf Englisch. Nanning drückte sich vorwärts, aber die starren, dornengespickten Ranken des Buschs machten ein Vorankommen unmöglich. Er drehte sich. Die Dornen ratschten ihm die nackten Arme und Beine auf. Ein leises Wimmern entfuhr ihm, aber er versuchte trotzdem, weiterzukommen. Aus dem Busch heraus konnte er sehen, dass es drei Soldaten waren, die seine Mutter nun ins Haus führten. Aus dem Haus war das Schreien weiterer Soldaten zu hören. Wahrscheinlich schmissen sie gerade Nannings Vater aus dem Bett. Das Baby begann zu weinen.

Nannings plötzlicher Drang zur Flucht hatte sich gelegt, er wollte unbedingt seinen Eltern beistehen und strebte voran. Sofort stach es überall. Er versuchte, sich nach links zu drehen. Nach rechts. Zurück. Mit jeder Bewegung stachen nur noch mehr Dornen in seine Haut. Andere verhakten sich in seiner Kleidung. Er hing fest. Nicht einmal den Kopf konnte er noch bewegen. Es war, als wäre der Rosenbusch ein Ungeheuer, das ihn verschlingen wollte, und die Dornen waren die Zähne.

Weil ihm nichts anderes übrig blieb, lauschte Nanning. Der Tumult im Haus hatte sich offenbar gelegt. Nur das Baby weinte weiterhin. Darunter aber konnte Nanning noch Leute reden hören. Dann das Geräusch von Schritten, und der Vater kam heraus. Er trug seine Rittmeister-Uniform, von den polierten Schuhen bis zur perfekt gerade sitzenden Schirmmütze. Nannings Freude war sofort wieder dahin, als nur zwei Schritt hinter dem Vater ein britischer Soldat aus dem Haus trat. Dann noch einer, der den Koffer des Vaters trug, und zwei weitere. Sie blieben stehen. Nanning traute sich nicht, auf sich aufmerksam zu machen. Vielleicht würden die Soldaten denken, sie wären in einen Hinterhalt geraten, und würden einfach in den Busch hineinfeuern.

Schließlich verließ ein Uniformierter mit Schirmmütze das Haus. Ein Offizier, schätzte Nanning. Er war ein paar Jahre älter als die Soldaten, das konnte man sehen. Genauso sah man aber auch, dass er jünger war als Nannings Vater. Der Offizier stellte sich dem Vater gegenüber, Auge in Auge. Dann salutierten sie voreinander, und der Vater überreichte dem Mann Dolch und Pistole. Dieser gab sie an einen der Soldaten weiter und wies mit einer höflichen Geste zur Straße.

Sobald sie um die Hausecke waren, kam die Mutter herausgelaufen. Auch sie eilte nach vorne, blieb jedoch an der Ecke stehen.

Nanning hörte seinen Vater rufen: »Mach dir keine Sorgen, Liebe. Und schick den Jungen aufs Gymnasium!«

Ein Motor sprang an, und dann sah Nanning, wie einer der britischen Jeeps die Straße hinauffuhr, sein Vater saß darin, umgeben von den Briten.

»Unter allen Umständen«, hörte Nanning noch. »Gymnasium!«

Die Mutter wankte, stützte sich mit einer Hand am Haus ab, als könnte sie jeden Moment in Ohnmacht fallen.

»Mutter!«, schrie Nanning, so laut er konnte.

Allein die Bewegung seines Mundes reichte aus, dass die Dornen, die in Wangen, Stirn, Nase und Hals stachen, ihm aufs Neue wehtaten.

Er versuchte, den Kopf so still wie möglich zu halten, und rief erneut: »Mutter.«

Das Ergebnis war das gleiche. Die Dornenspitzen drangen in seine Haut. Vor Schmerz presste er die Augen zu, drückte Tränen aus den Augenwinkeln.

Als er sie wieder öffnete, kam die erschrocken aussehende Mutter auf ihn zu gelaufen. Sie legte eine Hand an den Busch und blickte daran herunter, so als könne sie vielleicht von außen eine Fluchtroute durch die dicht verzweigten, dornenbesetzten Ranken sehen.

»Oh Gott, beweg dich nicht.«

Dann lief sie nach nebenan und kam kurz darauf in Begleitung Opa Arjans wieder, der eine große Gartenschere dabeihatte. Hinter ihnen sah Nanning Macker herausstürzen. Ihre Mutter hielt ihn zurück, während Opa Arjan steifen Schritts zu Nanning stakste.

»Mann, der Jung im Rosenbusch. Das's ja direkt was für den Pastor seine Predigt«, sagte er und fing an, den Busch zu stutzen. »So, Jung, wenn das doll wehtut, musst was sagen.«

Während Arjan sich zu Nanning vorarbeitete, ging die Mutter auf und ab. Sie war völlig aufgelöst, und es schien mit jeder weiteren Schleife, die sie drehte, nur noch schlimmer zu werden. Irgendwann konnte Nanning es nicht mehr mit ansehen, und er schloss, auch wegen der Schmerzen am ganzen Körper, die Augen. Das Letzte, was er sah, war die Stelle lockerer Erde unmittelbar vor dem Rosenbusch. Das Grab des Entenkükens.

Erst als er Opa Arjans raue Hand spürte, die ihn aus dem Busch zog, öffnete er sie wieder. Seine Mutter nahm ihn in den Arm, ließ aber sofort wieder von ihm ab, als Nanning aufschrie. Sie musterte seinen Hals, seine Arme und Beine. Er folgte ihrem schockierten Blick. Überall in seiner Haut steckten die kleinen, dreieckigen braunen Dornen. Dort, wo welche saßen, oder dort, wo ein Dorn in Nannings Haut eingedrungen, aber nicht stecken geblieben war, war die Haut gerötet und angeschwollen.

Gemeinsam führten sie Nanning in die Küche, wo er sich erst einmal ausziehen musste. Einige der Stacheln hatten sich durch den Stoff seines Hemds in die Haut gebohrt, sodass er ein Wimmern beim Ausziehen nicht unterdrücken konnte. Die Stellen, an denen er die Dornen herauszog, fingen augenblicklich an zu brennen.

Macker wurde ins Kinderzimmer gescheucht, dann ging die Mutter die Pinzette holen und machte im Handstein ein Tuch zum Abtupfen nass. Macker blieb in der Kinderzimmertür stehen und beobachtete alles still. Nanning hatte nicht die Kraft, ihm zu sagen, er solle Land gewinnen.

Als die Mutter mit der Pinzette aus der guten Stube wiederkam, hob Opa Arjan Nanning auf den Küchentisch. Die Mutter setzte sich vor ihn und fing an, die Dornen herauszuziehen. Zu Nannings Überraschung begann sie auf seiner Wange. Er hatte nicht einmal gemerkt, dass auch Dornen in seinem Gesicht stecken geblieben waren. Und dann überkam es ihn einfach. Es war ein stilles Weinen, das aber andauerte.

»Hat das wehgetan?«

»Ist Vater ein Verbrecher?«

Die Frage holperte über Schluchzer, als wären es Huckel auf einer Straße.

»Oh Gott, Nanning.«

Er sah, dass auch die Augen der Mutter sich wieder mit Tränen füllten.

»Weil sie ihn abgeholt haben.«

»Ja, der Feind. Aber da müssen wir tapfer bleiben.«

Opa Arjan schnaufte im Hintergrund und wandte sich ab, um aus einem der Küchenfenster zu schauen.

Es klopfte an der Haustür, und kurz darauf trat Dr. Schneider ein. Als er durch den Flur den nackten Nanning auf dem Küchentisch sah, ging er noch einmal raus und kam mit seiner Arzttasche wieder. Er sah übernächtigt aus. Auf Wangen und um den Mund sprossen graue Stoppeln. Zum ersten Mal überhaupt sah Nanning den Doktor unrasiert.

»Guten Tag, Hille.« Dann ein Blick auf Nanning. »Nützliche Angewohnheit, immer die Tasche dabei.«

Während er um die Mutter herumging, sagte er nickend: »Arjan.«

»Doktor«, brummte Opa Arjan. Dann verabschiedete er sich knapp und ging.

Dr. Schneider stellte die Tasche neben Nanning und holte ein Döschen heraus. Die Salbe daraus trug er auf die Stellen auf, in denen noch immer Dornen steckten.

»Die Salbe lässt die Dornen rausquellen. Musst sie dann einfach wegnehmen«, erklärte er Nanning mit abwesender Miene.

Als er sich an die Mutter wandte, schwang große Dringlichkeit in seiner Stimme mit: »Ich bin sofort los, als ich davon gehört habe. Wilhelm ist in großer Gefahr. Gefängnis, vielleicht Hinrichtung. Ich brauch sofort eine Liste all der Juden, die Wilhelm vorm Zugriff der Behörden bewahrt hat.« Die letzten Tupfer gingen alle neben eine betroffene Stelle, weil der Doktor beim Sprechen die Mutter ansah. »Den Professor Schubert von der Uni Hamburg, den Psychiater, der ist jetzt Uni London, oder den Rosstaler, den Hamburger Kaufmann. Ich glaub, in New York. Zwei solche Zeugnisse von Juden sind so gut wie ein Freispruch.«

Er trug die Salbe auf die letzte unbehandelte Stelle knapp über Nannings Knie auf und sagte: »Tut's noch weh?«

»Nee.«

»Na«, sagte der Doktor, »dann ab nach Hamburg.«

Es platzte aus Nanning heraus: »Nein!«

Er rutschte mit Schwung vom Tisch.

»Mein Nanning, ich versteh dich«, er ging vor Nanning auf ein Knie runter, sodass sie sich auf Augenhöhe befanden, »aber wir Akademiker werden nie echte Insulaner.«

Nanning wandte trotzig das Gesicht ab.

Dr. Schneider sah zur Mutter auf.

»Tut mir leid, Hille, aber Wilhelms Bücher zur Rassenhygiene müssen sofort verschwinden. Hast du ’n Korb oder ne große Tasche?«

»Aus’m Stall, bitte«, sagte die Mutter zu Nanning und drückte ihre Finger leicht gegen seine Schulter, um ihn in Bewegung zu versetzen.

Dr. Schneider schraubte seine Salbe zu und steckte sie in die Arzttasche. Er und die Mutter gingen in die gute Stube.

Als Nanning mit dem Korb in das Zimmer kam, kniete seine Mutter bereits vor der Bücherwand. Neben ihr ein kleiner Stapel von Büchern, die sie schon aussortiert hatte. Sie legte sie in den Korb.

Dr. Schneider nahm sich das obenauf liegende, mit dem Titel *Die Hageners*, und sagte: »Ungefährlich.«

Er gab es ihr zurück, damit sie es wieder ins Regal stellen konnte.

Nanning sah zu, wie noch mehr Bücher seines Vaters im Korb landeten. Eins rutschte vom Stapel im Korb auf den Boden. Er nahm es auf. Wilhelm Hagener: *Lebensunwertes Leben.*

»Was das denn?«

Dr. Schneider stand mit den Händen in den Hosentaschen neben der Mutter und sah ihr zu.

Dann schaute er, was Nanning da hochhielt, und sagte: »Nanning, das verstehst du, wenn du groß bist.«

Der Korb war voll. Die Mutter bat Nanning, ihn in die Küche zu tragen, während sie die letzten Bücher des Vaters heraussuchte.

Nanning erreichte mit dem Korb nicht mal die Küche, als sie ihn schon wieder mit strenger Stimme zurückrief. Dann erschien sie in der Stubentür.

»Wo ist *Moby Dick*?«

»Bei Hermann.« Ächzend stellte er den Korb ab. »Weil er beim Holz so geholfen hat. Tante Ena sagt, das hätt' er verdient.«

»Hol es zurück.«

Nanning seufzte, er fand das zutiefst ungerecht, fand auch, dass Hermann sich das Buch verdient hatte, und sagte: »Nee, warum?«

Sie dachte einen Moment nach und sagte dann: »Das ist zu traurig in dieser Zeit.«

»Vielleicht find' er's gar nicht so traurig.«

»Du gehorchst!«, sagte sie. »Los, zieh dir was an.«

Mit einem Stöhnen hievte Nanning den Korb weiter, stellte ihn leiser stöhnend, sodass seine Mutter es nicht hörte, wieder ab, zog sich an und ging rüber zu den Nachbarn.

Hermann saß neben Opa Arjan auf der Küchenbank und schnitzte einen Boots- oder Schiffsrumpf aus einem Stück Holz. Oma Grete saß am Tischende und schälte Kartoffeln in einer unglaublichen Geschwindigkeit. Es war, als schlüpften die Kartoffeln unter ihren Fingern von selbst aus der Schale.

»Meine Mutter sagt, ich soll *Moby Dick* holen«, sagte Nanning zu seinem Freund, begleitet von einem entschuldigenden Schulterzucken.

Hermann ging in sein Zimmer und kam sofort darauf mit dem Buch in der Hand wieder.

»Warum?«

»Sie meint, das ist zu traurig in dieser Zeit.«

»Das mach ich wohl glauben, dass sie das sagt«, sagte Opa Arjan. »Das's ja die Geschichte von ei'm wahnsinnigen Kapitän, der seine ganze Mannschaft draufgehen lässt, weil er den weißen Wal töten will.«

Hermann und Nanning sahen sich fragend an.

Zurück zu Hause, brachte er *Moby Dick* in die gute Stube. Seine Mutter und Dr. Schneider gingen immer noch die Bücherreihen durch. Er hielt seiner Mutter das Buch hin.

»Hast du gesagt, warum?«

»Weil das zu traurig ist. Und Opa Arjan hat gesagt, das mach er wohl glauben, weil das die Geschichte von ei'm verrückten Kapitän ist, der seine ganze Mannschaft draufgehen lässt, weil er den weißen Wal töten will.«

Die Worte hatten gerade erst Nannings Lippen verlassen, da schnellte die flache Hand der Mutter bereits zum Ausholen in die Höhe. Verbissene Wut stand ihr ins Gesicht geschrieben. Zwar kannte er diese Ausbrüche, meist aber verstand er auch, weshalb es etwas setzte. Jetzt hatte er lediglich weitergegeben, was Opa Arjan gesagt hatte. Und das war doch nur der Inhalt des Buches gewesen, dachte Nanning.

Zu Nannings Erleichterung verhinderte der Doktor, dass Nanning für Opa Arjans Worte eine schallende Ohrfeige verpasst bekam, indem er seinen Arm zwischen die Mutter und ihn brachte.

»Lass den alten Mann doch reden. Bitte. Hille. Wir müssen Nanning erst mal helfen, dass er die Angst vor Hamburg loswird.«

Dr. Schneider legte der Mutter die andere Hand beruhigend auf die Schulter. Sie schloss für einen Moment die Augen und atmete durch die Nase ein und wieder aus. Als die Augen wieder aufgingen, lächelte sie Nanning an, legte den Arm um ihn, und zusammen gingen sie in die Küche.

»Nanning, mein Großer. Du hast doch Dr. Schneider gehört. Wir Akademiker werden nie Insulaner. Wenn Hermann mitgeht, dann ist das doch nur halb so schlimm.«

Nanning nickte erschöpft, löste sich aus dem Arm seiner Mutter und trottete in den Hof. Anstatt direkt wieder rüber zu Hermann zu gehen, stand er nur da, regungslos, und dachte nach. Er wollte auf gar keinen Fall nach Hamburg. Jetzt, wo anscheinend auch Dr. Schneider mitzuentscheiden hatte, was mit Nanning passierte. Und wenn ein Akademiker kein richtiger Insulaner werden konnte, dann wollte Nanning eben kein Akademiker sein, was auch immer das genau war; Nanning wusste nur, dass es mit Studieren und Forschen zu tun hatte. Und wenn man ganz viel geforscht hatte, oder einfach ganz schlau vom Studieren war, dann schrieb man wohl Bücher. Er musste daran denken, dass sein Vater der Mutter aus dem britischen Wagen zugerufen hatte, sie solle ihn, Nanning, unbedingt aufs Gymnasium schicken. Was aber, wenn die Mutter sich täuschte und sein Vater tatsächlich ein Verbrecher war? Musste man dann darauf hören, auch wenn es der Vater war? Nein, dachte er, er wollte kein Akademiker sein. Er wollte Tessa auf dem Acker helfen und Butter und Milch für die Familie verdienen. Er wollte mit Hermann Kaninchen fangen und Schollen petten gehen. Mit dem Kumpel durch die Salzwiesen stapfen und

Kiebitze aufschrecken, Wattwürmer aus dem Watt ziehen und am Flutsaum des Kniep nach Treibholz gucken.

Nur allzu gerne hätte sich Nanning genau da an Ort und Stelle zu Boden plumpsen lassen, um einfach nicht wieder aufzustehen, Wind und Wetter über sich hinweggehen zu lassen, am besten für immer. Aber seine Mutter würde ihm schon Beine machen, wenn sie das sah. Also schleppte er sich rüber zu Hermann.

Sie fragten Hermanns Mutter, ob Hermann denn nun mit nach Hamburg dürfe. Sie sagte nur knapp, dass sie Opa Arjan fragen sollten.

Die Jungen gingen nach hinten. Opa Arjan war gerade damit beschäftigt, Schollen auszunehmen und sie auf Stangen zu hängen, die dann in seine Räuchertonne kamen. Die Innereien landeten im gleichen Eimer, in den schon die Eingeweide von Nannings gefangenem Wildkaninchen gepladdert waren. Nanning wandte den Blick ab.

Die Jungs sahen ihm eine Weile dabei zu, bis Hermann irgendwann sagte: »Opa, du hast doch gesagt, wär gut, wenn ich auf die Oberschule komm.«

»Ja, wär gut«, sagte Opa Arjan, ohne seine Arbeit zu unterbrechen.

»Nannings Vater sagt, dass ich mit zu denen nach Hamburg kann.«

»Ja, ja, aber dat wär nich' gut.«

Opa Arjan schaute nicht auf, sah nur auf die Schollen und sein dünnes Messer. Die erste Stange war voll. Er legte sie an den Rand des Tisches und machte sich an die Schollen für die zweite Stange. Hermann und Nanning sahen weiter zu. Irgendwann formte sich ein Wust von Worten in Nannings Mund. Seine Lippen bewegten sich kaum merklich, wie um den gesuchten Worten endlich eine Form zu geben, aber er blieb stumm. Je länger er Opa Arjan zusah, umso weniger Zweifel bestanden noch, dass es gar keinen weiteren Raum gab, den er mit Worten hätte füllen können. Er sah Hermann an, der wiederum seinen Opa beobachtete. Enttäuscht drehte Nanning sich um und ging. Hermann folgte ihm.

Am Gartentor hielt Nanning inne. Einige Sekunden vergingen. Nanning sah irgendwohin. Hermann irgendwo anders.

Dann sagte Hermann: »Ja, kannst nix machen.«

»Nee, kannst nix machen.«

Nanning drückte den Griff des niedrigen Tors runter und trat hindurch.

»Ja denn, nech?«

»Ja denn, ja.«

Nanning schloss das Tor wieder. Hermann blieb dahinter stehen. Nanning ging.

16

Am Vormittag kam Tante Ena und holte Nanning ab. Sie habe eine Überraschung für ihn. Der Mutter erzählte sie, sie würde mit Nanning etwas unternehmen, fuhr dann aus der Haut, als diese nachfragte, was sie denn unternehmen wolle: »Werd ich jetzt nach Gestapo-Methoden verhört, nur weil ich was mit meinem Neffen unternehmen möcht'?«

Die Mutter, die gerade mit der schreienden Mechthild und dem hungrigen Baby beschäftigt war, winkte ab und wünschte den beiden viel Spaß.

Draußen versuchte Nanning, seiner Tante irgendetwas zu der Überraschung zu entlocken, aber sie sagte, er würde schon sehen. Und er fragte, warum sie der Mutter nichts von einer Überraschung gesagt hatte.

»Weil du dann nicht hätt'st kommen dürfen. Und nu hör auf zu fragen.«

Sie kamen an seiner Schule an, die noch immer als Quartier der Besatzer diente. Tante Ena begrüßte einige Soldaten. Dann forderte sie den völlig verdatterten Nanning auf, in ein sandfarbenes Militärauto zu steigen.

»Darfst vorn mitfahren«, sagte Tante Ena.

Sie hatte absolut recht, dachte Nanning, als er auf den Beifahrersitz stieg: Seine Mutter hätte das nie im Leben erlaubt.

Auf der Fahrt unterhielt sich Tante Ena auf Englisch mit dem Soldaten, der das Auto fuhr. Seine Tante machte sich nicht die Mühe, etwas für Nanning zu übersetzen. Es war ihm egal. Er war, das musste er sich eingestehen, viel zu aufgeregt, in einem Auto der britischen Armee mitzufahren. Es roch stark nach Zigarettenqualm und etwas Schärferem, das Nanning nicht kannte.

Der spitze Turm der St.-Clemens-Kirche leuchtete hell vor dem Himmel über Nebel. Sie rollten langsam am Kirchhof vorbei, und Nanning linste durch das Tor nach den Grabsteinen der beiden Vettern Hark Olufs und Hark Nickelsen. Wann immer die Familie zu einem Gottesdienst in Nebel ging, lief Nanning im Anschluss daran zu den mit Schrift bedeckten Grabsteinen, auf denen die aufregenden und gefährlichen Abenteuer von Olufs und Nickelsen auf See eingemeißelt waren.

Ein paar Straßen weiter hielten sie an. Vor dem großen Kapitänshaus von Nannings Großonkel Antonius.

»Was wollen wir denn hier?«

Tante Ena antwortete nicht. Ohne es überhaupt an der Haustür versucht zu haben, lief sie um das Haus herum in den Garten. Dort saßen zwei Männer an einem schmalen Gartentisch. Sie spielten Schach.

Einer der Männer sah auf, nachdem sich Tante Ena mit einem Räuspern bemerkbar gemacht hatte. Es war Onkel Martin vom Kniepsand. In der Art, wie sich sein Gesicht aufhellte, wurde deutlich, dass auch er Nanning wiedererkannte.

»Guck an, Hille Jessen ihrer.«

Der andere Schachspieler, der ihnen den Rücken zukehrte, wandte in einer schnellen Bewegung den Kopf, um über die Schulter zu sehen.

Nanning konnte es nicht fassen.

»Onkel Theo.«

Der drehte sich im Stuhl weiter zu Nanning und Ena und sagte strahlend: »Sitting Bull.«

Onkel Martin lachte auf.

»Sitting Bull is' gut. Sitting – der rennt! Der rennt mit'm Bullen über'n Kniepsand. Wie Normale mit'm Hund. Und weißt du, wie er den Bullen nennt?«

»Na?«

»Onkel Theo.«

Onkel Theo, der gerade noch Martin angesehen hatte, wandte sich wieder zu Nanning um. Der hätte schwören können, in Onkel Theos Augen, in der Art, wie dieser ihn anschaute, die Spiegelung der Vergangenheit sehen zu können.

»Hast mich nicht vergessen«, sagte Onkel Theo in einem weichen Ton.

Nanning hätte vor Glück losheulen können, wäre Onkel Theo am liebsten um den Hals gefallen. Seinem treuen Mustang, der sich nach all der Zeit noch an ihn erinnerte. Aber er wollte sich zusammenreißen, zeigen, dass er erwachsen geworden war. Also verbeugte er sich förmlich vor Onkel Theo.

»Guten Tag, Onkel Theo.«

Onkel Theo stand auf, räusperte sich und reichte Nanning ebenso förmlich die Hand, die verschmiert von Motorölresten war. Dann verbeugte auch er sich, was Nanning wiederum zum Anlass einer weiteren, weniger tiefen Verbeugung nahm. Eine angedeutete Verbeugung, eine Hand auf der Brust, so wie es sein Vater immer zu tun pflegte. Denn Verbrecher und nicht Rad fahren können hin oder her, der Vater kannte sich mit Bücherschreiben und mit Manieren aus.

»Guten Tag, Nanning«, sagte Onkel Theo, während er

sich wieder aufrichtete. »Tante Ena hat erzählt, für dich ist Amrum so was wie 'n Paradies.«

»Opa Arjan sagt, alles, was vom Festland kommt, ist schlecht«, sagte Nanning und zuckte die Schultern.

Amrum ein Paradies, darüber hatte er so noch nie nachgedacht. Vielleicht, weil er gar nicht so genau sagen konnte, was ein Paradies denn ausmachte. Irgendwie hatte er sich so etwas wie Robinson Crusoes Insel vorgestellt. Mit Kokosnüssen und quietschbunten Papageien. Aber, dachte er jetzt, das war sicher kein Paradies – mit Kannibalen, Erdbeben und Fieberwahn.

»Gibt's nicht was ganz Besonderes?«

Nanning sah Onkel Theo an, untersuchte ihn, seinen Blick, in der Hoffnung, dies könne ihm irgendeinen Aufschluss darüber geben, was er denn meinen könnte. Nanning kam beim besten Willen nicht drauf, was das war.

»Eigentlich alles normal«, sagte er, und es klang beinah wie eine Frage.

Onkel Theo griente breit wie jemand, der etwas im Schilde führte.

»Dann zeig ich dir mal was Besonderes.«

Onkel Theo schnappte sich Ena und Nanning, und zusammen fuhren sie im Auto von Nannings Großonkel Antonius zum Leuchtturm. Nanning ließ seinen Onkel auf der Fahrt nicht aus den Augen, aus Angst, Theo könnte sich als Einbildung entpuppen, sodass Nanning und Tante Ena in Onkel Antonius' fahrerlosem Auto dahinschlittern würden.

Aber Onkel Theo war real, er blieb. Ena löcherte ihn mit Fragen, wie die Lage in Amerika, und genauer, in New York, sei. Sie überraschte Nanning mit der Aussage, sie habe nun endgültig beschlossen, wieder rüberzugehen, wie sie es ausdrückte, als befände sich New York nicht etwa auf der anderen Seite des Ozeans, sondern auf Föhr oder einer der Halligen. Sie stiegen aus und gingen auf den Leuchtturm zu. Nanning blieb stehen, musste diese Neuigkeit erst mal verdauen. Onkel Theo und Tante Ena gingen voraus.

Während Nanning versuchte, wie ein Legespiel zusammenzusetzen, was Tante Enas Abschied für ihn und die Familie bedeuten würde, ließ er seinen Blick über die sanften Hügel der Umgebung streifen, auf denen das Dünengras in der Brise wehte. Ein paar Meter vom Leuchtturm entfernt fiel ihm etwas im Dünengras auf. Mehrere Paare kleiner Löffelohren schoben sich durch die Gräser. Eine Gruppe junger Wildkaninchen hoppelte umher, schaute sich zuerst noch zaghaft um. Dann aber begannen sie, mutig die Gegend zu erkunden, rannten herum, fraßen und spielten miteinander. Nanning musste an das von ihm erlegte Kaninchen denken. Und an die Erkenntnis, dass es sich dabei um ein säugendes Muttertier gehandelt hatte. Der erwachsene Teil in ihm, der in den vergangenen Tagen, so sein Gefühl, immer mehr die Führung übernommen hatte, wusste, dass es sich bei diesen Kaninchen unmöglich um die Jungen des toten Muttertiers handeln konnte. Aber da war auch der Teil von ihm, der dem trotzig widersprach. Er beschloss, ihm zu glauben.

Tante Ena rief vom Eingang des Leuchtturms her, wo er denn bleibe.

Nanning warf einen letzten Blick auf die spielenden Kaninchenjungen, bevor er sich umdrehte und mit Theo und Ena die schmale, steile Treppe im Leuchtturm hinaufstieg.

Onkel Theo und Nanning kamen vor Tante Ena oben an. Sofort fiel ihm der starke Geruch nach Salzwasser auf, so als habe die Luft dort oben, fern von anderen Geruchsquellen, eine höhere Konzentration als unten. Es war schon etwas anderes, fand Nanning, ob man sich nun auf der höchsten Düne der Insel befand, Sand zwischen den Zehen, oder auf einem relativ schmalen, künstlichen Stängel, der senkrecht in der Gegend stand. Es war keine Höhenangst, die er verspürte, denn er fand es wunderbar dort oben. Vielmehr war es eine Art angespannter Aufregung. Als hätte er von dort oben Zugriff auf so etwas wie tiefere Wahrheiten, die einem auf Höhe des Meeresspiegels verwehrt blieben. Nur wenn man den Ort sah, an dem sich Himmel und Meer trafen, oder, auf der anderen Seite der Plattform, das Wattenmeer und die dunkel hingetupften Halligen, und man begriff, wie in Wirklichkeit doch alles zusammenhing, nur dann schienen sich auch andere Dinge auf der Welt in die richtige Perspektive zu schieben.

Onkel Theo trat hinter ihn.

»Schon mal hier oben gewesen?«

Nanning schüttelte den Kopf.

»Ist das was Besonderes?«

Nanning nickte.

»Das ist der höchste Leuchtturm der gesamten Nordseeküste. Wegen der Sandbänke.«

Onkel Theo zeigte aufs Meer hinaus. Eine Wolkenfront schob sich über den Horizont. Nanning kam es vor, als könne man von dort oben nicht nur an weiter entfernte Orte sehen als vom Boden, sondern auch ein Stück weit in die Zukunft.

»Jungnamensand«, fügte Onkel Theo hinzu.

Nur ganz zart hob sich die Sandbank von der sie umgebenden Nordsee ab.

»Ja, und da«, sagte Nanning und schwenkte die Hand

vor der Küste Sylts hin und her. »Das's das Vortrapptief. Da reißt die Ebbe praktisch das Wasser vom Watt in die See. Das gibt so'n Strom, wenn da 'n Wind gegenansteht, hast du sofort so 'ne See, dass du kenterst.«

Onkel Theo lachte auf und klopfte ihm auf den Rücken.

»Mann, du bist ja 'n richtiger *sailor*.«

Tante Ena trat auf die Plattform, genau in dem Moment, als er Onkel Theo etwas anvertrauen wollte. Tante Ena stellte sich ans Geländer und sah sich um, Onkel Theo und Nanning keine Aufmerksamkeit schenkend. Aber Nanning wollte auf Nummer sicher gehen und ging ein Stück den Rundgang des Leuchtturms herum. Onkel Theo sah über die Schulter. Dann kam er zu Nanning. Er schien verstanden zu haben.

»Als ich mit Sam da raus bin«, sagte Nanning in gedämpfter Lautstärke, »hat er gesagt, genauso hat dein Onkel Theo dagesessen, als er so alt war wie du.«

Onkel Theo beugte sich über Nanning. Auch er senkte die Stimme.

»Und wart ihr auch auf'm Sand?«

Nanning nickte eifrig.

»Und hatte er seine Rifle dabei?«

In Onkel Theos Stimme lag eine kindliche Aufregung.

»Hatte er. Ja.«

Onkel Theo hob die Arme, als hielte er ein Gewehr, kniff ein Auge zusammen und zielte mit dem anderen über Kimme und Korn aufs Meer hinaus.

»Und dann peng?«

Er tat so, als würden seine Arme vom Rückstoß hochgerissen.

»Was für'n Peng?«

Tante Ena sah herüber.

Onkel Theo und Nanning tauschten einen verschwörerischen Blick und begannen zu kichern.

»Was lacht ihr?«, rief Tante Ena.

Sie trat zu ihnen und schnalzte kopfschüttelnd mit der Zunge. Auch sie grinste jetzt und sagte: »Na, ihr seid mir ja 'n paar schöne Verschwörer.«

Aber dann wurde sie ernst. Wieder wanderte ihr Blick, diesmal aber nicht in die Ferne, sondern die Insel hinauf nach Norden. Nanning fragte, ob was sei, und Onkel Theo und sie tauschten einen Blick. Dann begannen sie zu reden.

Nanning hatte der Mutter am Abendbrottisch kaum in die Augen sehen können, weil er sich wie ein Verräter vorgekommen war. Bald nach dem Essen hatte er sich entschuldigt und gesagt, er wär todmüde und wolle schon ins Bett gehen. Dabei war er der festen Überzeugung gewesen, kein Auge zumachen zu können.

Und doch war er fast sofort eingeschlafen.

Früh in der Nacht wurde er allerdings durch ein lautes Gespräch von Tante und Mutter geweckt. Die Kinderzimmertür zur Küche stand wie üblich einen Spalt weit offen. Und wie üblich, wenn Tante Ena und Nannings Mutter sich stritten, gelang es ihnen nicht, halbwegs leise zu sprechen.

»... einen zehnjährigen Jungen«, hörte Nanning Tante Ena sagen, als er die Augen aufschlug.

Einen Moment blickte er an die halbdunkle Decke, dann drehte er den Kopf auf dem Kissen zur Seite. Das Licht vom Türspalt teilte das Kinderzimmer wie eine Schranke. Hier Nannings Teil, da Mackers und Mechthilds Hälfte. Da die Kinder, hier der Erwachsene, dachte er.

»Du hast mich belogen«, sagte die Mutter in der Küche.

Nanning richtete sich im Bett auf.

»Ja, ich hab Theo gesucht, und ich hab ihn gefunden.« Während Tante Ena sprach, stand Nanning auf, schlich zur Tür und setzte sich ins Dunkel daneben. »Und ja, ich hab Nanning zu Theo gebracht. Ohne dich zu fragen. Und er würde ihn mitnehmen. Und ich bin glücklich drüber.«

»Wie immer«, sagte die Mutter so laut, dass Nanning sich besorgt zu seinen Geschwistern umsah.

Aber die schliefen fest.

»Es geht nicht um uns beide, *damn it.*«

Nanning riskierte einen Blick durch den Spalt. Seine Tante ging auf und ab. Die Mutter saß am Tisch, vor ihr ein aufgeschlagenes Buch. Er konnte ihr Gesicht sehen.

Als hielte sie jemand fest, blieb Tante Ena mit einem Mal stehen. Eine Sekunde verharrte sie so, dann drehte sie sich zu ihrer Schwester um, hielt sich an einer Stuhllehne fest und sagte gefasster: »Andere Familien schicken ihre Zehnjährigen aufs Internat nach Salem oder eine Boarding School in England.« Sie beugte sich ein wenig weiter vor, auf die Mutter zu. »Und du hast die Chance, dass unser Vetter deinen Filius auf eine High School in New York bringt. Mitten«, sie ließ ihre Handkante von oben nach unten sausen, als zerteile sie damit etwas, »im Desaster, wo keine deutsche Schule funktioniert, im Sommer 45, ins heile New York.«

Beim Wort »heile«, das sie fast flehentlich betonte, rüttelte sie an der Stuhllehne.

Eine Weile blieb es still. Nanning atmete flach und in kurzen Stößen durch die Nase. Er hatte fest mit einer plötzlichen und heftigen Reaktion der Mutter gerechnet.

Doch die saß da, sah ins Dunkel hinter den Küchenfenstern hinaus und blinzelte kein einziges Mal, bis sie mit vorsichtig tastender Stimme sagte: »Als deutscher Junge – in eine jüdische Gemeinde?«

Das Ende der Frage kam einem Flüstern gleich, als wäre ihr während des Sprechens die Luft ausgegangen.

»Du kennst Theo genauso gut wie ich. Der ist noch nie in einer Synagoge gewesen.«

»Jude bleibt Jude«, sagte die Mutter.

Tante Ena stoppte mitten in der Bewegung ab. Nanning konnte ihr Gesicht nicht sehen, aber der unverhohlene Ärger in ihrer Stimme sagte alles: »Jetzt hab ich aber die Faxen dicke, Hille! Falls du dich nicht mehr erinnerst, helf ich dir gern auf die Sprünge – die Schwester unseres Vaters ist Theos Mutter. Und sein Vater ist Onkel Georg.« Sie schlug mit der Hand auf den Tisch, stützte sich darauf und deutete mit dem Zeigefinger der anderen Hand energisch auf die Mutter. »Ja, dein Lieblingsonkel Georg. Dem du immer gesagt hast, wie lieb du ihn hast. Dieser unser Onkel Georg ist Jude, verdammt noch eins!«

Momente, in denen Nannings Mutter etwas hätte sagen können, die Situation hätte schlichten können, vergingen in angespannter Stille.

Dann sagte sie etwas, mit einer leisen, kraftlosen Stimme: »Wilhelm wird es nicht erlauben.«

»Und du?«, sagte Tante Ena, und nun klang sie kühl.

Wieder zog ein wortloser Augenblick vorüber, in dem Tante Ena die Mutter mit suchender Verzweiflung ansah. Aber je länger dieser Moment der Stille andauerte, desto mehr trat auch eine Ernüchterung in Enas sich verhärtende Züge. Dann schien sie genug zu haben. Sie riss ihren Mantel von der Stuhllehne und verließ türenschlagend das Haus.

»Bitte, Mutter.«

Nanning hatte sich in die Tür gestellt.

Seine Mutter rutschte vom Stuhl zu ihm heran und umarmte ihn. Ihr Ohr lag auf seiner Schulter.

Sanft sagte sie: »Das verstehst du noch nicht.«

»Ich hab dich doch lieb. Auch in Amerika.«

»Das weiß ich doch. Und ich dich auch. Sehr, sehr lieb.«

Sie umarmte ihn, drückte ihn fest an sich.

Der Kiebitz landete in Ufernähe, am Rand des Watts. Das Weibchen und zwei Junge liefen durch die Marsch, während der Wind auf das wogende Schilf drückte. Prüfend pickte der Kiebitz in den weichen, feuchten Untergrund. Er verharrte, sah sich um. War da etwas? Er horchte nach seiner Familie. Alles in Ordnung. Er lief ein Stück weiter. Eine bewachsene Anhöhe in Richtung des Inselinneren hinauf. Wieder pickte er in die Erde. Etwas regte sich. Geschwind hackte der Schnabel auf die Stelle ein und zog schließlich einen Regenwurm, fett und saftig, heraus. Da bewegte sich plötzlich etwas neben dem Vogel. Er flatterte panisch los, um ganz schnell auf Abstand zu dem Jungen zu kommen, der da im Gras gelegen hatte, so regungslos, dass nicht einmal der Kiebitz ihn bemerkt hatte.

Nanning sah dem Kiebitz nach, der mit seinen breiten Flügeln schnell an Höhe gewann. Von der Marschwiese unter ihm rief ein zweiter. Nanning hatte ihn schon gehört, als er noch im Gras gelegen und in den morgendlich gelben Himmel hinaufgesehen hatte. Jetzt sah er ihn auch. Zwei flügge Jungvögel begleiteten ihn, sprangen bettelnd an ihm hoch. Der erwachsene Vogel ließ sich davon nicht stören und pickte im kurzen Gras herum, und die Jungen begannen, ihn nachzuahmen. Nach einem Moment landete auch der Kiebitz, den Nanning versehentlich aufgescheucht hatte, wieder. Sofort liefen die Kleinen zu ihm, und er verfütterte den Regenwurm an sie.

Nanning ließ den Blick wandern. Über das Dünengras und das auflaufende Wasser, die Marschen und die Salzwiesen, und weiter nach Norden, der Krümmung des Bogens folgend. Der Borag und dahinter der Deich, der Norddorf vor Sturmfluten schützen sollte. Eine Schar Möwen erhob sich aus den flachen Dünenausläufern vor der Odde. Es sah so aus, als flimmerten die vielen auf und nieder gehenden Flügel in der Morgensonne. Sie flogen aufs Meer hinaus. Nanning kniff die Augen zusammen. Am Horizont, zwischen Amrum und Föhr, näherte sich ein Schiff. Er konnte den austretenden Rauch erkennen. Ein Dampfer.

Nanning erhob sich. Sofort zog der Wind an ihm. Er schloss die Augen und sog die frische Luft ein, so lange, bis nichts mehr in ihn hineinzupassen schien. So lange, bis er die Luft der Insel und der Nordsee so sehr in sich hatte, dass, auch wenn er mit voller Kraft pustete, immer ein kleiner Teil irgendwo in ihm zurückbleiben würde.

Er dachte daran, wie Hermann inzwischen schon aufgestanden und zu seinem Fenster gegangen sein musste. Wie er ganz bestimmt die *HERSHEY'*S-Schokolade gefunden hatte, die in den Fensterspalt geschoben war. Nanning hoffte, sein Freund hatte sich schon ein Stück davon schmecken lassen.

Tante Ena war bereits da, als er nach Hause kam. Sie ging mit Macker an der Hand vom Haus zum Weg herunter. Dort stand das Auto, mit dem sie nach Nebel zu Großonkel Antonius' Haus gefahren waren. Ein Soldat, vielleicht derselbe wie vorher, lud Nannings Koffer hinten ein. Dann knallte er die Kofferraumklappe zu. Tante Ena wuschelte Macker ein letztes Mal durchs Haar und schickte ihn anschließend zurück zum Haus. Er lief zur Mutter, die regungslos wie eine Statue in der Tür stand.

Als Nanning am Auto ankam, lächelte Tante Ena ihn an. Dann ging ihr Blick rauf zum Haus. Zur Haustür. Das Gesicht der Mutter war in Ablehnung wie versteinert. Tante Ena drückte Nanning ermutigend die Hand, ging um die Motorhaube herum und stieg auf der Beifahrerseite ein.

Minutenlang weinte Nanning, zuerst an den starren Körper der Mutter gepresst. Dann, nachdem sie in die Knie gegangen war, an ihre Brust geschmiegt. Irgendwann hielt auch sie es nicht mehr aus, und sie weinten gemeinsam.

Dann war es Zeit zu gehen. Tante Ena rief aus dem Auto, dass der Dampfer nicht warten würde.

Die Mutter wischte sich die tränennassen Wangen und sah Nanning an.

Er straffte sich, stellte sich vor ihr auf und sagte in förmlichem Ton: »Auf Wiedersehen, Mutter.«

Dann drehte er sich um und ging.

»Dass du mich nicht vergisst«, rief sie ihm halblaut hinterher, worauf sich Nanning im Gehen noch einmal zu ihr umwandte und nickte. »Und deinen Vater. Denk immer dran, woher du kommst, mein Großer. Wer du bist. Vergiss das ja nicht.«

Spätestens in Little Amrum, in New York würden sie sich wiedersehen, hatte Onkel Theo gesagt. Er hatte Nanning wieder Sitting Bull genannt, ihn und Ena umarmt, war von Bord gegangen und hatte gewartet, bis das Schiff ablegte. Nachdem sie sich noch einmal zugewunken hatten, war Onkel Theo gegangen. Er hatte noch ein paar Tage Urlaub vor sich, und

Nanning schätzte, dass er nach Nebel zurückfahren würde, um das Schachspiel mit Onkel Martin zu Ende zu spielen.

Nanning ging nach vorne zum Bug und blickte auf das kabbelige graue Wasser, in das der schwarze Bug des Dampfers hineinstampfte. Tante Ena nahm seine Hand und lächelte ihn an, aber er erwiderte das Lächeln nicht. Er starrte ins Grau hinaus und dachte an Hamburg, das nun, unvorstellbar, seine Zukunft war. Eine Silbermöwe kreuzte vor dem Bug, glitt herunter und berührte ganz kurz mit dem Schnabel das Wasser, nahm etwas auf. Opa Arjan hatte ihm von Rungholt erzählt, der versunkenen Stadt, die vor Jahrhunderten in einer gewaltigen Sturmflut, in der großen »Manntränke«, überflutet worden war und nun auf dem Meeresgrund langsam verfiel.

Fischer berichteten, dass man in Sturmnächten die alte Glocke des Kirchturms aus der Tiefe schlagen hörte, sodass einem das Blut in den Adern gefror. Die Stadt war noch da, halb zerstört, tief unter der Nordsee. Ebbe und Flut gingen unaufhörlich darüber hinweg. Als Opa Arjan die Geschichte erzählt hatte, an einem stürmischen Abend auf Amrum, hatte der Wind um die Hausecken geheult wie ein verlassenes Kind, und Nanning war es kalt über den Rücken gelaufen. Hermann hatte gefragt, ob man da nicht runtertauchen könnte, und Opa Arjan hatte gesagt, niemand wisse genau, wo Rungholt lag.

Nanning kam es vor, als müsse er nun dahin – in eine kalte Stadt unter der grauen See. Allein. Er ließ Enas Hand los und sah wieder hinaus. Im Osten zeichnete sich eine schmale Linie ab, etwas dunkler als das Meer. Das Festland.

– ENDE –

DANKSAGUNG

Ich danke Philipp Winkler für die gute Zusammenarbeit, und ich danke meinem Freund Arnulf Conradi für seinen Rat und seine tätige Hilfe. Auch bin ich meiner Agentin Elisabeth Ruge und allen Mitarbeitern beim Ullstein Verlag sehr dankbar.

Und schließlich und vor allem danke ich meiner Frau Natalia.

Hark Bohm